遺失在記憶裡的歌
The Lost Melody
花聆
不是每個「對不起」都代表犯錯，
有些「對不起」，
藏著不能說出口的愛。

第一章　知遇

「為什麼是她？我的高音明明可以唱得比她還高！我是全團音域最廣的，為什麼選她？老師，請告訴我原因！」

門內傳來女孩子的聲音，話語裡滿滿的不服氣，讓裘芝恩縮了縮手，這是合唱團的專屬團練教室，身為團員的裘芝恩，因為遺落了水壺繞回來拿，沒想到聽見這樣的話語。

這聲音好像是合唱團團長，也是自己班上的班長小妍。

裘芝恩不禁困惑，小妍為什麼聽起來這麼生氣？是誰搶了她的東西嗎？小妍和自己是每節下課都要勾手一起玩或上洗手間的好朋友，她怎麼沒來找自己幫忙呢？

「不是唱得高就好，芝恩的歌聲有畫面，像在說故事，會讓人想聽她怎麼唱，所以我才安排芝恩在校慶表演上負責獨唱。」

裘芝恩沒料到會聽見自己的名字。

老師委婉勸說，但小妍不依，「我知道了，一定是因為她家比我家有錢！我媽說，合唱團出去比賽的經費都是她家贊助的，所以老師妳偏心！」

門咿呀打開，小妍哭著跑出來，裘芝恩開口喚她，對方卻頭也不回。

回到教室時，小妍一見到她就別開臉，她始終和小妍說不上話。

第二天，裘芝恩特別帶著爸爸出差時在機場買的GODIVA巧克力，來到小妍的座位，她曾請小妍吃過，小妍非常喜歡，這樣一定可以讓她心情好起來。

「小妍，我把獨唱的部分讓給妳，我去跟潘老師說，好不好？」裘芝恩帶著笑，滿心期待小妍也能回以燦爛的笑容。

「哼！誰稀罕妳讓出來的東西啦！」小妍把巧克力摔到地上，跑出教室，留下裘芝恩尷尬地收拾。

本來以為自己還有機會解釋，沒想到「裘芝恩爸媽買通老師，所以老師對她特別好」的傳言慢慢擴散出來，小妍不再跟她一起玩，越來越多同學不和她說話。

校慶表演當天，裘芝恩在台上唱歌，她感覺小妍和班上同學的視線，像一雙冰冷的手，緊緊掐著自己的咽喉。

下台時，明明掌聲熱烈，她覺得自己好孤單。

「小恩，今天飯怎麼吃這麼少？身體不舒服嗎？」媽媽的聲音傳來，裘芝恩才發現自己無意識地用筷子戳著一向愛吃的戰斧豬排。

裘芝恩搖搖頭，把小妍的事說了一遍，媽媽眼裡閃過一絲不捨，但很快又板起臉。

「妳沒有時間為這種事傷心，想想妳還有多少事情比這個更重要？快去寫功課和練琴吧。」媽媽輕輕摸她的頭髮，算是安慰。

裘芝恩默默吃掉豬排，她知道爸媽在她身上投注了龐大的心血，讓她就讀昂貴的私立小學、請最好的老師來教她彈琴」，她也知道，爸爸的公司最近出了一些問題，每天都很晚很晚才回來，爸媽總是壓低聲音討論，不斷嘆息，裘芝恩判斷得出來，應該是很嚴重的事。

她幫不上爸媽的忙，更不該向媽媽撒嬌討拍，她唯一能為父母做的，就是珍惜他們的苦心，好好努力。

這天，裘芝恩練琴時，委屈的淚水讓她幾乎看不清琴譜，壓抑的哭泣讓她耗盡精神，最後她趴臥在鋼琴上睡著了。

「啦啦啦啦……啦啦啦啦……寶貝寶貝小寶貝，媽媽最最喜歡妳，寶貝寶貝別擔心，媽媽緊緊抱著妳……」

夢裡傳來一段模糊的歌聲，唱的是什麼曲調，裘芝恩無法辨認，歌聲稱不上悅耳，歌詞簡單得像兒歌，但語氣溫柔得如同羽毛，像一雙充滿愛的手，暖暖地將她心頭的悲傷撫平。

是誰在唱歌？

已在天堂的阿嬤相當疼愛裘芝恩，但歌詞唱的是「媽媽」，母親向來嚴肅，只聽古典音樂，從來沒在她面前唱過歌。

裘芝恩想不到答案，但這首歌像是仙女的魔法棒，輕輕一揮後帶來神奇的效應——

她在夢中輕飄飄地飛起來，一路飛向浩瀚銀河，最後停在一個藍色星球，星球上種滿美麗的玫瑰花，不只如此，她的周圍傳來許多美妙的音樂，裘芝恩沒聽過這樣好聽的歌曲，她努力聆聽，希望能記下來……

隔天的團練時間，因為小妍不再和她一起到團練室，裘芝恩一個人提早到了，教室沒有其他人，忍不住在鋼琴鍵盤上彈奏起夢裡聽到的音樂。

「妳彈的是什麼歌？很好聽。」老師的聲音突然從背後傳來。

裘芝恩收回手，轉過身不好意思地笑了笑，「我也不知道，我是在夢裡聽到的。」

「天哪，這是妳自己寫的歌？」老師驚訝地問。

裘芝恩困惑地回望，「老師，我是用聽的，不是用寫的。」

「妳真的是很有天賦的孩子。」音樂老師溫柔地摸摸她的頭髮，眼裡蘊含憂愁，「我知道小妍不跟妳玩了，妳一定很難過。這樣的事情，往後妳可能會遇到很多次，很多音樂家都是孤獨的，但妳要記得，音樂永遠不會離開妳、背叛妳，妳千萬別辜負了自己的才華，知道嗎？」

裘芝恩點點頭，眼眶有些溼。

♪

那位音樂老師是鐵口直斷的預言家。

裘芝恩求學路上，果真一直沒什麼朋友，她投入在音樂的時間越多，離身邊的人就越遠，她總是孤單地念書練琴，所有寂寞和快樂，只能用琴音訴說。

高中時，裘芝恩倒是多了吉他這個新朋友，彈唱變成她宣洩情緒的最佳管道。她在夢中聽到越來越多的音樂，一一記下並譜寫成完整的樂曲，只是她一直寫不出歌詞，總是請班上的國文小老師幫忙填詞，才能拿歌曲報名各種音樂比賽。

她努力不懈，在大三上學期時，音樂為她帶來了奇蹟。

「請問是裘芝恩同學嗎？」

電話那頭的聲音充滿磁性，好聽極了，裘芝恩想到某個人，心情變得有點緊張。

「我是趙韋善。」

聽見對方的名字，她抓著電話的手因期待而微微顫抖。

上星期，她在「青春校園‧無樂不作」音樂比賽中拿到冠軍，台下的評審之一，就是當紅音樂製作人——趙韋善，年輕有為又帥氣。

她還記得，當趙韋善對麥克風說出「第一名，裘芝恩」時，她欣喜激動，心臟像要跳出胸口。

現在竟接到趙韋善的來電，裘芝恩不敢相信，可是對方好聽的嗓音她是不會聽錯的。

「我想和妳討論音樂方面的合作，可以約妳見個面聊一聊嗎？」

趙韋善說出了讓裘芝恩更加不敢置信的話語，她趕緊答應他。碰面前的好幾個晚上，她緊張得睡不好。

見面這天，趙韋善笑著招呼她：「盡量點，不要客氣。」

裘芝恩看著菜單，她對店家主打的少女心聖代感到好奇，但害怕在趙韋善面前點這個會顯得太幼稚，一時之間，手心狂冒汗，她不知道手腳該怎麼擺，只能讓右手緊抓左手的粉晶手鍊，設法安定自己。

趙韋善饒富興味地望著她，展開笑顏。

他身形偏瘦，笑起來眼角有迷人的魚尾紋，一身隨性的休閒西裝和個性領巾，顯現他瀟灑的藝術家氣息。裘芝恩發現，近距離看趙韋善，他比那天在舞台上更耀眼了。

「一個彩虹小馬冰淇淋聖代，然後我要一杯愛爾蘭咖啡，謝謝。」趙韋善交代服務人員。

「你怎麼知道我想吃聖代？」裘芝恩懷疑趙韋善是不是有讀心術。

趙韋善勾起嘴角，「妳的眼光停在這一頁很久了。」

「呃……」裘芝恩苦思要接什麼話比較好。

趙韋善笑著問：「芝恩，比賽之後到現在，還好嗎？」

聽見對方叫自己「芝恩」，她心一跳，努力地思索自己好不好，「還……還不錯，不過最近課業壓力有點大，我們會計系幾乎每堂課都會小考，我有三次沒及格。」

說了好一會兒，發現自己越來越緊張，手心的汗幾乎要弄溼整串粉晶手鍊，好在聖代和咖啡在此時送來，她趕緊吃一口草莓冰淇淋，掩飾侷促不安。

「芝恩，我發現妳在舞台上非常投入專注，好像全世界只有唱歌這件事是重要的，和妳私底下害羞又容易緊張的樣子，有點反差呢。」趙韋善又笑了。

「啊……對不起，我實在不擅長和人互動。」裘芝恩超想拿菜單敲自己的頭。

「沒關係，這樣的反差萌挺可愛的。」趙韋善的成熟嗓音讓裘芝恩再次臉紅。

他笑了笑，雙手交疊，進入正題，「芝恩，妳演唱的歌詞是自己寫的嗎？」

「不是，」裘芝恩搖搖頭，「我付錢在網路上找人幫忙填的。」

「難怪詞比曲差了點，妳值得更好的歌詞，」趙韋善定定望著她，「妳想不想當專業歌手？」

「蛤？」裘芝恩差點被嘴裡融化的冰淇淋嗆到，趙韋善貼心地遞上水杯。

他娓娓道來：「我從高中起，就靠音樂養自己，最近我要成立工作室了，妳在比賽中的表現讓我印象深刻，妳願意當我工作室的第一個簽約歌手嗎？」

「可是……我不擅長和人接觸，當歌手不是要到處打歌、上綜藝節目通告？」

趙韋善笑了，「芝恩，妳是從芬蘭來的嗎？」

「咦……什麼？」

「有一種說法叫做『精芬』，草字頭的芬，意思是『精神芬蘭人』，指比較內向、不擅長與人交際的人，但這並不是壞事，我相信是這樣內在安靜的力量，讓妳創作出美妙的音樂。」

裘芝恩望著趙韋善，不禁愣怔，這是第一次，有人不說她孤僻，而且肯定她的內向。

「雖然我們只見過兩次面，但我覺得好像認識妳很久一樣，我想是因為同為音樂人的親切感。」

趙韋善深深望著裘芝恩，「我不會將妳包裝成需要與粉絲深度互動的偶像歌手，也不會勉強妳上綜藝通告，相反的，我會幫妳把關邀約。除非製作單位好好做功課、願意跟妳深入聊音樂，否則不管再知名的節目通告，我們也不接，調性不同的商演也絕對不接。」他頓了頓，又繼續說：「妳會作曲，我擅長填詞，妳內向害羞，我擅長和人打交道，我們互補又互相調和，妳可以一直做自己，剩下的交給我，讓我當妳的專屬填詞人、製作人、經紀人，妳覺得怎麼樣？」

裘芝恩愣住了，腦海裡浮現一句話——

「最完美的戀愛，是互補又調和，就像咖啡和牛奶一樣，加在一起變成好喝的拿鐵。」

那是在學校餐廳裡聽到的，單獨用餐的她，聽鄰桌女同學們大聲討論愛情觀時，有人講過這樣的話……裘芝恩發現自己將趙韋善聯想成戀愛對象，雙頰燥熱起來。

這一刻，裘芝恩感謝自己多年來對音樂傾注的熱情，音樂真的是她最好的朋友，讓她遇到知音，像咖啡遇到牛奶一樣。

♪

幾天後，裘芝恩哭著打電話給趙韋善。

「韋善大哥，我想我不能簽約了……爸媽不同意我當歌手，說讓我學音樂只是為了培養我的氣質，他們要我去考會計師，當個有用的人，如果要進複雜的娛樂圈當歌女，就斷絕親子關係……」

趙韋善聽完，沉默了片刻，然後試著鼓勵她。

他說她已經二十歲，其實可以自己做決定。

他可以幫她租間舒適安全的小套房，也可以先預支版稅給她。

最後，他溫柔地對她說：「妳仔細想想，妳要繼續現在的生活，畢業考會計師執照、進事務所實習，一輩子在不擅長也不喜歡的數字中打滾，還是和妳最喜歡的音樂作伴？」

趙韋善的積極支持，讓裘芝恩下定決心簽約，面對父母的不諒解，她只能含淚休學離家，希望功成名就地回來後，能獲得爸爸媽媽的認同。

之後，她和趙韋善如同咖啡與牛奶般合作無間，因為頻繁互動，兩人的關係也有了化學變化。

趙韋善為她寫了一首歌詞〈月光〉，讀畢歌詞後，裘芝恩眼中溢滿了淚。

「怎麼哭了？妳不喜歡嗎？」趙韋善憂心地問。

「不，我很喜歡，」裘芝恩答，「創作這首曲子時，我看到的畫面正是銀白月光下的幽靜森林。以前我要花好大的力氣，跟作詞人說明我想要表達什麼，終於有人能夠完美搭配我的曲子了。你是怎麼辦到的？」

「我之所以做得到，是因為第一次看到妳的時候，我就像看到美麗卻又不可得的銀白月光。」趙韋善深深看著她，那雙眼瞳彷彿要看進她的靈魂裡。

後來，趙韋善為裘芝恩發行了一張專輯，她以輕柔脫俗的嗓音，演繹自己創作的樂曲；她彷彿天生要吃這行飯，即便剛出道沒沒無聞，但在音樂節附近的天橋上表演唱歌，也有人錄影上傳到某個文青音樂粉專，為她打開知名度。

裘芝恩確立了自然清新的音樂形象，趙韋善體貼她不喜歡用社交媒體，幫她經營IG和FB粉專；她只出現在簽唱會或文青音樂節，低調神祕具質感的風格也獲得大量文青和小清新族群支持；裘芝恩不僅贏得當年度的金曲獎最佳新人獎，在唱片界甚至有「創作小仙女」、「裘仙女」、「仙女歌手」等名號。

出道兩週年，趙韋善為她舉辦第一場演唱會「玫瑰星球」，她緊張得無法吃飯睡覺，三天後趙韋善興奮宣布門票完售。

登台前，裘芝恩在舞台旁看見幾乎坐滿的觀眾席，和成片螢光棒綴成的星海，忍不住落下淚。

趙韋善拍拍她的肩。

裘芝恩眨眨眼，「我寄了貴賓席的票給爸媽，但位子是空的……有一天我一定要跟爸爸媽媽和解，請他們來聽我的演唱會，讓他們看到，我的音樂可以讓這麼多人感動喜愛，我不是交際複雜的歌女，更不是沒用的人。」

趙韋善握緊她的手，「妳怎麼會是沒用的人？對我而言，妳是最重要的人。」

趙韋善的手，一直到她登場前一秒才放開，裘芝恩在他的注視中走向舞台中央。演唱會落幕後，他們確立了情侶關係。

裘芝恩不覺得自己真的美若天仙，但她覺得自己像活在仙境裡，生活充滿音樂，趙韋善幫她打點好一切，她只要安居在音樂小星球，不斷地創作、錄音、演出，當一個好歌手。

♪

「芝恩……妳又熬夜寫歌啦？」趙韋善喚醒睡在靜坐墊上的裘芝恩。

她揉揉惺忪睡眼，「你和歌迷都對我這麼好，我不努力一點，怎麼報答你們？」

「說什麼呢，妳放棄所有的娛樂，已經很努力了，辛苦妳了……昨天寫了什麼歌？我聽聽看。」趙韋善問。

裘芝恩打開手機錄音檔，輕靈如羽毛的歌聲傳來。

「這旋律好甜美，看我的。」趙韋善聽了裘芝恩譜的曲子後，笑瞇了眼，拿起紙筆刷刷地飛快寫起歌詞。

「哇，曹植是七步成詩，你是七分鐘寫完一首歌詞啊！」裘芝恩崇拜地看著趙韋善飄逸的字跡。

〈瓶中花〉曲：裘芝恩／詞：趙韋善

一個玻璃瓶就是一個小世界，

沒有風霜來考驗，

沒有雨水來撕裂，

我是不凋的花朵，因為你，綻放永生的笑靨……

裘芝恩笑了，她知道趙韋善的靈感來自桌上擺著的永生花盅，這是他送她的情人節禮物，精緻的玻璃盅裡，鮮紅玫瑰襯著暖黃色調的LED燈飾，閃爍又浪漫。

她覺得自己的音樂星球小日子，好到不能再好。

幸福快樂的生活持續了五年，直到她打破慣例，上了某個商演通告的這一天。

「真真，這個『大圓娛樂』是什麼樣的公司？為什麼韋善會說這家公司的老闆幫他大忙，要我務必去參加這場商演？」

前往表演地點的路上，裘芝恩問開車的助理。

「呃，我也不知道……地點在仁晴市場欸，跟芝恩姐的調性真的超不合，我還問趙大哥，是不是那位製作公司老闆在游泳池或懸崖旁邊救了他，結果趙大哥狠狠瞪我一眼。」助理傻笑。

「應該真的是大忙他才會安排吧，我也只能這樣幫忙韋善。」裘芝恩淡淡地說，卻沒想到這一天，會是她從天上掉落凡塵的開始。

♪

【快訊】仙女歌手裘芝恩仁晴市場商演慘遭粉絲襲胸

金曲獎最佳新人裘芝恩，今日出席仁晴市場端午節聯歡活動，上台前，一名自稱粉絲的男子突然出手襲胸，攤商立刻壓制該男子並報警處理，但裘芝恩仍驚嚇過度送醫，取消演出。

裘芝恩從不接商演、尾牙等活動，此次破例演出卻遭逢意外，經紀人趙韋善表示，裘芝恩目前已恢復穩定，很快可以和喜愛她的粉絲見面。

仁晴市場是有百年歷史的傳統零售市場，近年有議員提議改建更新，此次騷擾裘芝恩的男子，據傳是夜宿市場的遊民，市場改建整頓的議題，可能將再次引起討論……

第二章　墜跌

襲胸事件後，裘芝恩夜不能寐，更加不敢靠近人群，恐慌的心理狀態，她漸漸失去創作的動力。

她希望趙韋善常來公寓陪伴她，他卻越來越忙，只是讓助理帶一整籃的高級巧克力給她，說巧克力能促進血清素合成，多吃點幫助她維持好心情。

趙韋善也為裘芝恩找了身心科醫師和心理諮商師，多次診療後，諮商師對她說：「裘小姐，妳對人的不信任和恐懼可能根源在童年，除此之外，也建議妳試著調整生活型態，多出去走走、多和人接觸，心理狀態回穩後，妳擔心的創作力下降問題會獲得改善……」

裘芝恩禮貌謝過諮商師後，悄悄取消諮商預約，只固定回身心科拿藥。

醫生開的鎮定劑讓她放鬆，得以順利入睡，但她的夢境變得昏沉蒼白，再也沒在夢中聽見音樂了。音樂不是她最好的朋友嗎？她以單純清淨的生活餵養音樂多年，為什麼音樂離開她了呢？

在這樣的疑問中折騰一年後，裘芝恩終於拼湊出一首歌交給趙韋善。

陷入低潮的她與趙韋善的感情似乎淡了些，因為她寫不出歌來，他必須到處尋找機會來維持工作室的營收，兩人聚少離多，感情不如以往。

這一天，他們約好要討論歌詞，裘芝恩特別提早到達約定好的咖啡店。

這是他倆以前常造訪的咖啡店，趙韋善總是預約角落有百葉窗的包廂，裘芝恩和店員點頭示意，正要推開包廂玻璃門，卻聽見趙韋善講電話的聲音。

「袁老大，這支是我翻身的好機會，您介紹的期貨我怎麼能錯過，但是手頭有點緊，您可以再借我一點嗎？」

裘芝恩的父親經營會計事務所，她十歲那年，事務所合夥人正是因為期貨這種東西，虧了上千萬，盜用公款潛逃，父親花了極大的心力來彌補資金漏洞，當時的裘芝恩還以為「ㄑㄧˊ ㄏㄨㄛˋ」的國字是「奇禍」。

裘芝恩非常不安，趕緊推開門，趙韋善掛了電話，端起笑臉。

他的笑容依舊燦爛，裘芝恩注意到他的襯衫皺了，鬍髭似乎有點久沒打理，看起來落魄忙亂。

「芝恩，妳來——」

裘芝恩沒等趙韋善說完，逕自打斷：「韋善，你在玩期貨？」

「哈哈哈！」趙韋善大笑，「說什麼呢，沒有啦。」

裘芝恩驀地想起一件事，她張大眼睛關切地問：「昨天我去工作室，聽到合作的混音師說我們沒付尾款。」

「小事，會計李姐更年期到了，忘東忘西的，我明天就叫她馬上轉帳。」

裘芝恩雖然擔心但仍相信他，便不再追問，開始與他討論：「我給你的歌，配好詞了嗎？什麼時候可以錄音？」

趙韋善握了握她的手，「芝恩，先別急，天氣這麼好，我們好久沒一起去走走了，今天去人少的地方散散心，好嗎？」

裘芝恩想了想，他們確實有段時間沒見面了，於是點點頭，同意他的邀約。

趙韋善開車載著裘芝恩，一路駛往郊區，大約四十分鐘後到達目的地。

「這是哪裡呀？」裘芝恩輕輕提起及踝的灰色紗裙下車，所見之處是青翠山巒，好像是某個登山步道頂端的停車場。

「朝山國家公園，這裡人比較少，妳應該會喜歡。」

「趙大哥、芝恩姐！」一個穿低胸緊身上衣搭熱褲的年輕女孩向他們用力揮手，而後跑向他倆，她渾圓飽滿的胸脯晃呀晃，裘芝恩不禁皺眉。

「呃，妳好……」裘芝恩長期睡不好，很久沒有對外活動，沒料到會在這裡遇上熱情的粉絲，她不忍粉絲失望，勉強維持笑臉。

但年輕女孩並沒有向她要簽名或要求拍照，只是勾唇一笑。

裘芝恩一頭霧水。

「來，荷荷，我幫妳們介紹——」趙韋善站到她們之間，用熱情的語氣對裘芝恩說：「芝恩，這是我們公司新簽下的荷荷，以後妳們就是最佳拍檔了。」

「什麼拍檔？」裘芝恩搞不清楚是什麼狀況，詫異地看向趙韋善。

「是這樣的，」趙韋善挑了挑眉，開口說道：「因為妳整年都沒出專輯，我們應該好好思考公司的未來，正好妳的合約快到期了，我們先不續約。」

裘芝恩瞪大眼睛，趙韋善安撫她，「別緊張，我們只是做不續約的假動作，實際上，我會先幫妳發一張精選專輯，歌迷們一定會買單，然後妳的新合約再簽到我新設立的另一家公司，第一個作品就是和荷荷一起。」

「這樣不是欺騙大眾嗎？」裘芝恩不可置信地望著趙韋善。

但他只是聳聳肩，「芝恩，妳是文青女神，荷荷是宅男女神，妳們兩人女神合體，這樣文青和宅男的市場都能掌握。大圓娛樂的老闆已幫忙牽線，安排妳們到東南亞巡演，一定能創造佳績。我還規劃巡演期間讓妳和荷荷住同一間房，每天側拍兩人的互動，效果應該會不錯。」

「韋善，你到底怎麼了？」裘芝恩腦袋一片空白。

「什麼怎麼了？」

「你是世界上最了解我的人，你說過我不需要勉強自己和別人互動，怎麼會做這樣的安排？」

「好難過喔！芝恩姐不喜歡我！」荷荷插話，她擰眉嘟嘴，一副受傷的表情。

「我……對不起，荷荷，不是我不喜歡妳，而是我沒辦法和陌生人住在一起……」裘芝恩無奈解釋，再看向趙韋善，眼裡滿是困惑和不悅。

「芝恩，妳冷靜想想，」趙韋善拍拍她的肩，「因為我最了解妳，才要為妳做最好的安排。那個意外是一年前的事了，妳一直走不出創傷不是辦法，而且之前妳交給我的新歌……實在不怎麼樣，我想幫助妳改變，突破瓶頸，踏出舒適圈。」

「是你說讓我做幸福的瓶中花，現在為什麼要逼我做不喜歡的事？」裘芝恩握緊拳頭，一股鬱悶卡在胸口。

趙韋善嘆一口氣，「芝恩，總要先嘗試看看才知道會不會成功。」他話鋒一轉，指著連綿的翠綠山巒，歡快地說：「風景這麼美，我先幫妳們兩個拍一張照，妳的IG和FB粉專都太久沒更新了，該PO一些陽光美照，不然粉絲要擔心妳了。」

裘芝恩不安地抓著腕上的粉晶手鍊，感覺身軀肢體像服飾店的假人模特兒一樣僵硬，趙韋善將她拉到風景優美的山徑旁，荷荷也湊上來，她身上甜膩的香氣讓裘芝恩呼吸侷促。

趙韋善邊後退邊拿起手機。

裘芝恩呆滯地往山下一瞥，高聳的山壁下，是一片樹林，一條蜿蜒小路，小路遠處似乎有一行人準備登山健行。

「韋善，如果我不同意你的計畫呢？」裘芝恩面無表情地問。

「妳會同意的，畢竟沒有我，妳能怎麼辦呢？來，先照相再說吧，一、二、三，笑一個——」

荷荷伸手親暱攬住裘芝恩的手臂，粉臉貼上她的臉頰，裘芝恩瞬間想起端午節商演時，那場噁心的意外，她反射性地跳開，山徑旁岩石錯落，凹凸不平，裘芝恩腳落地時，高跟涼鞋絆到長紗裙裙襬，她重心不穩往後傾倒，瞬間向下墜落——

沿著陡峭山坡，她一路翻滾碰撞，摔落地面，眼前一片黑暗，裘芝恩想伸手求救，但全身的劇痛讓她無法動作。手腕上的粉晶手鍊斷裂，珠子掉了一地。

朦朧中，有人奔到自己身旁，是趙韋善嗎……

清朗的男聲大聲叫喚：「小姐，妳還好嗎？」

「發生什麼事了？」

「快打一一九！」

好像有一群人跟著奔跑過來，但她的意識漸漸遠離，不知過了多久，她聽見「喔咿喔咿」的鳴笛聲。

被送上救護車前，她聽見那個男子說：「撐下去，妳一定會沒事的，裘芝恩小姐。」

他認得我啊……

裘芝恩微微啟唇，感覺男子湊近她，她對他說了一句話後，意識墜入無邊的黑暗。

黑暗中一盞燈光亮起，裘芝恩張開眼睛，發現自己好端端地沒有受傷，平安無事。

怎麼回事……她記得拍照前望了一眼，山崖很高，從那麼高的地方墜落，怎麼可能一點事都沒有？

難道……自己已經死了，所以離苦得樂，不會痛了……

那麼，這裡是天堂，還是地獄呢？

眼前突然出現一個發光的水晶球，球體中雪花點點，閃現出畫面。

好多好多人在一處雪白的殿堂，不論男女都身著黑衣，他們揣著面紙，哭紅了眼睛鼻子。殿堂的牆上有成片白色玫瑰花，簇擁著一幀巨幅鑲框照片，裘芝恩看見自己一身白色蕾絲洋裝，頭頂綴著玫瑰手編花圈，回眸一笑。

是她第一張專輯的封面照片。

這是……她的告別式？

她的父母，寒著一張臉矗立在一旁。

他們過得好嗎？這表情是傷心還是生氣呢？是不是覺得這個女兒白生了？

告別式背景音樂是她五年來的歌曲作品，裘芝恩胸口悶痛，她還沒恢復音樂創作能力，她還想繼續好好寫歌、唱歌啊……

「各位朋友，我失去音樂上的靈魂伴侶，更失去人生中的摯愛，我們的仙女回到天堂了，只留下滿滿的音樂回憶……」神色哀戚的趙韋善上台致詞，他拿著一張專輯，名稱是〈仙女的羽衣——紀念芝恩〉，媒體的閃光燈不斷閃爍。

看到這個畫面，裘芝恩心中一陣憤懣，她激動地對著水晶球大喊：「不！趙韋善利用我，欺騙我的歌迷，我不要死！我還不能死……」

倏地，水晶球破裂，強烈白光驅走黑暗，裘芝恩用力眨眨眼，發現自己置身在一個雪白房間，眼前出現一位穿白衣的白鬍子老公公，他拄著長手杖，身旁跟著一隻大烏龜和一尾青蛇。

裘芝恩跌坐在地，眼角流下不甘心的淚水，「我真的死了吧？您是來接我去陰間的嗎？」

「在下人稱上帝公。」老人開口。

裘芝恩困惑，「上帝……公？上帝公公？您親自迎接往生的人？」

「稱謂不重要，」上帝公撫著白長鬚，「裘芝恩，西元一九九五年七月十二日，凌晨三點十九分生，對吧？」

裘芝恩點點頭。

上帝公公撫鬚繼續問道：「此生，妳可有什麼未完成的心願？」

裘芝恩抹了抹頰上的眼淚，幽幽地說：「現在想想，過去五年，我像被趙韋善圈養的金絲雀，如果有機會，我想找個陌生的地方Long Stay，努力恢復寫歌的能力。我還想要學習作詞和編曲，做個全方位的創作者，詞曲製作都自己來，就不用再依靠趙韋善，或是任何製作人了。」

但這個心願只能等待來生了，下輩子她還能擁有音樂天賦嗎？就算有，一旦喝下孟婆湯，這輩子的一切大概都忘了。

裘芝恩垂下頭咬著唇瓣，感覺無比悔恨。

「裘芝恩，距離妳摔下山已經過了一夜，七七四十九天後，妳陽壽將盡，但是有位歌迷，聽到妳發生意外的消息，願意讓出自己的生命，幫助妳渡化劫難。」老公公出聲打斷裘芝恩的自怨自艾。

「是誰讓出自己的生命？」裘芝恩驚訝地抬起頭，「不可能是趙韋善，是我的粉絲後援會會長嗎？誰會把我的生命看得比自己的還重要，除非……」

除非是親生父母。

裘芝恩本來想這樣說，但她想起爸媽已經與她斷絕親子關係。

「妳之後就會知道對方的身分。」老公公笑答，「但世間的一切都需要平衡，妳不能平白享用他人陽壽，妳只能借用這位歌迷七七四十九天的身體和生命，這四十九天，只要妳住在他的住處、理解他的生活，完成派給妳的任務，就可以逃過一劫，繼續自己的人生。」

「什……什麼任務?」

「為這位歌迷寫一首他會喜歡的歌,作詞作曲都由妳完成。」老公公定睛看著裘芝恩的雙眼。

「可是,我還沒學作詞,而且我已經一整年沒辦法作曲了,好不容易寫了一首,卻是拼湊出來的,我……」她擔憂這個挑戰超出自己的能力,惶恐地揮手。

上帝公舉起手杖用力敲地,咚的一聲巨響,祂不容質疑的強大威嚴,讓裘芝恩立刻禁聲。

「裘芝恩!妳如果還眷戀『裘芝恩』這個身分,還有未了的心願,還想活下去的話,妳別無選擇!」

「如果……如果我寫不出來,會發生什麼事?」裘芝恩忐忑地揪住衣襬。

「如果時限內無法寫出歌曲,妳會困在這位歌迷的身軀裡,直到他陽壽終止,屆時他的魂魄將煙消雲散,而妳侵占他人肉體與生命,罪孽深重,來生注定要償還!」

「這……太可怕了吧……」裘芝恩身軀微微顫抖,但想起剛剛水晶球顯現的畫面,她心中又升起一股求生意志,「我為這個歌迷寫歌,真的就可以改變我的命運嗎?」眼前的處境太不真實,她只想確認這樣做真的可以救自己一命。

「神通不敵業力,業力不敵願力!而愛是最大的願力,相信的話就能做到!」老公公沉聲回答後,一轉身,烏龜和蛇隨行跟進。

裘芝恩快速站起來,努力追上前,「等等,上帝公公,我怎麼知道那位歌迷喜不喜歡這首歌?」

上帝公公回望她,「當有人因為這首歌而落淚,妳就成功了。裘芝恩,勇敢接下任務吧!七七四十九天後正好是今年中秋節,妳可得記牢了!」

上帝公的聲音迴盪在雪白空間中，祂在烏龜與青蛇陪伴下再次移動，裘芝恩跑向前想再細問，只見祂的背影迅速遠離，她忽然一陣暈眩，腳下所踩之處破了一個大洞，感覺身體再次墜落——

♪

【快訊】仙女摔落凡塵！裘芝恩驚傳墜崖重傷

已經一年未發片的金曲知名歌手裘芝恩，十三日與經紀人趙韋善、同公司藝人荷荷同遊朝山國家公園，於第二停車場旁合照時不慎墜崖。裘芝恩顱骨和全身多處骨折，大量失血，陷入昏迷，市立醫院團隊正全力搶救。

男友兼經紀人趙韋善悲痛表示，自從一年前裘芝恩於商演遇襲，就非常消沉，心情憂鬱，精神恍惚，此次和公司同事陪她出來散心，沒想到出了意外。趙韋善說：「我會守著芝恩，堅持下去，請歌迷和各界朋友為芝恩集氣祈福，希望她早日醒來。

第三章 入魂

清晨四點半，天還未亮，仁晴市場附近人車川流不息，攤商們忙進忙出，為新的一日做準備。

市場裡的「百年蔡記肉鋪」招牌下，蔡嗣揚忙碌著，那張年輕有朝氣的面孔彷彿旭日的晨光，他見到人總是揚起笑臉打招呼，大家好像也感染到他的活力和好心情。

五點半，開店的作業準備完成，蔡嗣揚卸下圍裙，將菜刀洗乾淨後離開市場，走進附近的仁晴豆漿店。

這家傳統早餐店四點開始營業，堆疊的蒸籠冒著熱氣，煎台前的歐巴桑不斷鏟起油亮的荷包蛋或蛋餅，送餐的歐巴桑走進走出沒得休息，許多市場人和他一樣，開店營業前，先來這裡儲備滿滿的氣力。

「加點的雙蛋蛋餅、韭菜盒、蘿蔔糕加蛋、特大杯豆漿三杯，素隨的！」送餐歐巴桑扯著嗓門大喊。

店裡最角落的一桌有三個女人舉手，「這裡啦！偶們的！」她們接過餐點，邊吃邊討論鄉土劇最新一集劇情，同仇敵愾地批評壞心的小三，也不忘哀嘆元配太過柔弱。

蔡嗣揚看著三個女人忍不住勾起嘴角。

她們頂著一模一樣的花媽捲髮，穿著紫紅色上衣，臉上擦著顯色的妝容，都以自己的方式精心打扮。

網路上有人稱紫紅色為「阿姨紫」，是中年至老年婦女偏愛的色彩，但她們講好每天都要穿紫紅色衣服。

一身飽和紫紅色的是蓮姐，三人之中她年紀最長，手指上戴著寬版金戒指，削瘦的臉頰流露出剛毅的氣質，她是市場中無人不敬畏的大姐大。

穿著彩度較低、灰紫色針織衫的是阿娥，她相貌秀氣，臉上掛著眼鏡，若不是在早餐店高聲談笑少了點氣質，其實看起來頗像個老師。

而一身時尚的玫紫色，衣服選擇鑲亮片款式的，就是濃眉大眼、五官立體的王麗娜了，年紀最輕的她，搭配亮片水鑽厚底涼鞋、同色系的指甲油，穿搭最有整體性，不愧是服飾店老闆娘兼唯一的看板女郎。

設計系出身的蔡嗣揚，能分辨三人衣著的用色差異，也覺得她們選的顏色，跟各自的性情十分相符。

王麗娜第一個注意到蔡嗣揚，她綻開爽朗的笑容，迅速從別的空桌搬了張椅子來，「嗣爺，一起坐啊！」那副菸酒嗓門和豔麗的外貌不太搭，但她是三個阿姨中與蔡嗣揚最親的。

蓮姐和阿娥看到蔡嗣揚，也停下對電視劇小三的怒批，一同以笑臉迎接他。

貴婦午後在飯店喝咖啡，網美早午餐時刻在咖啡店吃鬆餅，這三位辛勤打拚的菜市場阿姨，只有在營業前短暫的早餐時刻能這樣聚一聚、聊一聊。

蔡嗣揚咧嘴一笑，「蓮姐、阿娥姨、王阿姨，早！」

「少年仔，你來啦？動作怎麼比我這歐巴桑還慢！」這是批評代替鼓勵的蓮姐式招呼語。

「嗣爺，早安！」這是中規中矩的阿娥。她臉上笑咪咪的表情，像是導護媽媽在回應上學的小朋友。

「嗣爺！」王麗娜則是扯開大嗓門喊他，店裡人們的目光都投向她，她也無所謂，「來來來，蛋餅和紅茶給你，豆漿是偶的，更年期的查某人要補充大豆，有那什麼成分？黃金銅？」

「是大豆異黃酮。」阿娥推了推眼鏡。

「都可以啦，有效就好。」王麗娜把食物推到蔡嗣揚面前，又繼續加點，「三桌再點一個豬肉餡餅！」而後轉向蔡嗣揚，笑得分外慈愛，「你還在長，多吃一點。」

有一種餓，叫做王阿姨覺得你餓。王麗娜在蔡嗣揚小時候當過他的保母，即使蔡嗣揚已經二十五歲了，王麗娜還常常當他是五歲孩子，三不五時就念他太瘦，要他多吃一點。

「王阿姨，妳才四十二歲，還很年輕，離更年期還很久啦。」蔡嗣揚接續大豆異黃酮的話題。

「不『肖年』嘍，今天這裡也痛、那裡也痛，老啦！」王麗娜笑答。

蔡嗣揚敏銳地發現，蓮姐和阿娥交換了眼神，而後瞥了王麗娜一眼，她們的眼神透露出一絲憂慮。從清晨忙到此刻的蔡嗣揚，才想起昨天發生了一件大事，王麗娜的心情應該不會太好……

王麗娜像察覺到眾人的擔憂，她的語氣更加昂揚，「客人用LINE傳了一個笑話，偶念給你們聽哦。」她將手機拿遠，字體放大，朗聲念出：「情人節快到了，老公問老婆最喜歡什麼花？老婆說：『偶最喜歡兩種花。』老公說：『快講，偶買來送妳！』老婆說：『有錢花，還有隨便花！』」

蔡嗣揚率先捧場笑了一下。

「還沒完啦，老公馬上說：『老婆，妳真美！』老婆高興地問：『偶有多美？』老公回答：『妳想得美！』」

這下子，蓮姐和阿娥也噗哧一聲笑出來。

蔡嗣揚心想，不愧是王阿姨啊。

蔡嗣揚小時候，因為父母雙亡，是在菜市場賣豬肉的阿嬤帶大，那時常被學校同學欺負取笑，他哭著找王麗娜訴苦：「王阿姨，有人說我是殺豬的孤兒，是豬養大的！」

王麗娜心疼地抱了抱他，「生活是偶們志己創造的，偶們過得好就好。來，阿姨講笑話給你聽，一個不夠，就再講一個，講到你笑為止……」

蔡嗣揚高中時，電視熱播吳奇隆主演的《步步驚心》，三位阿姨被「四爺」迷得亂七八糟，蔡嗣揚因為名字有個「嗣」，王麗娜便開始叫他「嗣爺」。

雖然他們沒有血緣關係，但王阿姨的樂天爽朗深深影響了他。

市場人沒有太多餘裕慢慢吃早餐，由不得他多想，四人很快完食，付錢後一起走出店外。

「麗娜，妳還能做生意嗎？不回去躺一下？」蓮姐蹙著眉頭問。

「安啦，還可以做啦，偶只有一個人，要更打拚。」王麗娜答。

「麗娜，妳幹麼這麼拚？賣菜刀的簡哥不是說只要妳點頭，就讓妳過上好日子？」阿娥問。

王麗娜笑笑，「偶就勞碌命，沒那麼好命啦，哈哈哈！」

「好啦，麗娜，明天還要一起吃早餐喔！」蓮姐說。

「沒問題！」王麗娜拍胸脯保證。

看著她們三人的笑臉，還有王阿姨流露疲勞的眉眼，蔡嗣揚莫名有種預感，下回這三位中年「忙」

美、市場「跪」婦的早餐茶會，好像要很久很久以後才會再次實現……

趁時間還早，蔡嗣揚先去便利商店繳費，這時，蓮姐打電話來。

「嗣爺，你知不知道——」

「我知道，王阿姨最喜歡的歌手裘芝恩出事了。」蔡嗣揚不只知道，還目睹了事發經過，「我昨天有打電話給王阿姨，她聽起來很鎮定，說要去求玄天上帝，求祂保佑裘芝恩。」

「她在玄天上帝面前跪一整晚，一直擲筊，弄到凌晨三點出現聖筊，她才肯回去換衣服，出來和我和阿娥吃早餐。」蓮姐嘆了口氣，「嗣爺，你的攤位就在她對面，幫我好好看著她，要是她沒擋頭，一定要帶她回去休息，知不知道？」

「蓮姐放心，包在我身上。」蔡嗣揚義氣允諾。

♪

「松阪肉已經賣完了，要電話預訂才有唷！」

「五花肉切幾塊？」

「今天肉價，梅花肉一斤一百三！」

「請不要用手指戳肉喔！」

仁晴市場裡人潮擠得水泄不通，「百年蔡記肉鋪」攤位上，鮮紅的肉塊垂掛，像是小窗簾，蔡嗣揚揮動大剁刀，砧板上的肉隨之一分為二，他專注工作，不時透過肉塊小窗簾緊盯「麗娜服飾」的動靜。

上午六點，王麗娜準時將鐵門升起，俐落地幫假人模特兒換上本季新款服裝，因應炎熱天氣搭配了草帽和斜揹水壺，還在玻璃門前貼上「內褲特價！只有今天！」的手寫大字報。

上午八點，她在高腳梯上拿著大聲公熱情叫賣，「來喔！挑挑看選選看！男用內褲絕對不難用！好穿有彈性！小麻雀到大老鷹，都有尺寸唷！」

高亢的呼聲，爽朗的笑語，吸引滿滿的人潮，今天麗娜服飾又是仁晴市場最熱鬧的一角。

上午十一點，特惠內褲組仍然吸引不少人。

「三件二九九，買兩組再給你打九五折，這位太太帶三組，算妳九折八〇七，再去零頭，八百塊就好！」王麗娜邊叫賣還邊心算，完全不需要按計算機，買內褲的太太不放心地拿手機驗算，「這麼會算，真的是八百零七塊……」

「阿姨，因為她是我們仁晴市場有名的，會走路的計算機啊！」一個搬貨的年輕人路過插了句話。

下午一點半，午後的人潮稍歇，是許多攤商吃飯的時候，平時王麗娜都會吆喝附近的攤商到她店裡，她出卡式爐和鍋子，水產店出海鮮、蔡嗣揚出火鍋肉片、蔬菜店拿出葉菜菇類，忙的時候煮個簡單的什錦鍋燒麵，人潮較少的時候，偶爾來個豪華的燒酒雞或羊肉爐……但今天王麗娜卻沒什麼動靜。

「麗娜，煮啥好？蛤仔還是白蝦？」水產店老闆問，王麗娜才從貨架前回神，「歹勢歹勢，卡式爐壞了不能煮，改天我再請大家呷火鍋。」

早晨王阿姨如常大啖早餐，或許是因為不想讓蓮姐和阿娥姨擔心，現在看起來，她還是很在意吧？

蔡嗣揚去熟食攤包了個排骨便當給王麗娜，她笑吟吟地接下，在他面前吃完這一餐。

下午四點，接了小孩放學、來買晚餐食材的媽媽們湧現，這是王麗娜第三波的高腳梯叫賣時間。

蔡嗣揚心想，再兩小時，市場就要打烊，看樣子王阿姨熬過了這天。

王麗娜再次站上高腳梯，因應帶小孩的族群，她改變促銷內容，「囡仔人的內褲嘛要常常換！來喔！小男生小女生通通有！紅橙黃綠藍靛紫通通有！凱蒂貓哆啦A夢通通有！全都是『妹得飲胎萬』，『欸使居欸使』檢驗合格啦！」

人潮擠向高腳梯，人人仰著臉聽王麗娜叫賣，突然間，王麗娜的身軀抖了一下，手上拿的大聲公掉落下來，王麗娜停止叫賣，兩旁人群開始鼓譟。

「老闆娘，內褲一組多少錢啦？」

「這件有抗菌功能嗎？」

「偶孫子讀三年級已經四十五公斤了，架『大摳』能穿嗎？」

眾人眼巴巴地等她回答。

王麗娜坐直身軀，茫然地睜大眼睛望了望四周，彷彿剛睡醒，而眼前是一個非常陌生的異世界，蔡嗣揚敏銳地發現——王阿姨的眼神，變得好奇怪。

那雙大眼中，透露著困惑以及緊張恐懼，不知如何是好的心情全寫在臉上。

那不像是堅毅的王阿姨會有的神情……她是累了、撐不下去了嗎？

蔡嗣揚瞪大眼睛，連忙放下菜刀，洗了手，往高腳梯走近。

眾人還在等王麗娜回答他們的問題，只見王麗娜輕輕張開紅唇——

「請問……這裡是哪裡？」

客人們譁然，蔡嗣揚更加疑惑，王阿姨說的話很奇怪，更詭異的是，雖然一樣是菸酒嗓，但語氣卻變得輕柔斯文，一口字正腔圓的國語，和平日大剌剌的台灣國語完全不一樣。

「仁晴市場啊，不然咧？」

「對呀，妳不就是這間『麗娜服飾』的頭家娘王麗娜？」

「老闆娘，小心早發性失智，我婆婆說市場大門右邊那家藥局賣的銀杏很有效喔！」

買菜媽媽們爭相開口，王麗娜聽了瞪大眼睛，她深吸一口氣，卻好像吸不到氣，伸手捂胸，而後重心不穩，從高腳梯上摔了下來——

「王阿姨！」蔡嗣揚大叫，衝上前接住了她。

迷迷糊糊中，裘芝恩被人扶進店面，腦袋裡迴響著什麼仁晴市場、服飾店王麗娜等字眼，上帝公公把她送到她曾遇襲而身心受創的菜市場嗎？

她深深吸一口氣，右手抓住左手腕，她戴慣的手鍊已經不見，但這個動作還是能幫助她平復呼吸。裘芝恩睜開眼，視線掃過店鋪裡成排的彩色嬰幼童服飾、男女內睡衣後，落在牆上一張放大裱框的海報。

戴著玫瑰花圈的白衣少女——這是她第一張專輯附贈的海報，和她在水晶球中看見的遺照一樣，她愣了一下，回過頭，被一張臉嚇了一跳。

進入這副身軀後，第一個清晰映入視線的人，是一個和自己年齡差不多的男子。他有清朗的眉眼，眼瞳黑白分明，笑起來像早晨淡淡的陽光，是一個走伸展台和拍MV都能勝任的好看男子。

裘芝恩發現男子還扶著她，立刻抽回手臂，抿了抿脣，輕聲說道：「謝謝你，麻煩你了。」

男子挑起眉頭，「王阿姨，妳怎麼這麼客氣？妳還好嗎？」

裘芝恩心跳漏了一拍，她覺得他的眼瞳澄澈，好像能看穿自己的靈魂。

裘芝恩腦袋混亂，講話支支吾吾：「你叫我王阿姨？呃，我還好……」

「妳昨天在玄天上帝案前跪了一整晚，今天又照常做生意，應該很累了，要不要載妳回去休息？」

「唔，好……」裘芝恩點點頭，只要能離開菜市場都好。

「王阿姨，妳坐著吧，我幫妳關店。」

男子將門外的假人和特價花車都搬進店內，裘芝恩愣愣地跟著他走出店門。

「王阿姨，鐵門要關。」

「蛤？喔……好……」裘芝恩摸了摸褲袋，沒有遙控器，發現身上掛了一個霹靂腰包，翻找了一下，才找到遙控器讓鐵門咿咿呀呀下降。

「大山，我載王阿姨回去，等一下回來！」男子交代肉鋪裡一個綁著小馬尾的刺青男，然後送裘芝恩離開市場。

一路上，眾人向他倆揮手，裘芝恩僵笑，好不容易來到機車停車格。

男子在她的霹靂腰包找到鑰匙，將安全帽遞給她，她雙手緊抓坐墊後的握桿，和前座的他保持距離，等著引擎發動。

「王阿姨，妳今天怎麼這麼害羞？」男子朗笑，拉起她的手環住自己的腰，裘芝恩緊張得只用指尖捏著男子的T恤衣襬。

車行沒多久，遇上路面不平，磕碰之下裘芝恩下意識摟緊男子的腰，臉撞向他寬闊的後背。

「啊，真的很不好意思。」裘芝恩非常困窘。

「噗，王阿姨，妳今天真的怪怪的耶！」

男子笑得爽朗，裘芝恩只能無奈地想：因為我根本不是什麼王阿姨啊……

裘芝恩家裡一向以汽車代步，大學忙著作曲和參加比賽，機車聯誼一概不參加；趙韋善則是以公司名義向租車公司租賃最新的車款，因此，這是她第一次坐摩托車。

夏日傍晚的涼風緩緩吹來，裘芝恩卻無心感受摩托車初體驗，她心裡反覆咀嚼上帝公公交代的話。

「妳只能借用這位歌迷七七四十九天的身體和生命，這四十九天，只要妳住在他的住處、理解他的生活，完成派給妳的任務，就可以逃過一劫，繼續自己的人生。」

所以，她回到這位歌迷的住處就好了吧，她會有個暫時的窩，可以待七七四十九天，好好寫歌，對吧？

十幾分鐘後，機車從大馬路鑽進一處窄巷，停進一棟樓房的騎樓。

裘芝恩從霹靂腰包中翻出那一大串鑰匙，男子挑起其中兩把，勾起唇角，「大門是這支，妳家是這支。」

裘芝恩再次致歉，神色帶著疑惑，「不好意思……不過，你怎麼連我家鑰匙都這麼清楚？」

男子湊上前，曖昧地發出氣音，「王阿姨，妳忘了喔？我是你養的小狼狗啊！」

「什麼？」裘芝恩嚇得倒退三步。

「哈哈哈，看妳精神不好，開玩笑讓妳提神一下。妳房東是我阿嬤，現在房子是我在管的，當然清楚嘍！」男子再次奉上溫暖的笑，「我想妳昨天在玄天上帝面前跪了一整晚，應該累壞了，我陪妳上樓吧。」

他走在前面，裘芝恩跟著他，來到二樓左側門口。

裘芝恩拿著鑰匙，卻打不開房門。

「啊，我忘了，是右邊啦。」男子抓抓頭，不好意思笑道。

裘芝恩搖搖手，「沒關係。」

她走向走道右側，屋子的主人在門口掛了把木劍，想來是避邪用。

「王阿姨——」

裘芝恩回頭。

男子從口袋掏出一個名片夾，「這是我新印好的名片，還沒跟妳分享呢。」說著，他遞出名片。

裘芝恩接過，卻看不太清楚上頭的字，她反射性地拿遠，印刷字才清晰起來，「仁晴市場自治會會長，蔡、嗣、場？」

「果然，我的判斷是對的——」

裘芝恩抬頭，男子已抄起木劍劈向她，她本能地伸手護著頭迅速蹲下，木製劍鋒停在她手臂前三公分。

「你、你幹什麼？」她驚嚇地瞠大眼睛。

男子一臉正氣，雙眼炯炯有神，質問道：「說！妳到底是誰？這是桃木劍，劈下去妳就慘了，還不快快離開王阿姨的身體！」

「蛤？」

裘芝恩終於把門打開，並將男子請到屋裡，兩人隔著小茶几，面對面坐在老舊的布沙發。男子還沒有放下木劍。

「你知道我不是那個……什麼娜？」裘芝恩小心翼翼地問。

「王麗娜。」男子一臉嚴肅，「王阿姨親切活潑，妳的眼神語氣都和王阿姨不一樣，而且她都叫我『嗣爺』，而妳居然連我的名字都念錯！我是蔡嗣『揚』，不是蔡嗣『場』，感覺就像妳第一次見到我。」

「你怎麼不覺得我是失憶健忘？」

「妳又沒撞到頭，怎麼會突然失憶，而且妳才四十二歲，失智的機率不高。就算健忘好了，也不會一下子連自己住哪都忘掉吧？」

「原來你在測試我。」裘芝恩心跳悄悄加快，額際冒汗，一時不知怎麼回應，因為她也還在搞清楚狀況。

她遲遲不說話，蔡嗣揚以為她心虛，於是站起來，木劍再次指向她，「妳到底是誰？王阿姨因為裘芝恩的意外太傷心，跪了一夜身體虛弱，她八字輕，讓妳有隙可乘！快離開王阿姨的身體，不然我請仁仙宮的道士來處理妳了。如果妳願意自己離開，我可以念經文迴向給妳。妳要心經還是地藏經？十萬遍還是二十萬遍？或是有其他心願？」

裘芝恩皺眉，「這個時代居然還有人相信鬼附身這種事？你乾脆懷疑我是精神分裂還比較合理吧？」

「妳說的是多重人格障礙，簡稱人格分裂。」蔡嗣揚正經回答。

「你還真懂。」

「我大學念過心理學，但這不重要。我有注意到妳在店裡看著裘芝恩的海報若有所思，像是認識她──如果妳是剛分裂出來的人格，妳會知道裘芝恩嗎？」蔡嗣揚頓了頓，又繼續說：「這種狀況我不是第一次遇到了。五年前，我們店裡的小學徒，中元普渡還沒拜完就偷吃祭品，一下子變得眼睛無神，說他是走丟的小女孩要找媽媽；去年，樂山青果老闆的媽媽去掃墓，回來神情就變了，還會講日文，堅持她出生在日本時代，問她叫什麼名字，說是福美子。」

裘芝恩露出不太相信的狐疑表情。

蔡嗣揚聳聳肩，「之前這些狀況，我本來都建議他們去醫院，但市場的大夥把他們帶去給道士收驚祭改，一趟就處理好了。所以，我直接帶妳去找仁仙宮的老莊道士吧！」

蔡嗣揚原以為這隻占據王阿姨身體的鬼會抗議，但她深吸一口氣，然後才小心翼翼地開口。

「我承認，我的確不是王麗娜，但我不是女鬼，我還活著，這應該叫做『魂穿』，總之，我發生了意外，醒來就在這個王麗娜身上。」

「妳還活著？那妳是誰？」蔡嗣揚挑眉，看起來一臉懷疑。

裘芝恩無奈地嘆口氣，「我先請問一下，王麗娜是裘芝恩的粉絲嗎？非常支持的那種？」

「對，妳轉頭看。」

一回頭，裘芝恩就看到自己的歷年專輯、EP陳列在櫃子裡，而且都有兩份。

蔡嗣揚補充，「王阿姨非常喜歡裘芝恩，喜歡到所有專輯都買五份，一份收藏，一份打開來聽，另外三份送人……」講到一半，蔡嗣揚打住，警戒地緊盯裘芝恩，「等等，妳問這個幹麼？不要轉移話題，妳究竟是誰？」

她吸了一口氣才開口：「我就是裘芝恩。新聞可能有報導，我、我出意外受傷了……」

「妳說什麼？」蔡嗣揚不太相信，並上下打量坐在對面的「王阿姨」，但她的神情非常真誠，眼睛裡隱隱透露忐忑不安。

「請你相信我，我真的是裘芝恩，真的。」

蔡嗣揚望向櫃上展示的專輯，看到最外側一張的專輯封面，裘芝恩露出悲傷神情，流轉的眼神，蹙眉的方式，微微抿著的嘴唇，儘管五官不同，但和眼前的「王阿姨」神韻表情卻頗相似……

蔡嗣揚放下木劍。

「如果妳是裘芝恩，或許妳會對我的聲音有點印象？」

「什麼印象？」裘芝恩感到困惑，「去年端午節商演我們見過嗎？對不起，那天太混亂、太可怕了，我沒記住任何人，也不想記住。」

蔡嗣揚思索一會兒，「印象中，當時裘芝恩狀態的確不好。」他看向裘芝恩，手拄著下巴，「或許，有另一個可能……我覺得粉絲想魂穿到偶像身上不難理解，但是明星穿到粉絲身上，這就不太合理，所以，會不會其實妳不只是女鬼，還是個很有想像力的女鬼？」

蔡嗣揚神情懇切，「還是請妳跟我去一趟仁仙宮吧，我可以保證，老莊道士會盡力幫妳消去累世業障，早日投胎。」

裘芝恩垮下肩膀，用力搖頭，「看來你還是不相信我的話，你不如說我是多重人格障礙，把我當作王麗娜的第二人格。總之，我不能也不會消失，你找道士可能也沒用，因為是她自己發願要把身體借給我。」

蔡嗣揚沒料到這樣的答案，陷入思考，「把身體借給裘芝恩……的確很像王阿姨會許的願，可是她不要自己的人生了嗎？王阿姨陽壽盡了嗎？」他皺起眉頭，口氣嚴肅擔憂，「年初，王阿姨說過，算命的說她今年有個劫難，難道是這件事……」

「你、你別緊張……蔡嗣揚先生。」裘芝恩趕緊解釋，「她七七四十九天後就會回來，扣掉今天只剩四十八天了，但讓一切恢復原狀的前提是我要體驗她的生活，寫一首歌給她，她才能回到這副身體，我也才能回到自己身上。」

「這是誰跟妳說的？」

「上帝公公。」

「基督教那一位？」

「我不知道……」

「但王阿姨求的是玄天上帝。」

裘芝恩聳聳肩，「也許神明之間有某種通話方式？」

「這可能嗎？」蔡嗣揚問。

裘芝恩無奈地苦笑，「現在，你覺得有什麼事情是不可能呢？」

兩人陷入靜默，裘芝恩不安地絞著手指。不知又過了多久，蔡嗣揚再次開口，打破靜默。

「現在，妳打算怎麼辦？」聽他的口氣，似乎暫時相信她就是裘知恩。

「嗯……」裘芝恩想了想，「我計畫在這裡待滿四十九天，但我不會做生意賣衣服，怕露餡，我就不去市場了，我想好好待在這裡，直到完成這首歌。」

蔡嗣揚點頭，「也是，只要多待幾天，全市場都會發現妳不是王阿姨，到時不是硬把妳綁去找老莊道士，就是把老莊道士帶到店裡。」

他還想不到更好的解決方式，於是先幫裘芝恩用指紋解鎖王麗娜的手機。

「妳點群組『紫紅幫』，跟蓮姐和阿娥姨說，妳身體不舒服先回來休息了，明天不跟她們吃早餐，也會休息停工一個多月，要她們不要擔心，這兩位是王阿姨的閨密，一定要先跟她們打聲招呼。」

裘芝恩點點頭，正要打訊息，蔡嗣揚突然出手阻止她，「等等！」

「怎麼了？」

蔡嗣揚沉吟一會兒，「不行，蓮姐和阿娥姨不會放妳一個人在家裡閉關，一定會天天來找妳吃飯，到時候一樣會被發現。」

他思考了一下，想到另一種辦法，「我建議妳打扮成妳本來的樣子，越不像王阿姨越好，然後用王阿姨的手機發個訊息，跟蓮姐她們說要回鄉下休養，會請親戚幫忙顧店。妳就扮成王阿姨的親戚，明天開始，每天來店裡報到，直到七七四十九天過去，這樣反而不會讓人起疑。至於市場的一切，我以自治會會長的名義保證，會幫助妳順利度過這段時間。」

聽到這個提議，裘芝恩下意識地抗拒，「天天上、上菜市場報到？」她想起遇襲的回憶，不舒服的感覺瞬間襲來。

蔡嗣揚揚起自信的笑容，「妳放心，仁晴市場已經不一樣了，遊民都請社會局協助安置，明天妳來市場仔細看看就知道。」

裘芝恩抿緊嘴唇，蔡嗣揚望著她的眼，誠心地說道：「如果妳真的得寫一首歌給王阿姨，妳應該要體會王阿姨過什麼樣的生活才有靈感吧？了解她工作的菜市場是重要的切入點，不是嗎？」

裘芝恩默不作聲，但她眼底的猶豫漸少，蔡嗣揚知道自己說服了她。

「六點了，我該回去關店了。」蔡嗣揚起身，「妳別想打包逃離這個套房哦，我跟這一帶的管區警察是好朋友，一通電話，就會把妳找出來。」他認真地又看了她一眼，「希望妳不是假扮裘芝恩騙我的小女鬼。」

「我才不是女鬼！」裘芝恩抗議。

蔡嗣揚笑著說：「那就明天見了。」

踏出王麗娜的家，蔡嗣揚心裡還是不無懷疑，他突然想念起王麗娜爽朗的笑聲，還有她的話語。

「生活是偶們志己創造的，偶們過得好就好。來，阿姨講笑話給你聽，一個不夠，就再講一個，講到你笑為止……」

如果她說的是實話，王阿姨此刻在何處呢？她真的在裘芝恩身體裡沉睡嗎？

不論如何，王阿姨一定會爽朗地拍胸脯保證，她一切安好，對吧？

第四章　變身

蔡嗣揚離開後，裘芝恩依照交代，通知了「紫紅幫」，她模仿王麗娜的語氣，並附帶三張長輩圖，紫紅幫裡的兩位聯絡人很快回訊，關心地要她多保重。

呼，看來是相信了。裘芝恩鬆了一口氣。

她環視王麗娜的房間，這間套房約十坪，有個小小的廚房，整理得乾淨整齊，只是傢俱頗老舊，櫃子箱子非常多，顯示主人住在這裡已有漫長的歲月。

她想看看王麗娜的長相，來到這副身軀好一會兒了，還沒時間看看自己現在的模樣，她也想在這家裡四處看看，了解王麗娜是什麼樣的人，但是一坐上沙發，這老舊的布沙發彷彿有什麼魔力，她眼皮越來越重，身體越來越斜，沙發凹陷處很合王麗娜這副身軀的曲線……

也許是離魂和魂穿的過程太耗能量，儘管有很多待辦事項，裘芝恩卻歪在沙發上迷迷糊糊地睡著了。

這是一年多來，她第一次沒靠藥物就能安然入睡。

當裘芝恩睜開眼，牆上的時鐘時針已指向三和四之間。

裘芝恩覺得胸口頸部沁著汗水，身上的衣服都溼了，她倏地坐起，感到一陣胸悶心悸，發現手腕上沒有熟悉的粉晶手鍊，才想起自己還困在王麗娜的身體裡，連身上的霹靂腰包都還沒卸下來。

盜汗胸悶心悸……她聽工作室的會計抱怨過，這是更年期症狀，王麗娜也更年期了嗎？

她從沙發上站起，覺得一陣腰疼，只好扶著腰來到梳妝台前。

一看見鏡中的自己，裘芝恩驚呆了。

鏡中人頂著一頭捲髮，穿著假兩件式韻律褲搭配紫紅色緊身上衣，胸前有亮片鑲成蝴蝶結圖案。她揮揮手，鏡中人也揮揮手，亮片跟著閃動，相當刺眼。

震驚的裘芝恩連忙打開衣櫃翻找衣物，發現衣櫃被紫紅色的亮片服飾占據，睡衣雖然沒亮片，但也都是碎花款式，裘芝恩忽然很想念自己的仙女風白色蕾絲睡衣。

進到浴室，脫下衣物時，裘芝恩感覺肩頸痠痛，差點無法順利卸除衣物，她也發現這副身體的肚臍下有一個縱向巨大傷疤，像隻蜈蚣棲息在肚皮上。

王麗娜是受過傷，還是動過重大手術？裘芝恩不忍多看，趕緊用香得嗆人的洗髮精沐浴乳快速沖澡。

洗完澡，坐在化妝鏡前，裘芝恩不知道該怎麼吹整王麗娜的大捲髮，好不容易吹乾，整顆頭蓬亂得像個巨大鳥窩。

梳妝台上排列著瓶瓶罐罐，都是廉價品牌，透明玻璃墊下壓著身分證，裘芝恩取出來看。

王麗娜，籍貫台灣新竹，配偶欄空白，民國六十八年生。

裘芝恩抬頭看著鏡中陌生的容貌。

民國六十八年生，現在就是四十二歲，那和韓星李孝利、裴斗娜同年，林心如和賈靜雯這兩位凍齡美魔女年紀還更大。裘芝恩仔細端詳鏡中人，王麗娜雖然全身瘦痛，腹部有大傷疤，但身材姣好，皮膚光亮不見皺紋，濃眉大眼、五官豔麗，長得挺好看的，個子嬌小又更減齡，條件不錯，為什麼要燙歐巴桑髮型、穿歐巴桑衣服？

雖然是王麗娜的身軀，但這樣的造型，她一天都不能忍。

裘芝恩深吸一口氣，她告訴自己得儘快找家髮廊整理。

她仔細盤點了王麗娜所持有的音樂資產。

除了她的歷年專輯，王麗娜保存的CD都是台語歌曲合輯；王麗娜手機裡YouTube搜尋紀錄中，除了自己的名字，也都是台語歌手姓名，完全沒有與自己同類型的歌手。她還在相簿發現王麗娜參加市場盃卡拉OK比賽的歷年影片。

「月光……第三屆卡拉OK比賽，好，先聽聽看這個。」裘芝恩喃喃自語。

影片裡，王麗娜在眾人熱烈的掌聲中，踩著外八步伐，邊向觀眾揮手邊走上台。

「王麗娜小姐，妳今天要唱裘芝恩的歌，妳有多喜歡裘芝恩？」主持人問。

「全世界偶最喜歡她啦，偶每年大年初一拜拜，都有幫她點光明燈喔！」

主持人聽了大笑，「那麼，王麗娜小姐，現在開唱吧！」

王麗娜沒在客氣，接過麥克風，「偶要請偶的姐妹淘來伴舞！呦呼！」

兩位和王麗娜同樣髮型的中年女子跑上舞台，她們身穿紫紅色系衣服，扭腰擺臀幫王麗娜伴舞，舞姿頗為專業，王麗娜張大嘴巴開唱。

月光拋下溫柔的媚眼，大地伸長了樹的指尖，想要一親她的芳顏，哪知月鵝和你一樣是若即若離的情人，偶用盡力氣，也碰觸不到你的笑臉……

王麗娜唱的是裘芝恩的出道曲〈月光〉，但她的音色沙啞，五音不全，將幽怨的單戀情歌唱成熱鬧版，只差沒弄個七彩霓虹燈來搭配她和姐妹們的恰恰舞步。

裘芝恩下巴差點掉下來，心想，白月光都被王麗娜的歌聲弄成白色爆米花了。

裘芝恩想不明白，這樣一個菜市場歐巴桑，為什麼會是她的歌迷，而且喜歡她到不惜出借生命？她會希望自己寫什麼樣的歌給她？

裘芝恩繼續在屋裡找線索，這時，牆角一把木吉他吸引裘芝恩的目光。

王麗娜也有個吉他朋友？只是這朋友蒙了一層灰，看來跟王麗娜不太熟悉，吉他旁還有幾本破舊的教學書，她輕輕一撥，弦已鬆弛，似乎久未使用。

裘芝恩擦拭吉他後，幫吉他調回應有的音準。

她猜想，也許王麗娜買來吉他，想學習卻不得要領，聽她唱歌大概能明白她不太有音樂才華。不曉得自己能不能用這把吉他，完成上帝公公託付的任務呢？

♪

中午十二點前，是仁晴市場最熱鬧的時候，生鮮攤商忙著在午前賣出今日鮮物。

最熱鬧的一隅,「蔡記肉鋪」前,蔡嗣揚聚精會神將客人要的豬肉送進絞肉機,處理完後,心思飄到斜對面的「麗娜服飾」。

麗娜服飾店門緊閉,看來這位疑似裘芝恩的女子,還不願離開家門。

她到底是女鬼、王阿姨的第二人格,還是真正的裘芝恩,蔡嗣揚苦惱了一夜,仍然沒有定論。

午後人潮稍歇,他打算把肉鋪交給店裡的師傅胡大山,找個空檔去王麗娜家探望一下。

此時,走道盡頭一陣騷亂,有人匆匆跑到蔡嗣揚面前,「嗣爺,有個人……大家都沒做生意了,你去西出口看看啦!」

蔡嗣揚脫下手套,將切肉刀交給大山,洗好手後前往查看。

西出口前都是人,蔡嗣揚撥開人群,看到眾人正圍著一名戴墨鏡的女子。

褐色直長髮披在肩上,攤商的超大電風扇一吹,她輕撥長髮,柔亮動人,閃著天使光環般的光澤,像是洗髮精廣告。

不只如此,她身穿法式蕾絲白色長洋裝,斜揹著編織包,腳踩杏色厚底楔型涼鞋,娉婷地走了幾步路,四處張望,身段宛如女明星,難怪吸引人群的注意。

女子摘下墨鏡,露出一雙明亮大眼,她眨眨纖長的睫毛,映著珊瑚唇色,看來擁有濃濃的少女氣息。

「請問,麗娜服飾在哪裡?我搭UBER過來,司機在市場另一個大門放我下來,我找不到。」女子詢問一旁賣彩券的阿伯。

彩券阿伯用力撓頭髮,「妳……看起來有點眼熟!長得好像那個……走路外八、唱歌大聲的……」

一位貨運小弟上前看了看，大喊：「王阿姨？」

穿著「大成水產」圍裙的歐吉桑也忍不住上前，「麗娜，妳為什麼要把牛排店的桌巾穿在身上？」

中年女子巴了老闆的頭，她和水產店老闆穿著同樣的圍裙，應該是水產店老闆娘，「那叫浪漫，你懂不懂？你看看麗娜這樣穿，頭髮這樣弄，看起來好年輕喔！」說著，她上前摸摸女子的衣料，女子身軀一僵。

「質感好好喔！一件多少？」老闆娘抬頭看女子，「可是麗娜，妳說搭什麼『屋跛』？那是什麼？」

蔡嗣揚邁步向前。

這名女子，就是自稱裘芝恩的人。

他昨天就感覺到，明明是一模一樣的眼睛，王阿姨的眼神透著慈愛和滄桑，此刻的她眼神卻靈動又無辜，像是少女靈魂被錯放在大嬸身體裡。現在，她把肉身和靈魂的模樣弄得一致了。

「我不是你們說的王阿姨。」裘芝恩話一出口，攤商們譁然，「蛤？那妳是誰？麗娜去哪裡了？」

「麗娜表姐她身體不太舒服，要去鄉下靜養一陣子，我是她的表妹裘安娜，來幫她代班。」

這是她苦思出來的人物設定，昨晚也是這樣向紫紅幫報備的，但市場眾人一臉不太相信，她清清喉嚨，繼續解釋。

「我和麗娜表姐同年，我們的媽媽是親姊妹，所以五官身材滿像的，表姐以前幫過我家，這次到鄉下祖厝休養，表姐捨不得攤位租金，正好我剛從國外回來，閒閒沒事，就幫她顧店。」

「喔——」眾攤商簇擁向前。

「安娜，妳好！」

「安娜，妳好漂亮喔！」

「安娜，妳從哪一國回來？」

「安娜，妳本來做什麼『頭路』？」

「我從芬蘭回來，本來是音樂老師，謝謝大家。」被群眾包圍而有點焦慮的她習慣性地探向手腕，但腕上早已沒了原本戴慣的東西。

裘芝恩看了眼蔡嗣揚，他點點頭，準備領著她走向麗娜服飾。

她以昔日當歌手的營業用微笑面對眾人，在心裡反覆告訴自己：我是裘安娜、我是裘安娜、我是裘安娜……

這一刻起，她暫時將以「裘安娜」這個名字，度過在仁晴市場的日子，希望能順利回到「裘芝恩」的身分。

大家對於美麗的裘安娜非常好奇，人群開始推擠，蔡嗣揚敏銳地察覺到裘安娜臉上顯現驚恐神色，於是他拍拍手提醒攤商們。

「快要中午了，有些客人是趁午休趕過來買菜，我們堵在這裡，客人怎麼進來呢？」他停了三秒，大聲喊：「大家加油，我們是——」

「最有人情味的仁晴市場！」眾攤商齊聲大喊。

裘安娜擠出笑容，趕緊戴上墨鏡，隔離市場人們好奇的眼神，也暗自感到驚訝。

他們還喊口號啊？這是團康活動，還是競選造勢大會？同時她也擔心起來，喜歡安靜的自己，真的能在熱鬧滾滾的菜市場裡存活嗎？

蔡嗣揚回頭看了看她，示意她一起走，裘安娜點點頭跟上他的腳步。

不管怎麼樣，裘安娜的身分暫時沒被人質疑，算是安全下莊了。

裘安娜跟著蔡嗣揚小心翼翼閃躲人群，墨鏡底下的目光，不經意地掃過市場，她的腳步不知不覺慢下來。

上次商演，她和助理真真借用市場內的廁所，當時的市場燈光不甚明亮，空氣溼溼悶悶的，黑漆漆的走道泛著薄薄水光，角落不時出現垃圾，她還記得，有間水果行，西瓜掉落地上碎裂，讓髒汙的地面像多了灘鮮血，好不嚇人。

今天仔細看，才發現這裡已經大不相同。

地板乾淨到發亮，室內也安裝了空調，涼風習習，翠綠蔬菜、鮮豔蔬果裝在有質感的木箱裡，水產攤加裝壓克力罩，而肉鋪的鮮紅肉品，放在翠綠的荷葉、竹葉上，像是在故宮展示的肉形石，被珍重地對待。

不只如此，每家攤商都裝了設計感燈具，不再是昏黃的燈光，攤位背板上了顏色，不同風格的手繪圖介紹主力商品與店家，標示價格的牌子，不再是隨手剪的瓦楞紙，而是用好看的手寫字體寫的各色紙板。市場變得兼具傳統味和新穎氣息，走過成排店家，可以感受到全新的活力。

當中有幾家店改造得非常有風格，攤商的招牌統一設計，鮮黃底色、手繪店名並畫上Q版人物，仔細對照，Q版人物正是店家老闆形象，像麗娜服飾的店招，畫的正是捲髮大眼的王麗娜，一看就認得。

她沒想過，菜市場可以這麼漂亮，仁晴市場變得好像文創園區、文青市集！

人們看到從王麗娜變身的她，驚訝得張大了嘴；其實她看到仁晴市場，才真正感受到什麼叫做驚豔。

蔡嗣揚領著裘安娜到達店面，還幫忙拉開服飾店鐵門，將特價衣架、假人模特兒推出門外，布置好店面，才轉頭交代，「裘阿姨，妳要記好，這間店編號一五三，市場四個大門都有攤位配置圖，迷路的話可以看一下。」

「你叫我什麼？阿姨？」裘安娜摘下墨鏡，那雙大眼射出無言的抗議。

他笑著解釋：「市場裡重視輩分，我不叫妳阿姨，會被說沒大沒小。」

「好吧！」裘安娜莫可奈何，暗暗記下店號，順口一提：「仁晴市場變了很多嘛。」

「妳知道市場原本長什麼樣子？」蔡嗣揚問。

「端午節商演，你當時應該也在場吧？」裘安娜挑眉。

蔡嗣揚還不肯定她就是裘芝恩，暫且拋開心中的狐疑，娓娓述說市場的變化：「我們先改裝了空調，重新拋光磨石子地板，接著Y大學設計研究所以我們市場的翻新改造美化，作為實作專題，所以全部重新設計過了。」

「原來如此，那為什麼王麗娜的店看起來不像改造過？」裘安娜望著店內四周。

「王阿姨的店是最後一家，她還沒想好要怎麼布置……」蔡嗣揚看了看她的打扮，「妳品味滿好的，也許妳可以幫幫她。」

這時，店外傳來呼喚：「嗣爺，這位餐廳老闆指定要你手切肉燥啦！」

「我先忙了，裘阿姨，有事隨時找我。」他揮揮手離去。

「要寫歌，還要幫她布置店裡，哪來這麼多時間啦……」裘安娜低聲嘀咕，然後拿出來市場前為了上網買的新手機。她動用了王麗娜霹靂腰包裡的一疊鈔票，但她不會白拿，等她回到裘芝恩的身分，一定會開張支票答謝王麗娜。

她戴上藍芽耳機，希望隔絕外界的嘈雜，但熙來攘往的人群聲，還是傳入她耳裡。

「對，年輕人，就是你，你切得最方正漂亮、肥瘦均勻啦！」一位阿伯大喊。

「多謝老闆啦！有多送你一點肉！」對方大嗓門，蔡嗣揚也跟著提高音量。

裘安娜從衣架縫隙中，偷看蔡嗣揚俐落地刀起刀落，垂下眼睫的專注模樣，說真的，蔡嗣揚好看的臉放在市場太可惜了……

但此時不是幫別人惋惜的時候，此刻應該來靜心冥想召喚給王麗娜的歌曲了。

裘安娜按下播放鍵，冥想音樂傳來，她將音量調高，卻什麼畫面、什麼音符也接收不到……

「中午了，欲呷啥？」

「當然是蓮姐的糯米飲嘍！」

午餐時間，攤商們忍著飢餓，隨手塞點食物墊墊胃，等著午後人潮稍歇再吃飯。

「請問，一五三攤商在哪裡？」一位戴著安全帽、背著亮綠色方正背包的年輕人走進市場。

彩券阿伯指引他，「這邊走到底的麗娜服飾。」

「你是『傅胖達』？做外送的？」彩券阿伯問，今天好像是第二個人問他一五三號攤位在哪裡。

「不是，我們是『吳伯毅』。」

年輕人找到麗娜服飾，拿出紙袋，放在門口後送出訊息：「我已抵達」。

裘安娜走出來，拎起放在門口的餐盒走回店內。

水產店老闆和老闆娘擠在店門口探頭探腦，他們愣愣地看著裘安娜拿出大飯店西餐廳的雞胸肉青蔬沙拉，淋上少許油醋醬，優雅地嚼著。

「請問妳是外國人嗎？吃草會飽嗎？」水產店老闆好奇發問。

裘安娜露出禮貌的笑臉，「我吃這個會飽，謝謝。」

「我們仁晴市場這麼多美食，為什麼要叫外送？」水產店老闆娘問。

她搖搖頭，「不好意思，我喜歡吃沙拉。」

「妳明明在店裡，為什麼外送弟弟放在門口？」水產店老闆又問。

裘安娜臉上閃過一抹尷尬，「呃，因為減少和人接觸，我比較自在。」

她看著水產店老闆夫婦驚訝的表情，猜想他們可能沒用過外送平台服務，於是推薦道：「你們沒叫過外送嗎？很方便喔，要不要吃吃看？我有折扣碼可以分享給你們。」

「呃，不用了……」

兩人默默離開，站在水產店旁討論。

老闆嘆息，「看來以後沒有中午吃火鍋這麼好康的事了。」

老闆娘則說：「這個裘安娜是很美，但真的很奇怪，會不會她根本不是什麼表妹，其實麗娜是和熙貴他媽媽去年一樣，被小鬼附身啦？」

「對對對，那時她說自己是日本時代的福美子，說自己沒現在這麼胖，還吵著要穿和服，嚇死我了。」

老闆用力點頭。

「阿成、阿慧，你們說什麼？麗娜被誰附身了？她不是回鄉下休養了嗎？那個什麼表妹在哪裡，怎麼沒人叫她來給我認識認識？」宏亮的中年女聲響起，老闆夫婦回頭，一位捲髮歐巴桑現身，身後跟著一位戴眼鏡的歐巴桑。

是大姐大蓮姐！還有她的好姐妹阿娥。

水產店老闆阿成趕緊打招呼，「蓮姐、阿娥……店裡的是麗娜的表妹，裘安娜。」他指了指服飾店裡的裘安娜，並將裘安娜的自我介紹轉述給蓮姐聽。

老闆娘阿慧加入評論，「蓮姐妳看，她和麗娜長得很像，可是完全是不一樣的人。」

「她和麗娜明明長得一模一樣。」霸氣的蓮姐喊一聲，「阿娥，我們來去看看！」阿娥趕緊小碎步跟上。

蓮姐和阿娥大步踏進服飾店裡。

「歡迎光——」

裘安娜放下插著小黃瓜的叉子，話音未落，阿娥一個箭步衝向她，伸手抱緊，語帶哭腔，「麗娜！妳怎麼變成這樣？」

她傷心地摸摸裘安娜的長髮，「我們三個好姐妹的紫紅色隊服和招牌髮型，怎麼換掉了？」

裘安娜認得她們，她們是在影片裡幫王麗娜伴舞的好朋友。

「抱歉，我不是王麗娜，可以不要碰我嗎？」裘安娜輕巧不失禮貌地閃開她們兩人。

「妳知道我們是誰嗎？」蓮姐雙手叉腰，渾身霸氣。

「兩位是麗娜表姐的好姐妹吧？妳們好——」裘安娜看著阿娥，偏頭問道：「蓮姐？」

而後轉向正牌的蓮姐，「阿娥？」

「我是蓮姐，她才是阿娥！」蓮姐皺著眉，覺得麗娜的表妹怎麼這樣不識相，來菜市場都不知道跟她拜個碼頭。

只見這位安娜表妹抬頭，睜著無辜圓眼。

蓮姐不高興地問：「妳說妳是麗娜的表妹？但阿成說妳改名叫什麼裘安娜？」

「不是改名，我真的叫裘安娜，是王麗娜的表妹。」

「身分證拿出來！」蓮姐忿忿地朝她伸出手。

「嗯……放在老家，沒帶來。」裘安娜鎮定回應，心跳卻悄悄漏了一拍。

為了扮演裘安娜這個角色，她得說多少謊啊？

她下意識地把冰涼的小黃瓜送進嘴裡，閉嘴咀嚼，鎮定心緒，媽媽從小嚴格教導「嘴裡有東西不可以說話」，但從蓮姐的角度看來，覺得裘安娜是不想搭理她，不把她這市場大姐大放在眼裡。

「妳明明和麗娜長得一模一樣，雙胞胎也不會這麼像，我看妳是『中猴』被小鬼附身啦！走，我帶妳去收驚！」蓮姐生氣地和阿娥一起把裘安娜從椅子上「拔」起來，拖出店門，這時門口已擠滿看熱鬧的人群。

「大家都給我閃邊！」

蓮姐一聲令下，門口圍觀的攤商和客人紛紛讓路，裘安娜掙扎抗議，但眾人震懾於蓮姐的氣勢，只是愣愣地站在原地，不知如何是好。

裘安娜往蔡記肉鋪投向求救的眼光，蔡嗣揚說過，市場的一切他都會幫忙，但她絕望地發現，蔡嗣揚不在攤位上，只剩一個留著小馬尾的壯碩刺青男，他拿著菜刀，看著她們爭執吵鬧，張大了嘴，一副下巴快要掉下來的樣子。

於是，她被蓮姐和阿娥強制帶到市場二樓的小宮廟。

仁晴市場二樓手扶梯這一處，兩旁店家拉下鐵門，走道的燈光明明滅滅，和一樓的熱鬧活力呈現明顯反差，唯有掛著「仁仙宮」木匾額的宮廟，燭光明亮，煙霧繚繞，檀香味熏得嗆人，人群圍著道士和裘安娜議論紛紛。

「姓名王麗娜，己未年七月七日生，住址XX市仁晴區仁晴里……現在連自己都不認得了，請神明作主解除災厄……」仁仙宮的老莊道士閉目虔敬地念著咒語，手拿符紙在裘安娜額前揮來揮去。

她和蔡嗣揚討論過，如何不被市場鄉親們抓來這個仁仙宮，沒想到還是被強制帶過來了。

「我沒有『中猴』，拜託不要碰我，讓我回去……」裘安娜抗議，她站起身，又被蓮姐摁回椅子。

「王麗娜，元神快回來！妳是什麼人，是小鬼還是冤親債主，還不快報上姓名來！」道士語氣變得凌厲，「惡鬼好大的膽子，在神明面前竟然還不退散！」

「我真的是裘安娜！」裘安娜加重語氣，變得有點激動。

但道士仍然在她面前念念有詞，「我再問妳一次，妳是誰，快報上姓名來！」

「問幾遍都一樣，我是裘安娜，我也希望我只是『中猴』而已，你們知不知道，我碰上的是比這個嚴重幾百倍的事？」裘安娜欲哭無淚。

道士收斂了氣勢，他看裘安娜眼瞳黑白分明，炯炯有神，根據他多年經驗，被附身的人往往眼神渙散、無法聚焦，不會像裘安娜這樣，於是他轉頭看了蓮姐一眼，「阿蓮，我看她應該沒有『中猴』……」

老莊道行高深，不只菜市場的人們倚重他，還有不少從外縣市來找他收驚祭改的信眾，蓮姐也不得不信服，她咬咬嘴唇正要發話，人群裡傳來聲響。

「蓮姐！」

是蔡嗣揚。

他上洗手間回來，聽到店裡師傅胡大山說裘安娜被蓮姐架往二樓的仁仙宮，立刻趕了過來，正好聽到老莊道士認證她不是被附身。

她不是女鬼？那她真的是裘芝恩？可能嗎？

裘安娜在蓮姐和阿娥姨壓制下，孤立無援，他看見她臉上不安的神情，眼眶還有些紅，握緊的拳頭像在忍耐著什麼，他突然覺得很過意不去。

魂穿也好，女鬼也好，妄想症也罷，不管她是誰，都不該被推到眾人面前公審。

於是他趕緊上前撥開人群，拉起裘安娜。

「安怎？」看到蔡嗣揚的舉動，蓮姐雙手叉腰。

「蓮姐，她真的是王阿姨的表妹，昨天是我送王阿姨去車站，然後把裘——」他看了裘安娜一眼，用一秒的時間糾結稱謂，「裘阿姨接過來的哦，妳可以不相信裘阿姨，但總能相信我吧？」蔡嗣揚擺出乖巧晚輩的笑容，飛快地想出一套說詞，不善說謊的他，緊張得心臟砰砰跳。

蓮姐觀察了蔡嗣揚的神情，又上下打量了裘安娜，仍是一臉狐疑，「但我越想越不對，麗娜跟我說，她預約了仁晴大學醫院最有名的胸腔科醫生門診，等中秋卡拉OK比賽後，要去處理胸悶的老毛病，怎麼會先跑去鄉下休息？再說，雖然她媽媽那邊有些表姐妹，但我從來沒見過，我怎麼知道她是真表妹，還是假表妹？」

「呃……以前因為長輩不和斷絕往來，但王阿姨幫了他們大忙，又重新聯絡了，妳知道，王阿姨就是人太好……」蔡嗣揚額角隱隱冒汗。

「她就是這樣，總是想著幫別人……」蓮姐聽完，嘆了口氣，稍微軟化下來，撇撇嘴，但瞧見裘安娜一臉可憐兮兮的模樣，莫名地更加火大，嘖了一聲，「但你幹麼替她講話？你是不是想『趴』她？」

「不是啊，蓮姐，我沒有要追她啦！」蔡嗣揚連忙揮手澄清。

「不可以隨便談戀愛，對象要好好選，知不知道？」蓮姐訓斥完，看了裘安娜一眼。

裘安娜深吸一口氣，雖然微微顫抖，但努力地一字一句說清楚：「不好意思，我不喜歡別人碰我，妳剛剛的行為是妨害人身自由，如果再一次，我、我會請律師寄存證信函給妳哦。」

「我蓮姐才沒在怕！」她大笑三聲。

阿娥看向裘安娜，眼裡流露歉意。

「阿娥，我們走。」蓮姐一喊，阿娥才扶了扶眼鏡，跟著蓮姐的步伐離去。

眾人湧上前，想對裘安娜表示關心，蔡嗣揚示意大家先回去做生意，而後轉頭看著裘安娜，「妳沒事吧？」

裘安娜覺得全身力氣用盡，她揉揉太陽穴，「我看起來像沒事嗎？你知道去年端午節我發生過什麼事，應該不難推論，我不喜歡別人隨便碰我。」

「她們不是故意的，」蔡嗣揚嘆口氣，好言相勸，「蓮姐和阿娥姨都是王阿姨的閨密，妳只要願意和她們當朋友，她們就再也不會為難妳。」

「算了吧，我深深覺得我和仁晴市場八字不合，而且友誼是不能勉強的。」裘安娜的口氣透露抗拒。

蔡嗣揚嘆口氣，沉吟一會兒才開口：「三年前，我接下蔡記肉鋪，本來就有改造的想法，一直在尋求大家的支持，但去年我才參選自治會會長並推動這個計畫，過程中王阿姨幫了大忙。」

「呃……這跟我有什麼關係？」裘安娜不解。

「蓮姐是菜市場裡的大姐大，連任多年的自治會會長，當時還有議員大力支持另一位候選人雄哥，王阿姨為了我，遊說蓮姐退選交棒給年輕人，還幫我競選，我才選上會長。」

「王麗娜為什麼要幫你？」

「是為了妳自稱的那個人，也就是裘芝恩。」

裘安娜沒預期會聽見自己的名字，不禁愣怔。

「那次讓裘芝恩受委屈的演出，我第一個揍犯人一拳，第二拳是王阿姨打的，她把犯人鼻梁打斷了。」

裘安娜一愣，她聽助理說過，那名犯人遭攤商毆打，頭破血流，沒想到是王麗娜為了她痛揍犯人。

「王阿姨想讓市場變成裘芝恩願意光臨的模樣，希望邀請她再次蒞臨，徹底洗刷不好的印象，她的店之所以是全市場最後一個還沒改裝的攤商，也是因為她想把店鋪改造成裘芝恩會喜歡的樣子。」

蔡嗣揚緩緩述說著，裘安娜心房一動，她沒想到自己和仁晴市場的改頭換面，有如此直接的關係。

蔡嗣揚見她稍微柔軟了表情，繼續勸說：「王阿姨喜歡裘芝恩的善念牽動整個市場改變，菜市場就是這樣一個人情網絡緊密又互相影響的地方，如果妳要寫歌給王阿姨，我建議妳可以更融入這裡一點，多與人接觸或許可以幫助妳寫出要給王阿姨的歌。」

裘安娜一愣。

「多與人接觸」這五個字像是無法掙脫的繩索，心理諮商師也要她多與人接觸，才能克服對人群的恐懼，找回創作靈感，好像她原本安靜做音樂的真實自我，是她的原罪，是一切不幸的原點。

她想起一年多來無法創作的痛苦，以及摔下山後的種種身不由己。

「你不是叫我打扮成我本來的樣子，越不像王阿姨越好，我現在從裡到外，都是真正的我，為什麼你又要我改變自己？」

她眼眶再次泛紅，語帶哽咽，「蔡嗣揚，你知道精神分裂的『精分』，那你知道另一種『精芬』，草字頭的芬嗎？」

蔡嗣揚還在思考是哪兩個字，裘安娜已繼續說：「『精芬』，精神上的芬蘭人，所以我才會說我從芬蘭回來。我就是話少，喜歡與人保持距離，喜歡安靜獨處，不喜歡太多社交，這是我的本性，難道不應該被尊重嗎？我不屬於這個菜市場，你也不了解我是什麼樣的人，為什麼硬要我改變呢？」

裘安娜一口氣說完，然後拍整衣裙，轉頭離去。

她不知道為什麼，居然跟不熟稔的蔡嗣揚講這麼多，甚至袒露自己的脆弱。

蔡嗣揚望著她的背影，她伸手抹淚，但背脊仍然挺直，優雅地走過略嫌混亂的市場二樓走道，而後搭上電扶梯消失。

第五章　夜食

蔡嗣揚在仁晴市場的鴨肉麵店，和大山吃著晚餐，兩人大口吞下香噴噴的鵝黃色油麵，卻聽到隔壁桌傳來一聲哀嘆。

「唉，麗娜，妳哪時候才會回來啦？」

蔡嗣揚和大山一看，是王麗娜的鐵粉，賣菜刀的簡伯伯。

王麗娜的歌聲魔音穿腦，調皮的年輕人私下戲稱為「仁晴胖虎」，偏偏她從不錯過任何一場卡拉OK比賽，這位簡伯伯總是第一個站起來為她鼓掌。

「阿伯，你想念王阿姨啊？」蔡嗣揚問。

簡伯伯吃了口炒鴨血，又嘆了口氣，「那個麗娜的表妹，大家都說她『真水』，唉，但你們都不知道啦，全身亮片的打扮，只有我們麗娜撐得起來，閃閃動人，是偶的亮片女神！」

「阿伯，我覺得新來的裘安娜卡水啦！」大山不服。

喝了酒的阿伯也番起來了，「才不是！阮麗娜卡水啦！」

兩人爭執起來，沒喝酒的蔡嗣揚挑了挑眉，夾起一塊鴨血，大山卻轉過頭來，「嗣爺，你評評理！你覺得呢？」

見蔡嗣揚試圖保持中立，簡伯伯也不高興了，「會長，你如果不講，就代表你分不出來，你眼力差，對不對？」

蔡嗣揚無奈地說：「阿伯，我怎麼會分不出來？我第一眼就認出來了！王阿姨是像媽媽一樣的溫暖長輩，但裘阿姨像個落難的仙女，反正不一樣……」

「所以嗣爺你也承認她是仙女吧！我就說嘛，她這麼正，叫阿姨我叫不下去，跟她姊弟戀的話，我很可以喔。」大山紅著臉呵呵笑。

「你只敢講講而已啦！」蔡嗣揚吐槽。

大山抓抓頭髮，「當然只能講講，這仙女是個大鐵板，連嗣爺你都搬不動。」大山扳著指頭，「讓我算算看，你從小到大，當過班長、桌球隊隊長、康輔社社長、系學會會長、市場自治會會長，大家都是你的好朋友，但這個裘安娜，看起來好像沒打算跟你當朋友。」

蔡嗣揚嘆口氣，沒多說什麼。大山說得對，他喜歡和人做朋友，他知道有些人比較慢熟，聊一次不熟，那就再聊一次，一個笑話無法讓人發笑，那就說兩個，沒有他蔡嗣揚交不了的朋友。

大家說他人緣好、人脈廣，其實他只是希望團體裡的每個人，都在自己的位置上攜手努力，都能開開心心而已。

想起稍早裘安娜的話語，蔡嗣揚滑起手機，Google「精神芬蘭人」。

搜尋結果第一頁，有一本《芬蘭人的惡夢：你今天社交恐懼症發作了嗎？》的書，簡介是這樣寫的——

「害羞內向、不善社交、需要私人空間……你是這樣的『精芬』嗎？！如果你對群體生活或社交感到疲倦、害怕、抗拒，那麼這本書的主角就是你。」

原來真的有「精神芬蘭人」的說法。蔡嗣揚專注翻查資料。

「精芬」指的是社交恐懼症，而精神芬蘭人並不代表沒朋友，而是需要更多時間細火慢燉，不勉強他們刻意來往或是融入群體，一旦打破他們的心牆，友誼會是長久而深入的。

只是，要怎麼打破裘安娜的心牆呢？

如果裘安娜是精神芬蘭人，仁晴菜市場的大夥兒就是精神南歐人，熱情、關係緊密，如何讓芬蘭人和南歐人做朋友呢？

而且，裘安娜真的是裘芝恩嗎？還是他應該回到嚴謹的思辨，仔細確認她的身分？

即使他直覺裘安娜似乎就是裘芝恩，也明白王阿姨絕對願意出讓身體給裘芝恩，但他的理智還是覺得這整件事太離奇。

手機傳來提示音，是蔡嗣揚大學同學傳來的訊息。

「嗣揚，東西可以修，但是不便宜喔，你OK嗎？」

「多少錢我都修，拜託了。」蔡嗣揚回覆後放下手機，驀地他拍了拍大腿，「就是這個！」

他找到一線希望——如果，裘安娜真的是裘芝恩，這個待修的物品，就是驗證身分的方法！

酒醉的大山醺醺然湊過來，「嗣爺，你在做什麼？有什麼漂亮妹子圖可以分享嗎？」

蔡嗣揚搖搖手，「哪來的妹子圖？我在研究裘阿姨說的精神芬蘭人。」

「嗣爺，你……怎麼這麼放心不下『安娜姐賊』？你真的跟蓮姐說的一樣，要『趴』她喔？」大山口齒不清地問。

「才不是。」蔡嗣揚巴了下大山的頭，大山搖頭晃腦一會兒，又去找阿伯抬槓了。蔡嗣揚覺得奇怪，明明他一口酒也沒喝，卻覺得臉頰微微發熱。

想起他領著裘安娜從西出口走到麗娜服飾時，她偷偷觀察市場的樣子，那小女孩般的好奇，是墨鏡遮不住的。

不論她是否真的是裘芝恩，他都希望可以帶著她欣賞仁晴市場的美好。

♪

「五十個讓人笑到『併軌』的網路笑話……才怪，沒有一個好笑……」

這一夜，裘安娜反常地在網路上尋求笑話慰藉，但她心情始終不美麗。

她轉身離開仁仙宮時，蔡嗣揚錯愕的表情，鮮明地烙印在她心裡。

他清朗的眉宇微微蹙著，睜大眼睛，好像不知道自己做錯什麼事，更像是為了自己的無心之過，感到抱歉和難受。

她逞了口舌之快，但她一點也不覺得好過。

她看得出蔡嗣揚是個大暖男，樂於助人，也許他不像趙韋善那樣左右逢源、優雅風趣，但他的雙眼明亮有神，裡頭充滿希望，他的笑容裡，更有著趙韋善沒有的真誠。

她一直被趙韋善的才氣迷惑，經歷這麼多事，她開始懷疑，趙韋善是不是真的愛她，還是一開始就把她當成一檔會漲的期貨？

他說的保護，是不是阻絕她接觸外人的機會，好讓他掌控一切？

蔡嗣揚和她非親非故，但她感覺得到他真心為她、為王麗娜著想。

她很少在剛認識一個人不久，就跟對方說出這麼袒露內心的話……

該怎麼處理這內疚的感覺？跟蔡嗣揚道歉？

裘安娜頓時對自己又氣又惱，她倚在沙發上刷新聞，企圖驅散不愉快的心情，但新聞都是冷飯熱炒搭配聳動標題，沒看幾則就狂流眼油，只得靠著沙發休息而不知不覺睡著。

凌晨三四點，裘安娜醒來，又是一陣胸悶腰疼肩膀緊，她意識到，這可能是王麗娜的生理時鐘讓她早起，只能嘆口氣，起來洗澡後，便坐在王麗娜家的沙發上冥想。

她還是接收不到任何畫面與音符，倒是想起蔡嗣揚說的話。

「我建議妳可以更融入這裡一點，多與人接觸或許可以幫助妳寫出要給王阿姨的歌。」

像是被說服，當營業時間到來，裘安娜乖乖地出門到菜市場開店。

這回她沒迷路，但菜市場西出口一樣擠滿了人，這些人扛著攝影機，拿著麥克風，裘安娜感覺特別熟悉。

一年多前的商演事件後，一群記者曾堵在她家門口，她猜測，現在大概也有不少人堵在她肉身所在的市立醫院前。

記者湧向蔡記肉鋪，麥克風堵在蔡嗣揚那張白淨陽光的臉龐前。

「蔡先生，聽說是你救了裘芝恩小姐？」

「蔡先生，她摔下山時，看起來是什麼情形？」

裘安娜抓住看熱鬧的水果店小哥打聽消息，「欸，那個……不好意思，你叫什麼名字？」

「裘、裘阿姨，我叫熙貴……」水果店小哥看到記者群，興奮得有點結巴。

「熙貴，請問一下發生什麼事，怎麼有記者來？」

「那天嗣爺辦了自治會登山活動，正好碰到裘芝恩從山上掉下來！裘、裘芝恩是我們嗣爺救的，米粉攤小雰有拍下來上傳到IG！小雰很有名，所、所以記者都看到了！」

裘安娜一愣，想起昏迷之際，耳邊有個聲音，原來那是蔡嗣揚，居然是他救了自己？

「如果妳是裘芝恩，或許，妳對我的樣子或聲音，有點印象？」

裘芝恩想起，初來市場的那天，蔡嗣揚曾這樣說。原來他指的不是去年端午節演出，而是墜崖那一天。

裘安娜懷著驚詫的心情到了麗娜服飾，七手八腳做好開店準備，今天沒有蔡嗣揚幫忙，等她布置好店面，已經一小時過去，記者早已散去。

她打開手機，網路新聞已上稿。

【快訊】鮮肉不只賣肉！菜市場人氣王子救了仙女裘芝恩！

市場天菜又一發，仁晴許光漢英雄救美！

這些標題塞滿裘安娜的新聞APP，她看到照片裡，自己的身影被馬賽克處理，蔡嗣揚正在急救的模樣，帥氣得像醫療劇裡的醫生。

接下來，記者們的眼光，也從蔡嗣揚擴大到這座文創風格的菜市場，當他們知道蔡嗣揚是這座市場變革的幕後推手，更加熱烈地報導，裘安娜這才知道了更多關於蔡嗣揚的事。

今年二十五歲的蔡嗣揚，從小與奶奶相依為命，奶奶經營祖傳豬肉攤養大了他。大學畢業的暑假，奶奶心肌梗塞、半身不遂住進安養中心後，他毅然放棄國內頂尖的Y大設計研究所入學資格，回到仁晴市場經營豬肉攤，並在極為激烈的競爭中當選自治會會長。

網路上的評論不外乎「天菜！我可以天天吃」、「老闆我要打包他」、「放在菜市場太可惜了啦」。

裘安娜放下手機，身為精神芬蘭人的她，做了一樁前所未有的決定——

主動邀請蔡嗣揚，請他吃飯。

她不好意思當面跑去蔡記肉鋪問他，於是翻出蔡嗣揚給她的名片，將他的手機號碼輸入，成為這支全新手機的第一位聯絡人、LINE帳號的第一個好友，按下「加入好友鍵」時，裘安娜覺得心跳加快，她說服自己，這不僅是感謝蔡嗣揚，如果能和了解王麗娜的人多聊聊，對於寫歌應該也有幫助。

沒多久，她就收到了回應。

仁晴小太陽☀百年蔡記肉鋪：「裘阿姨好，王阿姨還沒回來？」

Joanna：「就說了要七七四十九天。」

仁晴小太陽☀百年蔡記肉鋪：「為什麼要請我吃飯？」

Joanna：「為了感謝你救了我。」

仁晴小太陽☀百年蔡記肉鋪：「不客氣，記得別把王阿姨家珍藏的金飾都搬出來送我（笑）。」

Joanna：「王麗娜家裡有金飾？」

仁晴小太陽☀百年蔡記肉鋪：「看王阿姨賺那麼多錢，不買車囤房，不買名牌，生活簡單，大家都說她一定買了黃金放在家裡。」

Joanna：「不管金飾銀飾，我都不會據為己有的，但我要跟你問一樣東西，如果你有看到或撿到，那個東西可以證明我是裘芝恩。」

仁晴小太陽☀百年蔡記肉鋪：「什麼東西？」

Joanna：「見面再說。」

仁晴小太陽☀百年蔡記肉鋪：「如果妳真是裘芝恩，妳的確有個東西在我這邊。」

Joanna：「什麼東西？是我說的那個嗎？」

仁晴小太陽☀百年蔡記肉鋪：「見面再說。妳對這一帶不熟，地點我決定吧，我去接妳。」

就這樣，兩人約好當天晚上七點半碰頭。

「為什麼要來這裡？」

脫下安全帽，裘安娜望著仁晴菜市場西出口，鐵門緊閉，「市場不是打烊了嗎？」

「大部分攤商休息了，但有一部分從清晨到午夜都還很熱鬧喔。」蔡嗣揚領著裘安娜，繞過轉角，從市場的南側門進入市場主體建築後的連通建築物。

側門口有一個傳統霓虹招牌，「仁晴小食肆」五個字在夜裡閃亮，走入後，這個小食肆一點也不小

——

兩排大紅燈籠高掛，暖黃燈光下，有日式壽司、泰國小吃、蚵仔麵線、鐵板燒、炸雞、調酒等攤商，招牌都很有設計感，空氣中瀰漫著香氣，走道擺著成排桌椅，就像夜間美食街，人們吃吃喝喝，好不開心，這裡有夜市的熱鬧，環境能遮風擋雨，整潔美觀許多，在夜晚的氣氛渲染下，有種類似酒吧街的迷離微醺色彩。

裘安娜每天從固定出入口進出市場，中間除了洗手間，不曾在市場逛逛，所以不曉得還有這麼一角。

「妳要吃什麼？」蔡嗣揚問。

裘安娜四處張望，「熱量低一點的……」

「那就米粉湯吧，再加些小菜，都是大骨高湯清燙的。」

蔡嗣揚點好餐，正在找位子時，有一桌年輕男客人，大山也在其中，他率先大嚷：「嗣爺，來坐！」

其他人也鼓譟起來，「新來的安娜，一起來嘛！」

「安娜阿姨好年輕，應該叫安娜姊姊！」

「仙女姊姊，來啦！」

蔡嗣揚正要過去，裘安娜拉住他衣角，全身繃緊僵硬。

「一起吃嘛，大家很隨和的。」蔡嗣揚說。

「拜託，我真的不習慣……」裘安娜懇求，她只想安靜吃飯，不想搞成熱鬧聚餐。

原以為蔡嗣揚會繼續遊說她，但他笑著對他們搖搖手，「歹勢啦，今天不行，我和裘阿姨有要事要討論。」

裘安娜鬆了一口氣，心裡感覺到一陣暖意，「……謝謝你。」

「精神上的芬蘭人，不願意往南多曬點太陽嗎？缺乏陽光，維生素D過少會引起多種疾病，還會抑鬱喔。」蔡嗣揚微笑。

裘安娜揮揮手，「不用了，極圈的溫度比較適合我，我大概是北極熊吧。」

「北極熊有那麼怕人嗎？妳比較像是北極兔，敏感膽小，又容易受到驚嚇。」

「你還真博學，北極居然有兔子啊……」裘安娜轉變話題，「這個仁晴小食肆是夜市嗎？感覺好特別。」

「我大學時去過新加坡，那裡每個街區都有一個熟食中心，藏著很多道地美食，我印象很深刻，希望仁晴市場也有一個。去年我們把這區整理後，招攬一些美食攤位遷進來，變成了現在的小食肆。」

沒一會兒，食物香氣傳來，一個穿著短裙的妹子端著托盤走來，小臉上鑲著一雙機靈的貓眼，妝容精緻，身材姣好，走起路來搖曳生姿。裘安娜瞥了四周，男客們眼神都落在妹子的裙子與長腿上。

原來仁晴市場好看的不只蔡嗣揚，還有這個超上鏡的巴掌臉美女。

「嗣揚哥，」妹子的聲音嬌媚，語氣甜到不行，「兩碗米粉湯、一盤地瓜葉、菊花肉、肝連肉、豬肺和白脆管來了。」

「菊花?」裘安娜一聽,臉上露出驚恐的表情。

「不要想歪,是豬的嘴邊臉頰肉,特別軟嫩好吃。」蔡嗣揚笑著解釋,妹子將菜餚放在桌上。

「不好意思,我喜歡吃伊比利豬和日本黑毛豬,部位限定松阪肉、戰斧豬排、肋排,剩下的都不吃。」

裘安娜皺眉看著桌上的食物。

「很好吃啦,不騙妳。」蔡嗣揚鼓勵她動筷,裘安娜搖頭。

妹子瞋了裘安娜一眼,仍站在桌旁,似乎沒有要走的意思。

托盤上,還有最後一碟小菜,用粉紅色的盤子裝著。

「嗣揚哥……這個心給你。」

「這是什麼?」裘安娜忍不住問。

妹子嬌滴滴地答:「豬心。」

裘安娜聽出她話語中的意有所指,心想:這是告白吧,市場美女的小心機,任何一個男人可能都會被打動吧?

她瞄了一眼蔡嗣揚。

「我們吃不完,裘阿姨還要控制熱量,給那桌大哥吃吧。」蔡嗣揚微笑著禮貌拒絕。

妹子嘟起嘴,眼神半瞋半怨,心不甘情不願地離開。

「那誰?」裘安娜好奇地問。

「賈語霁,叫她小霁就可以了。」蔡嗣揚神情平靜,不掀波瀾。

裘安娜想起水果店小哥熙貴的話，「原來就是她把你的照片PO上網喔？她長得很漂亮，應該是你們市場的女神吧？」

「大家都這樣說，她IG有五千粉絲，是個小網紅。」蔡嗣揚表情不變，但似乎隱隱對「市場女神」這個名號不甚認同。

「感覺她很喜歡你，心都給你了，你居然沒接受。」裘安娜取笑蔡嗣揚，沒等他回答，舀了一口湯送進嘴裡，冷不防被燙到，她眉眼皺在一起，抬手對著嘴猛搧，蔡嗣揚忍不住笑。

「都幾歲了，還不知道喝熱湯要小心？」

「我平常都是吃沙拉這種不會燙的東西。」

「真是的，外在年齡是阿姨，內在行為卻像個小孩子。」他離座拿來一瓶彈珠汽水，讓她敷著嘴脣。

「對了，妳說要問我一樣東西，是什麼？」蔡嗣揚問。

裘安娜還來不及回答，那桌男客人們突然朝蔡嗣揚揮手，喊道：「嗣爺！關於卡拉OK比賽舞台搭建，我們有事情要問你——」

蔡嗣揚再次起身，「妳等我一下喔。」

裘安娜繼續用彈珠汽水冰鎮燙紅的嘴脣。

這時，小雰走了過來，口吻有些不友善，「妳就是裘安娜『阿姨』？」阿姨兩字還加重語氣，裘安娜明顯感覺到她的醋意。

不知為什麼，裘安娜感到有點得意。

「這是特製的花生，只招待嗣揚哥。」小雰重重放下小碟子。

常叫外送的裘安娜，很少遇到不禮貌的店家，她愣了一下，但小雰轉身就走，裘安娜放下彈珠汽水瓶，她不習慣爭吵，正在思索怎麼應對時，花生的甜甜香氣轉移了她的注意力。

裘安娜忍不住動筷夾了顆花生，塞進嘴裡，花生滷得又香又軟，讓她一口接一口。

她從不吃花生，一來熱量高，二來是媽媽曾告誡她，吃花生會過敏，過敏會很醜，她不敢越界，現在上天賜她使用別人身體的機會，就趁機嘗嘗看吧！

吃著吃著，裘安娜忽然覺得眼角有點癢，伸手觸碰，摸到輕微的腫塊，被蚊子咬了？

「裘阿姨！妳吃了花生？」蔡嗣揚回到她面前，表情驚愕。

裘安娜抓抓臉，奇怪了，眼睛的可視範圍怎麼好像被壓縮了？

蔡嗣揚立刻拿起手機，「妳看看妳的臉……」

手機的自拍畫面裡，裘安娜看到自己眼皮紅腫，嘴唇腫得像香腸，臉上一塊一塊大片紅疹，她失聲喊道：「怎……怎麼會這樣！」

「王阿姨對花生過敏。」蔡嗣揚皺眉，看起來有些擔心。

「怎麼會這麼巧，王麗娜也對花生過敏……」裘安娜摀著紅腫發燙的臉。

蔡嗣揚當機立斷，「我們走，不趕快處理不行！」

「你要帶我去哪裡？又要找道士嗎？」裘安娜聲音透露著抗拒。

蔡嗣揚聽了失笑，搖搖頭，「道士對食物過敏沒用，去醫院急診啦！」

市立醫院急診處。

看完診的裘安娜癱在長椅上，剛剛醫生提醒她「要注意自己的過敏原」，然後開單讓她挨了一針，她正壓著手臂上的止血棉。

「裘阿姨，我們走吧。」

蔡嗣揚幫她領了藥，裘安娜突然想起，之前看新聞提到自己被送來市立醫院。

「我是被送來這家醫院，對吧？我想去看看。」裘安娜看向蔡嗣揚。

「妳……她這麼嚴重，一定在加護病房，我們不能隨便進去。」蔡嗣揚搖搖頭。裘安娜望著他，語氣放軟，神情非常堅定，「我遠遠看一下就好，拜託……」

蔡嗣揚不忍心，兩人來到加護病房樓層，玻璃門和磁卡感應裝置擋住了他們。

「妳看，真的進不去。」

這時，不遠處一個男子的嗓音傳來，「伯父、伯母，你們回去休息吧，這裡我來就好。」

「這麼多天了，昏迷指數還是只有三……我們是不是白養她了？」一名神色嚴肅，大約六十多歲的男人嘆口氣，他身旁有位衣著高雅的女士，正用絲絹壓著發紅的眼角。

裘安娜的眼淚瞬間撲簌簌滾落下來。

「請問你們有什麼事？找哪位病患嗎？」護理師走過來詢問，「現在已經過了加護中心探病時間了。」

「不好意思，我們走錯了。」蔡嗣揚拉著裘安娜閃進電梯裡。

「妳認識剛剛那三個人?」摩托車上，前方的蔡嗣揚問。

裘安娜抹抹淚，吸了鼻子，「那是我爸媽和男朋友……不，是已經斷絕關係的爸媽和前男友。」

他停頓了一下，雖然還不確定她的身分，仍忍不住細問：「裘芝恩的爸媽和裘芝恩長得不太像……是說為什麼會斷絕關係?」

「大家都說不像，他們會跟我斷絕親子關係，是因為我想走音樂的路。」裘安娜在後座悄悄抹了抹溼潤的眼眶。

蔡嗣揚雖然沒辦法回頭，但他感覺得到她的低落，於是試著遠離父母的話題，「裘芝恩和製作人男友分手了?新聞都沒提到。」

「等回歸原本的身分，我就會和他分手。」裘安娜吸了吸鼻子，「摔下山之前，趙韋善說要和我假解約，發行精選輯撈錢，還要求我和一個宅男女神組成雙人團體，在山邊合照時，那個女生突然碰了我，我才嚇到摔下山，他沒膽講出來，大概怕被認為是他把我推下山的。」

「這樣也太過分了!」蔡嗣揚沉默三秒，突然大喊，「但妳還不一定是真的裘芝恩吧?會不會妳生前是裘芝恩的私生飯轉黑粉，所以一直跟在她身邊，看她摔下山，就趕緊附在她身上?」

裘安娜翻了個白眼，「這什麼推論，你還是管好你的豬肉攤和菜市場，不要當柯南了。」

蔡嗣揚側了側頭，給後座的她一個燦笑，「這推論雖然爛，至少妳不哭了。」

裘安娜發現自己破涕為笑，心裡同時泛起一陣奇怪的悸動……

摩托車停在她的住處前。

「謝謝妳的晚餐。」蔡嗣揚接過裘安娜脫下的安全帽。

她突然驚覺，「啊，我忘記付錢了！」

「沒關係，小雰她們家的豬肉、內臟是跟我進的，從貨款裡扣就好。」

「不能這樣，明明說好是我請客。」她覺得尷尬又過意不去。

「如果妳真的要請我，希望妳假裝王阿姨，打通電話或傳訊息，跟蓮姐報個平安，別讓她掛心。她今天跟我碎念，王阿姨怎麼回鄉下後就沒消沒息。」蔡嗣揚認真地請求。

提到蓮姐，裘安娜憶起那天在仁仙宮她強勢的模樣，囁嚅道：「好啦……我知道了。」

「那我走了。」蔡嗣揚發動車子，裘安娜卻一箭步上前揪住他的衣袖。

蔡嗣揚愣住，裘安娜也被自己的舉動嚇一跳。

她不好意思地搔搔臉，「你……你等一下，我今天找你，是要問你一件東西。」

「啊！我也要問妳一件東西。」蔡嗣揚一改輕鬆的神色。

王麗娜的小套房裡，布沙發、茶几都披上大片白蕾絲，大理石紋的花瓶裡插上粉紅不凋玫瑰花，滿滿的少女文藝氣息，蔡嗣揚無暇欣賞，等待裘安娜取來紙筆，交給他。

為了增加可信度，裘安娜提議把各自的答案寫在紙上，寫完摺好，然後交換，數三聲，同時打開答案紙。

蔡嗣揚同意，兩人執筆沙沙地寫了幾個字，再把紙條互換。他非常好奇裘安娜的答案，這個答案或許可以確認她的身分。

他唰地打開她的答案紙，上面寫著：粉晶手鍊加上貝朵拉串飾。

「一、二、三——」

蔡嗣揚一愣。

裘安娜也打開答案紙，並將紙張轉過來面向他，他寫的是：粉紅色水晶搭配貝朵拉串飾的手鍊。

裘安娜看起來很平靜，蔡嗣揚則是抬手摀住嘴巴，無法言語。

朝山國家公園登山活動那天，剛走上山路沒多久，小雰就尖叫：「有人從上面掉下來了！」他拔腿衝過去，女子臉上有血，他認出來對方是歌手裘芝恩，王麗娜阿姨把她的海報貼在店裡，對他而言，這張臉彷彿是市場一角那樣熟悉。

裘芝恩奄奄一息，他緊急施以基礎急救後，她稍微恢復意識，嘴裡重複著：「我的手鍊、我的手鍊……」

送裘芝恩上救護車後，他在邊坡草叢間找了一會兒，發現散落一地的珠子和串飾。

蔡嗣揚回過神，平復了驚詫的情緒，緩緩開口：「發生意外那天，我把它收起來，因為手鍊扣環壞了，我請在貝朵拉分公司工作的同學幫忙修，想等修好了再寄去裘芝恩的唱片公司。」

「貝朵拉」是歐洲首飾品牌，屬於高價精品，訴求手工打造的精緻串飾，讓消費者自由搭配，熱愛菜市場閃亮首飾的王阿姨，應該不知道貝朵拉。

「這條手鍊沒有被任何媒體報導過，當我覺得不安的時候，我都會戴著它出場。這不是外面買得到的手鍊，我把小時候收到的一顆粉晶墜子，搭配三顆貝朵拉的串飾，製作出這條手鍊，我還可以告訴你，那三顆串飾分別是高音譜記號鋯石、鏤空音符，還有一棵心型外框的樹，樹身刻著Family的字樣，那叫『家族樹』……」裘安娜定睛望著他，「這樣，你能相信我真的是裘芝恩了吧？」

回家後，蔡嗣揚不停滑手機，Google搜尋的關鍵字是「裘芝恩」。

稍早他騎摩托車回家，路途中不斷思索剛獲得的震撼訊息。

裘安娜等於裘芝恩，裘芝恩的靈魂在王阿姨身上……

他之前就知道這個空靈飄逸的仙女歌手，王麗娜阿姨瘋狂支持她，但他從未好好聆聽她的音樂，更沒瞭解過她。

網路搜尋後，他發現裘芝恩平均一年出一張專輯，然而去年端午節後，她就沒再推出專輯，包括單曲，甚至沒再公開演出。

看起來裘芝恩陷入創作瓶頸和某個看不見的牢籠，難怪自己先前的建議讓她覺得難受，身為設計人，他知道靈感枯竭，不能產出新創作有多痛苦。

思考到這裡，蔡嗣揚心裡湧現幫助她寫出歌曲的想法，這不僅是為了裘芝恩，也是為了王阿姨的靈魂能盡快回到身體。

第六章　早市

昨天蔡嗣揚離開後，裘安娜打開電視，寵物逗趣新聞的跑馬燈上寫著：裘芝恩昏迷指數微升，醫：未來一個月是關鍵。

為了儘快回歸自己的身分，她更加勤奮，一早就去開店，然而寫了一天的歌，只得到一些零散而且風格不一致的曲調，可以說毫無斬獲。

「這樣的歌，哪能讓人落淚，只會讓人哭笑不得……」裘安娜關店後，頹喪地來到仁晴小食肆，今天她不想再啃沙拉葉了，她需要一些熱量，例如炸雞或烤雞，一點點就好。

她站在日式風格的鹽酥雞攤前，戴著藍染頭巾的年輕老闆招呼她。

「鹽酥雞太多了，有沒有分量少、沒骨頭的？」裘安娜問。

老闆笑答：「有喔，去骨七里香，小火慢烤，保證好吃。」

「好，那來一份，謝謝。有沒有比利時啤酒？」

「只有台啤十八生。」

「呃，好吧……」

餐點送來後，裘安娜看著三角形的七里香，正在思索這是雞的哪個部位……

「今天吃烤雞串啊？」一道開朗的聲音傳來，高大的陰影落在桌面，不用看也知道是蔡嗣揚。

「嗣揚哥，你要坐這啊？」小雰端來米粉湯和小菜，「五桌的阿炳叔叔好像要找你欸。」

「我才剛跟他說過話啊，我就坐這吧，有事他會自己來找我。」

「那……今天有心，你要嗎？」小雰不肯離開。

「不，我點太多了，謝謝。」蔡嗣揚再次微笑婉拒，小雰失望地噘起嘴，依依不捨地轉身。

「歌……寫得如何？」蔡嗣揚的目光落在裘安娜身上，輕聲問。

「唉，寫不出來。」她嘆口氣，想暫時忘掉創作瓶頸，於是轉移話題，「我聽你在豬肉攤都有放音樂，你喜歡哪些歌？」

「我常聽宇宙人、E.SO瘦子、八三夭……」

蔡嗣揚話說出口，懷疑裘安娜是否聽過這些樂團，他的音樂喜好在菜市場也是少數，每次在卡拉OK聯歡會唱這些歌時，市場的叔伯阿姨們總是喊：「啊，肖年郎的歌我們都不會唱啦！」蔡嗣揚深怕長輩們不開心，只好點唱〈追追追〉、〈保庇〉、〈墓仔埔也敢去〉等台語嗨歌來娛樂長輩。

「你只喜歡男歌手？」裘安娜秒回。

蔡嗣揚張大眼睛，「妳知道這些歌手？」

「我沒有什麼娛樂，唯一的嗜好就是去聽各種音樂會，你喜歡的這幾位，真的都是有趣又厲害的音樂人，只是我無法體會，為什麼唱到激動會想摔吉他？」裘安娜偏著頭想了想，「你喜歡快節奏、歌詞多的歌？嗯，你是話多的人，可以理解。」

蔡嗣揚更加意外，她居然熟知這些歌手的風格，「這些歌很接地氣，一邊修肉一邊聽，很有節奏感，動作會不自覺加快，而且常會被他們的歌詞觸動心情。」

「你不喜歡女歌手嗎？」

「女歌手唱不出我的心聲，但看TWICE子瑜跳舞很不錯。」蔡嗣揚笑著，露出潔白的牙齒。

裘安娜翻了個白眼，「色鬼，那你怎麼不喜歡我……呃，我是說我的歌。」

「妳的歌對我而言，有點太飄了。」

聽他自然地說出「妳」的歌，她頓時意會到，他已經認同了她的身分就是裘芝恩。

她為此愣了幾秒，兩隻眼睛不自覺眨了眨。

蔡嗣揚也對她眨了眨眼，像是猜到她正在想的事。

裘安娜忍不住勾起嘴角，繼續剛才的話題。

「飄？」

「歌是很好聽，但那是仙女的歌，而我是個活在地球的凡人，聽這麼空靈的歌修肉切肉，動作會漸漸變慢，修著修著還會開始想吃素。」蔡嗣揚半開玩笑地解釋。

「什麼仙女的歌，我現在什麼歌都寫不出來了……」裘安娜苦笑，神情落寞。

蔡嗣揚靈機一動，既然她喜歡音樂，不如就用音樂激勵她。

「我剛剛說的這些樂團裡，妳喜歡誰、哪一首歌，我們一起唱。」蔡嗣揚邀請。

裘安娜搖搖頭，「不要，這些歌不符合我的風格……」

「妳是不喜歡還是不會唱？噢，我知道了，妳是仙女，看不起這些男歌手，對吧？」蔡嗣揚故意用了激將法。

「才不是!」裘安娜反駁。

蔡嗣揚沒再回嘴,他直接打起響指,數著拍子唱了起來。

伯父他不愛,他不愛我整手刺青,
他特別不愛,我一個太自由的心。
伯父他不愛,
我做的音樂沒出息……

蔡嗣揚唱的是瘦子的〈伯父〉,他的歌聲聽起別有韻味。

裘安娜忍不住加入合唱:伯父他不愛我所有的理由,氣我搶走他的Babe Girl——

一開口,她被自己的菸酒嗓嚇到倒抽一口氣,歌聲戛然而止。

蔡嗣揚一愣,「怎麼不唱了?」

「王麗娜的歌聲……我的天啊,像是石頭刮過聲帶一樣,就算音準沒跑掉,也一樣不好聽。」裘安娜的表情融合了震驚、失落和不甘心。

蔡嗣揚安慰她,「不會啊,中性的聲音很有味道。」

「這不是我的味道,跟我原本的聲音差太多了。」裘安娜掩面。

以前，媒體都形容她的聲音是空靈的天籟、像精靈翅膀般輕盈……墜崖後，她不僅失去自己的身分，失去創作能力，現在連引以為傲的嗓音都沒了。

裘安娜忍住想哭的衝動，猛地拿起七里香咬下去，企求食物的安慰，七里香口感軟嫩多汁，但一股詭異的騷味竄入鼻腔，她嚇一跳，立刻放下竹籤，「這什麼怪味？雞肉壞了嗎？」

蔡嗣揚拿起剩下的半支七里香，觀察了一下，「看起來沒有壞掉，是雞屁股本來的味道吧？」

「什麼？七里香是雞屁股？」裘安娜吐出來，拿起台啤往喉嚨灌，卻差點噴出來，「好苦！」

「苦就別喝啦。」

蔡嗣揚讓出自己的米粉湯，給在餐桌上落難的裘安娜，而那半截七里香和啤酒，就由蔡嗣揚代為解決。

他們邊吃邊聊，裘安娜想到王麗娜的身體狀況間接影響到她寫歌，嘆了口氣，「王麗娜的身體不知道是不是更年期快到了，晚上都睡不久，我只好起來冥想寫歌，但沒有效果。」

蔡嗣揚一聽，蹙起眉頭，「之前我聽蓮姐說，王阿姨的身體越來越不好了，但她才四十幾歲，離更年期應該還有段時間……」臉上露出憂愁的神色。

不知道為什麼，她不忍心看到他流露這種神情，於是順口換了話題，「話說，你經營豬肉攤也起得很早啊。」

「以前念設計系，常常趕圖到凌晨，習慣了，而且明天大山休假，我要去市場分豬，妳要不要來看看？」

裘安娜瞪大眼睛，「分豬？那是什麼？」

「分豬是豬隻銷售前的處理工作，那時市場大部分還沒開始營業，但有一部分即將要開始熱鬧。」蔡嗣揚對她提出邀請，「明天跟我去吧。」

裘安娜還在考慮，他綻開招牌燦笑，「我想讓妳看看不同的世界，看看妳的反應，一定很有趣。」

「有趣？原來你是想看我鬧笑話喔？」被他邀請而感到的微微雀躍，瞬間轉為失落。她曾是眾人捧在手心的仙女，現在卻落難市場，被人當諧星。

「不是的，」蔡嗣揚沒錯過她的表情變化，連忙搖搖頭，「我們設計系老師說，創作卡關的時候，要去外界接受不同的刺激，妳寫歌不順利也需要刺激，而且，我想讓妳看看我的世界，是朋友就一起來。」

「朋友？」這個詞讓裘安娜心弦一震。

「礙於輩分，還有不想讓市場的大家發現異樣，我只能叫妳裘阿姨，但對我而言，妳根本不像阿姨，比較像年齡相近的朋友。雖然等妳變回裘芝恩之後，說不定不會跟我做朋友了……」蔡嗣揚不好意思地笑了笑。

「不，我還會是你的朋友。」裘安娜臉頰一熱，口氣堅定。

蔡嗣揚再度揚起嘴角，「既然是朋友，明天就要來喔。」

♪

隔天，裘安娜穿著一身仙氣紗裙現身。

天光未亮，城市裡的大多數人還在夢中，但仁晴市場已燈火通明，貨車進進出出，人們卸貨搬貨的吆喝聲響亮，裘安娜才知道市場人起得這樣早。

「分豬具體而言到底是什麼？」裘安娜提出疑問。

蔡嗣揚笑答：「就是把屠宰場送來的豬，分解開來。每家肉鋪有自己配合的屠宰場，一送來就是剖半的豬，需要有人來把豬隻分解。仁晴市場總共有十個豬肉攤，由我們蔡記肉鋪幫大家分豬，平常都是大山師傅來做，今天他請假，我就親自上陣啦。」

「什麼——」裘安娜驚叫，「把豬分解開來？太殘忍了，我不要看……」

「看一下，絕對會刷新妳的世界。」

蔡嗣揚拉著裘安娜來到蔡記肉鋪，「借過借過！」

一位更年輕的小師傅搬來一隻豬，豬隻的後腿踢到裘安娜。

「牠……牠踢我！」她驚慌地轉過身跳開。

「失禮啦！」小師傅快速道歉，將豬體吊掛在攤位上。

豬隻已放血乾淨，從鼻尖縱剖，裘安娜第一次看到這番景象，想到王麗娜身軀上也有縱向傷痕，忍不住腳軟。

蔡嗣揚眼神示意，小師傅搬來凳子給裘安娜坐。

「嗣爺，請。」小師傅打點好。

蔡嗣揚點點頭，脫去上衣，裘安娜羞得摀住臉，他露出緊實精壯的二頭肌和胸肌，左胸前有好看的羽毛刺青。

「嗣爺，今天是你喔？」

「讚喔！」

其他攤商的老闆娘開心地討論起來，裘安娜從指縫中看到蔡嗣揚向歐巴桑們微笑，然後戴上兩層手套，小師傅畢恭畢敬奉上一把尖刀，還有另一把刀具，「嗣爺，您的磨刀器。」

蔡嗣揚深呼吸，胸肌隨之起伏，雙手合十，神情虔敬。

「感謝玄天上帝護佑，感謝豬隻的奉獻，感謝養殖場、屠宰場、市場中家兄弟姊妹的齊心協力，賜予我們美味的食物。」

語畢，蔡嗣揚快速磨刀，而後揮動尖刀，一刀劃下——

蔡嗣揚輕巧取出豬大腿骨，然後問：「肉要落在排骨還是梅花？」

「梅花肉！」身穿「老黃肉鋪」的阿伯高喊。

蔡嗣揚點點頭，尖刀快速舞動，裘安娜從指縫中看不清楚刀子如何在豬體上穿進穿出，只見豬肉一塊塊流暢地分離，她忍不住放下手，看蔡嗣揚如何工作。

「裘阿姨，看好了！」蔡嗣揚喊，尖刀俐落切割，取出一塊粉紅色油花均勻的肉，「這是黃金六兩，一隻豬只有這麼一點點，就是妳愛吃的松阪肉。」

裘安娜睜大眼睛，蔡嗣揚繼續工作，踢出成片的豬肋骨，不到五分鐘的時間，整隻豬已經分解完畢。

蔡嗣揚再次雙手合十，面容虔誠。

小師傅將肉分裝，交給「老黃肉鋪」的阿伯，眾人拍手叫好，不知何時，裘安娜的雙手已經垂下。

裘安娜明白了蔡嗣揚為何要脫衣上工——此時的他，前髮濡溼貼著額頭，肌肉泛著光亮的薄汗，她早就忘記要把手放回眼睛上，愣愣地看著蔡嗣揚勞動後益發神采飛揚的臉龐。

小師傅遞上雪白毛巾，蔡嗣揚擦拭熱汗後堅定地點點頭，小師傅送上第二隻豬，繼續進行屠體分解。

蔡嗣揚半個多小時完成十家肉鋪的分豬工作，但還沒結束，他一個眼神示意，小師傅拿出他們家要販售的豬肉。

蔡嗣揚換一把刀，一邊對裘安娜解釋：「接下來各家肉鋪會發揮自己的本領，去掉筋膜和多餘的脂肪，把豬肉修得漂漂亮亮。」

蔡嗣揚俐落地清修豬肉，他捧起一塊肉讚歎：「今天的松阪肉真美，希望你遇到懂你的人，把你帶回家煮成好吃的一道菜。」

經歷了重度的勞動，但是蔡嗣揚眼神爍爍，彷彿點了亮光漆，格外有神。

「新來的安娜，我們仁晴小太陽很帥齁。」一位穿著「勝利肉店」制服的歐巴桑用手肘推了推裘安娜，裘安娜趕緊搖手否認。

「不要害羞啦，我看妳眼睛發直，被分豬的他帥到很正常，現在的男生不是太奶油，就是肌肉過度發達，他看起來瘦瘦的，身材和身手卻這麼好，還很敬業，有反差才會被帥到。」歐巴桑分析得入迷，看來她對肉品，以及菜市場的鮮肉師傅都很有研究。

「我們仁晴小太陽剛開始學分豬的時候，自己買豬來練習，不小心把大拇指削去一大塊，好辛苦啊！」看裘安娜聽得專心，歐巴桑再補送一則八卦，「可惜，他女朋友的爸爸是醫生，看不起他在菜市場工作，逼他們分手啦。」

裘安娜一愣，難怪他喜歡瘦子的〈伯父〉這首歌，這首歌說的正是不被女友父親認可的心情。她想起自己走上音樂路時，親生父母的反對與否定，胸口隱隱抽痛。

歐巴桑離開後，裘安娜仍兀自思索她的話，蔡嗣揚發現裘安娜微愣地望著他，向她揮揮手，給她一個朝陽般的笑容。

清晨的市場一樣人來人往、喧鬧擾攘，裘安娜忽然覺得自己不需要耳機，不需要空靈音樂，整個世界突然安靜了下來，腦海裡只有蔡嗣揚分豬時的聲音——

霍霍霍的磨刀聲，咚咚咚的剁骨聲，交織成特殊的節奏，；陽光燦爛的笑容背後，無法訴說的掙扎、與戀人分離的心痛、不被認可的苦楚，都交付這日常的身體勞動。

裘安娜不只聽見這些，她還聽見空中有旋律浮動。

「蔡嗣揚，我有事先回去了！」

裘安娜倏地站起，難得很不仙氣地拔腿狂奔，氣喘吁吁地跑出市場外攔了一輛計程車，她覺得心臟跳得好快，車子卻開得好慢。

快一點、快一點，她要快一點回家捕捉這瞬間即逝的靈感。

第七章　黑洞

裘安娜戴著耳機聽著手機裡的錄音檔，吉他弦刷出一首輕快的歌曲，隔絕玻璃門外菜市場的叫賣吆喝聲。

她專心想像自己原本清新靈動的聲音，可以如何演繹這首歌。

在蔡嗣揚分豬秀後，她突然有了電光火石的靈感，一口氣譜出曲子，卻沒有詞，更沒有可以唱這首歌的聲音。

王麗娜的聲音，無法駕馭這樣的歌曲。

她嘆了口氣，拿下耳機，無論如何，還是得專注寫出給王麗娜的歌，其他的只能再說了。

手機傳來訊息聲，裘安娜一看——

仁晴小太陽☀百年蔡記肉鋪：「昨天怎麼跑得那麼快？被分豬秀嚇到了嗎？」

裘安娜想起這首無人演唱的孤單歌曲，又嘆了口氣，「沒事，肚子痛而已。」

就在這時，裘安娜聽見有人進門，她拉下耳機抬頭，「歡迎光——」

她收起迎賓笑容，因為這位客人正雙手叉腰，滿面怒容……是蓮姐。

前晚睡前，她用王麗娜的手機傳了訊息給蓮姐報平安，蓮姐一分鐘後就迅速回覆了。

阿蓮：「我好想妳，什麼時候回來？」（加上三張長輩圖）

麗娜：「中秋節後就回來了。手肘有點發炎，醫生說要禁用手機。」裘安娜很佩服自己想到這個藉口，趕緊加很多張動來動去的貼圖。

阿蓮：「好好休息，我會幫妳注意那個裘安娜有沒有好好顧店。」（再加三張長輩圖）

麗娜：「感恩照顧。」

任務完成，裘安娜還好心地幫王麗娜清一下未讀簡訊。

大部分是廣告簡訊，但有一則來自未知號碼的奇怪訊息：「上個月的不夠用了，再給一點。」

因為不知道是誰傳來的，裘安娜也沒多想就關機，也許要等她和王麗娜都回到自己的身分，這手機才會再次開機。

而蓮姐說到做到，今天就來「關心」她了。

「妳戴著耳機是要怎麼做生意？」蓮姐來者不善。

裘安娜不打算跟她吵架，只是淡淡地微笑，「客人來的時候我會拿下來。」

「客人看到妳戴耳機就不敢進來了。」蓮姐冷哼一聲。

裘安娜回道：「這也沒辦法，因為我有一定要戴著耳機才能進行的工作。」

「大小姐，妳去買衣服，難道都不用店員介紹試穿嗎？妳不起來跟客人推銷嗎？」

「工作的衣服公司會提供，我自己的私服都去H&M或Zara，我不喜歡店員介紹，說不定也有客人跟我一樣，喜歡自己慢慢看。」裘安娜認真解釋。

說真的，對內向者而言，緊迫盯人的店員會讓人反感，裘安娜覺得自己有必要照顧這類型的顧客。

「什麼『渣啦』，沒聽過，妳到底會不會做生意？妳幫麗娜顧店也不知道會顧多久，萬一妳把店顧倒了，怎麼辦？」蓮姐拔高音量。

「蓮姐妳放心，不會顧太久，為了讓我早點離開，不要把這間店搞垮，我得專心寫歌了，不好意思。」說著，裘安娜戴上耳機，嘴裡哼著啦啦啦的旋律。

蓮姐很生氣，忿忿地轉身走出店門，差點撞上外送小弟，他正要把裘安娜訂的餐點放在門口。

蓮姐早已聽說裘安娜身在美食市場卻還花大錢訂外送餐點的事蹟，忍不住回頭瞪了裘安娜一眼，「嘖，這仙女，討債！」

裘安娜佯裝沒聽到蓮姐穿透耳機的大嗓門，但她萬萬沒想到，高級大飯店的外送沙拉盒，水耕蔬菜、舒肥雞胸肉佐進口油醋醬的美好滋味，即將離她遠去。

傍晚五點半，裘安娜還沒打算關店。

她譜出短短一小段旋律，想抓著靈感繼續下去，肚子發餓，照例她拿起手機，點開外送APP，熟稔地點餐並按了訂單送出鍵，然後繼續沉浸在音樂的世界裡。

「怪了，怎麼還沒送來……」裘安娜的肚子餓到發痛，她拿起手機一看，即將到來的訂單欄位空蕩蕩，她沒訂成功，於是再訂一次，才發現交易被取消，原因是刷卡失敗。

她改選擇現金付款後再次送出，三十分鐘後外送小弟來了，現金交易不能選「放在門口」，她只得親自出店門迎接她的餐點。

「您好，雞胸藜麥沙拉和冰滴咖啡，一共是三百九十九元。」

裘安娜掏了掏她的小小編織包，才發現包包裡只剩兩百塊，心裡感到錯愕。

她抬頭看了看蔡嗣揚的攤位，收攤中的大山師傅以為她找蔡嗣揚，跟她揮揮手，「嗣爺去台北參加經濟部的什麼地方行銷論壇了，明天才回來。」

裘安娜尷尬地站在原地，外送小弟大概是天氣熱，火氣很大，「沒錢叫什麼外送啦！」

好在「樂山青果行」的熙貴放下切到一半的西瓜，掏出五百元，才解了裘安娜的圍。

「真不好意思……」裘安娜頻頻道歉，這是她來菜市場後第一次仔細看著熙貴。

熙貴靦腆地揮揮手，「沒關係，裘阿姨，我正好要買襪子。」

裘安娜趕緊奉上襪子特價組合，還多送兩雙給他。

這天裘安娜不敢搭UBER，直接走路回家，到家後一查，原來王麗娜的信用卡刷爆了，裘安娜打電話查詢，才知道王麗娜上個月曾以信用卡借款，加上自己餐餐訂外送，因此很快就超出額度。

她努力回想消失的現金去處——染燙髮，買手機、衣服、鞋包、蕾絲桌布、香氛蠟燭的費用，才發現會沒錢一點也不意外。

她雖然讀會計系，卻沒有記帳習慣，因為公司會支付她大部分的費用，助理真真會打點她的生活所需，對於金錢的去留，她一向很沒有實感。

第二天，她不敢吃早餐午餐，忍到下午五點已經快虛脫，趕緊關店來到仁晴小食肆，看來看去，還是小雰家的米粉湯最便宜，她只好來到米粉攤，向妖嬌的小雰點了碗米粉湯。

「喲，裘阿姨怎麼會主動來小店吃飯？沒錢吃外送了，所以才來這裡嗎？」

蔡嗣揚不在，小雰的態度明顯很不一樣，她正在切豬大腸，斜著眼睛看裘安娜，頗有鄙視意味。

裘安娜不服輸，「妳怎麼知道我沒錢？」

「昨天沒錢付外送費的事早就傳開了，而且妳接手服飾店後，生意一直不好，遲早的。」

真是壞事傳千里，裘安娜抿唇不語，心裡交戰著。

不吃走人，但去哪裡找更便宜美味的食物？

厚著臉皮點餐，就得拌著小雰的嘲弄一起下肚，她嚥不下這口氣。

該怎麼辦呢？

下午，從台北回來的蔡嗣揚，來到松竹安養中心探望自家阿嬤李阿月，她是蔡記肉鋪前任老闆娘，執刀賣豬肉五十年，養大了一兒一女和唯一的孫子，是蔡嗣揚引以為傲的阿嬤。

阿嬤視力已退化，需要坐輪椅，但復健成果不錯，在安養中心的群體生活也過得很開心。

阿嬤一看到蔡嗣揚，手上的扇子馬上撲下去，「阿揚，你緊娶某給我抱孫，莫擱和猴囡仔大山浪流連！」

「阿嬤，你忘記了，我現在沒有女朋友。」蔡嗣揚故作委屈。

阿嬤瞇著眼睛，「小雰咧？她這麼漂亮，生的小孩一定『足水』。」

「阿嬤，我只把小雰當妹妹，而且她不懂我，她想幫我經營粉絲團和IG，一心希望我紅了，能去當集中市場零售攤販職業工會會長之類的職位，然後從政。」

「丟啦，夫妻一定愛互相瞭解啦，但是偶不管啦，你趕快去找一個女朋友！你最近有沒有認識新的可愛的查某囝仔？」

「沒……」蔡嗣揚回話到一半，愣了一下，新的女生好像認識一個，但應該不算可愛……

他的遲疑惹得阿嬤更著急了，「下次如果沒帶女朋友來看偶，你就不用來了啦！」阿嬤狀似生氣地趕蔡嗣揚走。

蔡嗣揚無奈地聳聳肩，但阿嬤有力氣喝斥他，表示她身體很好，真是喜憂參半啊。

回到仁晴市場，蔡嗣揚打算在仁晴小食肆吃完晚餐後，再去自治會辦公室處理業務。

一踏進小食肆，遠遠看到裘安娜的身影，想起和阿嬤的對話，他突發奇想：也許，下次可以拜託裘安娜跟他一起去看阿嬤。

他曾想請小雰配合他演出一齣戲，但小雰一定會在IG瘋狂曬恩愛，把假戲演成真的，讓全市場以為他們在交往。

他也想過請市場裡其他年輕女孩幫忙，但小雰在市二代中儼然變成新一代的大姐大，哪個女孩答應了這件事，下場可能會被小雰霸凌排擠。

這樣看來，裘安娜或許是可以拜託的對象，她改變造型後變得很年輕，現在又流行姊弟戀，應該可以瞞過阿嬤，只是，害怕陌生人的裘安娜，願意跟他一起抵擋老人家的逼婚攻勢嗎？

大山看到蔡嗣揚回來，立刻大步衝過來。

「嗣爺！」

「大山，這兩天市場裡有什麼大事嗎？」

「啟稟嗣爺，」大山一本正經，看起來卻更搞笑，「這兩天最大的八卦，就是安娜姊姊叫了外送，卻沒錢付帳，被外送小弟大吼，我還沒來得及幫忙，水果店的熙貴搶先幫她付帳了。」

裘安娜沒錢？嗯，看她前陣子不斷買衣添物，會變得捉襟見肘不太意外。

他再次望向裘安娜的背影，發現米粉攤的氣氛似乎不太對。

蔡嗣揚快步走向米粉攤，攤位前對峙的兩人還沒察覺到他的靠近。

小雰站在砧板前，她拿著菜刀，無禮地指著裘安娜，「妳也不想想自己幾歲了，穿成這樣，是打算搶走我市場女神的位子嗎？」

「我沒有這個意思。」

「沒關係，反正我遲早會離開菜市場，」小雰菜刀往砧板一剁，「妳的伸展台也只有在菜市場了，我可以讓給妳，裘、阿、姨。」

聽到這裡，蔡嗣揚難得表情嚴肅地出聲打斷：「小雰，妳忘記了嗎？不管今天來妳店裡的是誰，只要她不是奧客，都要好好招待，這是我們仁晴菜市場的人情味。」

小雰嚇了一跳，「嗣揚哥……」

蔡嗣揚吩咐小雰，「兩碗米粉湯，綜合黑白切，燙青菜，謝謝妳。」而後轉頭看著裘安娜，「今天我請客，裘阿姨。」

在小雰妒恨的目光下，蔡嗣揚拉著裘安娜落坐，關心地問：「怎麼回事？我聽大山說妳沒錢付外送費？」

裘安娜困窘地說出了她的財務困境，還有打去銀行得到的回覆。

「奇怪了，王阿姨為什麼要信用卡借款？她生意這麼好，而借款利率那麼高……」蔡嗣揚猜不透。

「她一定有很大的財務缺口。」裘安娜回答，而後拿起手機，開啟計算機APP狂按。

「妳在算什麼？」

「我現在有三百元，只夠吃七碗米粉湯，撐不過三天，而且沒錢搭UBER，我也不會騎摩托車，得走路到市場，這樣運動量增加，大概又會更餓了……」她認真分析，一臉苦悶。

蔡嗣揚見狀，忍不住噗哧笑出來，「我沒看妳這麼務實過……」

裘安娜只是嘆口氣，幽幽地告訴蔡嗣揚，她和趙韋善簽約後休學，和父母斷絕關係，同時也斷了金援，但趙韋善讓她預支唱片版稅，她只需接點外文翻譯補貼，就這樣不太困難地度過人生唯一的小小財務缺口。走紅後，她再也沒煩惱過錢的事。

她頹喪地下了結論：「我確實一直活在溫室裡，活在遠離人群的宇宙小星球上，你說得對，我是應該務實一點。」

這時，熱氣蒸騰的米粉湯和小菜送來了。

小雰送餐時，不悅地瞥了裘安娜一眼，但裘安娜渾然不覺，之前她總是不碰內臟類的食物，但今天看到豬大腸、豬肝、豬血糕等小菜，襯著薑絲，淋著晶瑩的醬油膏，忍不住吞了吞口水，眼睛發亮。

她飛快將小菜夾到自己的碗中，送進嘴裡。

「好吃嗎？」蔡嗣揚微笑問，他對自家豬內臟非常有自信。

裘安娜嚥下後，瞪大眼睛，一口接一口，吃了大半盤才放下筷子。

「真好吃，好嫩好鮮甜，比我以前吃的伊比利豬還要好吃。」熱湯氤氳的蒸氣撲上裘安娜的臉，讓她的雙頰變得紅潤。

她心情愉悅地吃著晚餐，但吃著吃著突然又煩惱起來。

今天是蔡嗣揚請她吃飯，但明天呢？後天呢？她總不能天天找這位菜市場小太陽蹭飯吧？

蔡嗣揚似乎能讀懂她的心，提議道：「既然妳原本是歌手，要不要去考街頭藝人執照增加收入？我們仁晴小食肆是開放展演的公共空間，妳看，那裡有個小舞台，也有現成的音響設備。」

裘安娜苦笑，「我這嗓音……還是算了，你讓我唱，我自己都不好意思聽。」

「妳為什麼不試著接受現在的聲音，為它寫一首歌？」

裘安娜偏頭想了想，「為王麗娜寫一首歌，應該不是指為她寫一首她可以唱的歌……還是我誤解上帝公給我的任務？這七七四十九天我到底該怎麼做才是對的呢？」

離開父母和趙韋善的保護，她真的能生存嗎？她怕七七四十九天沒熬過，先把王麗娜的身軀餓死了，自己和王麗娜的靈魂都將無處歸依。

沮喪讓裘安娜垂下頭，「你一定覺得，我是個不知人間疾苦的好命女，發生這種事是給我教訓。」

「不，我不這麼想。」蔡嗣揚輕聲安慰，「雖然妳說的話我無法驗證，但我想的是，也許這七七四十九天是一個禮物，是讓妳體驗柴米油鹽的滋味，讓市場的生命力啟動妳內在原有的活力，豐富妳的創作和人生。」

「我內在的活力？」裘安娜以為自己聽錯了。

「北極兔雖然住在冰天雪地，可是蹦蹦跳跳的，表裡都冰冷的人，是不會被音樂給觸動的，妳也喜歡我所喜歡的歌，所以妳一定沒有自己想的那麼糟。」蔡嗣揚微微一笑，輕拍她的肩，「別擔心，有我在，只要妳願意留在市場顧店，我會幫助妳，讓妳學會怎麼叫賣，穩定收入。」

裘安娜看著蔡嗣揚，他神情認真，對她笑著點點頭，那雙明亮的眼睛彷彿能看進她的靈魂深處，給她百分之百的安心肯定。

在夜晚的食肆中，裘安娜覺得市場的喧譁又一次安靜了下來。

這次，她只聽見自己心臟砰砰跳動的聲音。

她還是裘芝恩時，接受過許多掌聲、禮物與關愛，那些都是美好的錦上添花，這一刻，她終於明白，為何人們總說雪中送炭比錦上添花更可貴。

「這是自治會長的工作範圍？」裘安娜愣愣地問。

「也算是，但有一個條件。」蔡嗣揚抓抓後腦杓，不好意思地解釋了阿嬤給他的難題。

裘安娜猶豫了一下，蔡嗣揚繼續遊說：「假扮我的女朋友，我阿嬤為人大方海派，一定會包給妳一個大紅包，搞不好還把她珍藏的玉鐲送妳，多少能減輕妳做生意的壓力。」

「你阿嬤想看孫媳婦，你為什麼不找她幫忙？她一定很樂意。」裘安娜眼神飄向小雰。

蔡嗣揚趕緊搖手否認，「就是因為她很樂意，會把這件事當真，所以不行。」

「她這麼漂亮，你為什麼不喜歡她？」裘安娜問。

「她不懂我。」蔡嗣揚無奈地說，「小雰最大的心願是和我一起離開菜市場，她覺得這裡是給她的限制，但我從來不認為仁晴菜市場是一個限制。」

裘安娜抿了抿嘴唇，默默思考著。

剛來到仁晴市場的她，也會贊同小雰的看法；現在的她，雖然仍在想辦法離開市場，回歸她原本的生活，但她知道，對蔡嗣揚而言，這裡是他親手打造的舞台，所以他才能在清晨的分豬秀、在菜市場的改裝工作中，發揮得淋漓盡致。

「好吧，成交。」裘安娜點點頭，「一文錢逼死英雄好漢，也逼死不接地氣的我。」

蔡嗣揚一聽，馬上對她露出感激的燦笑。

她心裡升起異樣的感受，假扮蔡嗣揚的女友，這件事怎麼讓她有點緊張，又有點……期待？

第八章　開賣

「在菜市場賣東西一定要大聲叫賣嗎？」

夜半，裘安娜輾轉難眠，想到要在眾人面前扯著嗓子銷售，她就渾身不自在，蔡嗣揚真的有辦法教會她嗎？

蔡嗣揚還沒睡，他很快回傳訊息：「叫賣能讓客人快速聚焦，對生意絕對有幫助。放心吧，明天我會派叫賣小隊來幫妳，好好跟他們學習就對了。」

果然，第二天早上，他就為裘安娜找來叫賣小幫手。

裘安娜抵達市場時，只見三個穿著圍裙的小哥站在麗娜服飾店前，他們五官相似，同樣臉紅紅、胖嘟嘟，掛著靦腆憨厚的笑容。

是樂山青果行的熙貴，不對，怎麼有三個熙貴？

「裘阿姨好！」三個小哥朝氣地向她打招呼。

裘安娜搗嘴，「原來你們是三胞胎？我一直以為水果攤是同一個人顧的。」

這下她才知道，臉型最圓的是大哥熙貴，二哥穆貴膚色較黃，小弟丹貴臉型最長，裘安娜感到不好意思，她每天來菜市場，就是直直走進麗娜服飾，心神總是在寫歌上打轉，不曾用心觀察過周遭的人事物。

「那上次買襪子的是誰？」裘安娜問，丹貴害羞地舉手。

她還來不及感謝他，蔡嗣揚宣布：「熙貴、穆貴、丹貴，你們是王阿姨教出來的，現在，請你們好好為裘阿姨示範嘍。」

「是，嗣爺！」

三兄弟極有默契，在麗娜服飾前像門神一樣穩穩站定，裘安娜感到困惑，這三個憨厚的小哥，是要怎麼擔任她的業績助攻小隊？

熙貴深吸一口氣，用清亮的聲音喊道：「大家好，我是西瓜葛格，今天來到麗娜服飾，給各位介紹，今年夏天最舒服的居家服，帶小孩喝喜酒、才藝表演的漂亮衣服，通通在這裡，大家快進來挑挑看選選看！」

他的聲音吸引人潮靠攏，接下來只要有路人走過，熙貴三兄弟就發射攻擊——

「姊姊，走過路過不要錯過！」

「美女，這邊的兒童襪，通通只要兩百塊！」

「韓國工廠最後一批，賣完就沒有了！」

「總共三百八十六，去尾數三百八就好，再送你一雙女用絲襪，穿穿看，好穿再來買！」

「材質涼爽又有延展性，高矮胖瘦都能穿啦！」

「日本進口棉紗嬰兒睡衣，全市場只有這裡有哦！」

「滿千可以抽台灣製安全玩具喔～」

他們的聲音發自丹田，極其有力量，來到仁晴市場將近兩星期，她一直戴著耳機，沉浸在自己空靈的音樂小星球，卻沒發現菜市場有這樣的聲音。

裘安娜相當驚豔，「你們從哪學來的，這麼會叫賣？來菜市場上班有教育訓練嗎？」

熙貴不好意思地笑笑，「我們阿爸阿母也是恬恬賣的那一型，所以生意一般般啦，但我們三個從小在王阿姨的攤位長大，王阿姨超會叫賣的。」

「她這麼厲害啊？但是，很會叫賣是一回事，你們怎麼知道店裡產品的特色？」

穆貴回答：「我們從小看她做生意，知道她只賣小孩衣服和大人家居服、襪子、內衣褲，她說過，想要讓大家穿得舒服，這家店是以小孩為核心，所以還要賣點糖果玩具，讓小客人開心，最重要的，王阿姨很重視品質，她說一定要『妹得飲胎萬』，不然就是日韓自製進口貨，讓大家穿得安心。」

裘安娜頓時感到有點羞愧，她來店裡瞎坐兩個星期，卻從來沒有好好理解王麗娜在賣什麼……還沒來得及徹底自我反省，熙貴三兄弟的叫賣吸引越來越多人進店裡逛逛，裘安娜得趕緊幫忙收錢找錢了。

「呃，三百四十五，收四百要找……」

熙貴秒答：「五十五塊！」

「七百六十加一百八等於八百四……」

穆貴秒答：「是九百四，裘阿姨！」

「啊，不好意思……」裘安娜很懊惱。

「沒關係，聽說裘阿姨是音樂老師，算數不快很正常。」丹貴憨厚地笑。

裘安娜想到自己是會計系肄業，心虛極了，趕緊幫忙打包，「您的衣服通通裝一起好嗎？」一不小心，她的斜背編織包鉤到衣架，撂倒了假人模特兒，東西也掉了一地。

「啊！對不起對不起！」她不停道歉，這才明白為何王麗娜都使用霹靂腰包，原來這樣找錢拿東西才方便利索。

一整天下來，裘安娜數錢數得很開心，但也被錢弄得頭暈腦脹。

「明天就換裘阿姨自己試試看嘍，話術都抄下來了嗎？有問題再問我們喔！」關店前，熙貴殷殷交代。

晚上，裘安娜腰酸背痛，胸悶心悸加劇，早早就歪在沙發上睡著了。

入夢前，她仍喃喃複誦：「走過路過不要錯過……」

♪

天一亮，又是仁晴市場活力四射的一天之始。

開市沒多久，攤商們口耳相傳，散播一個八卦——

「聽說今天裘安娜不會再安靜坐著顧店，她要親自在門口招呼客人了！」

好事的攤商們，一個個找藉口路過麗娜服飾，偷瞧裘安娜怎麼做生意，只見她垂著頭，看著地板囁嚅：「歡迎光臨，裡面看看哦，挑挑看選選看。」

有客人走進來，挑撿了一番，最後卻嘖了一聲：「這件衣服，北門市場那邊也有賣，妳還貴一百塊，算便宜一點好不好？」

「呃……這邊的質料一定比較好，不然便宜妳十塊。」裘安娜支支吾吾地回應。

「才十塊而已，我不買了！」客人哼一聲離開。

「噗，這樣生意會好才怪……」攤商們竊竊私語。

這一天裘安娜的業績結算一百九十九元，還是大山嚷著要來給安娜姊姊捧場，買了男用內褲三件特惠組才有的業績。

蔡嗣揚在肉鋪打烊後繞過來，裘安娜正沮喪地按著手機計算機，「一百九十九元，可以吃不到五碗米粉湯……」

一隻手指將計算結果歸零，裘安娜一抬頭，迎向蔡嗣揚的笑臉。

「昨天不是生意很好嗎？」

裘安娜無奈地解釋自己的困境：「你幫我跟熙貴他們說一聲，請他們來幫我叫賣，我讓他們抽成，好不好？」

蔡嗣揚搖搖手指，「他們有自己的水果店要顧，我說過要幫妳，是指幫助妳學會在市場生存。」

「不行啦，我真的不敢對陌生人大喊大叫。」裘安娜央求。

蔡嗣揚沒有妥協，「妳開演唱會的時候，不會對觀眾說話嗎？」

「我是省話一姐，每次演唱會開場時都會說：『今天，就讓音樂代替我說話。』認真唱歌就是我回報歌迷的方式。」

「如果妳不敢喊，要不要試著用唱的？」蔡嗣揚提議。

裘安娜焦慮得想抓頭髮了，「怎麼唱？把這些話術編成一首歌嗎？我現在這個聲音怎麼唱歌？」

蔡嗣揚雙手在胸前交叉，又用了激將法，「難道妳是裘芝恩這件事，只是妳的幻想，妳根本不敢在大家面前唱歌？」

「才不是！」

裘安娜一激動，忍不住跟蔡嗣揚提起小時候的回憶。

當她還是裘芝恩的時候，第一次登台是七歲的鋼琴表演，她上台前還緊張到在廁所裡嘔吐，坐上鋼琴椅時眼角還有沒擦乾淨的淚花，但是，當她的手指放上琴鍵，卻能無比專注地讓苦練已久的樂音從指尖流瀉出來。

「後來鋼琴老師跟我媽說：『芝恩台風真穩，是很有天賦的孩子。』」裘安娜邊回想邊說。

「既然台風穩健是內建的，換個聲音妳就不會唱嗎？哪個歌手有機會換個聲音玩音樂？」蔡嗣揚走近她一步，輕拍她的頭，他覺得裘安娜做得到。

裘安娜被逼得漲紅臉，「總之，你沒辦法讓我生意好，我就不跟你去探望阿嬤喔！」

「妳看看，妳剛來市場的時候，一副『好緊張啊不要和我說話』的樣子，現在不是很能和我抬槓了嗎？」蔡嗣揚咧嘴笑了笑，「人的潛力無窮，妳也是，我先回店裡，妳好好考慮一下我的提議喔。」

蔡嗣揚一踏出店門，裘安娜就很不仙氣地抱頭大叫：「啊——」還引起門外路人側目。她真的學不會叫賣……還是先回到自己安靜的小星球躲一下吧！

裘安娜焦慮地拿起耳機播放音樂，試圖在音符打造的美好世界，平復自己的情緒。但聽了半小時的音樂，她頹喪地摘下耳機，音樂縱然可以舒緩情緒，但不能解決她不敢高聲叫賣這個難題。

這時，有人推開店門，裘安娜抬起頭。

「您好，我來發送《仁晴味》創刊號嘍！」

一個白白瘦瘦、氣質陰柔的大男孩出現在裘安娜眼前，稚氣的他一身窄管褲，臉上戴著粗框眼鏡，典型的文青裝扮，他手上抱著一大疊刊物。

「嗨，妳好！我是市場印刷店的孩子，我叫蕭念威！」大男孩朗聲熱情自介。

「練肖威？」

「美女妳喊錯了！是蕭、念、威——不過市場的大家都說我天天『練肖話』，哈哈哈！」他嘴巴不停，繼續介紹，「我本來在廣告公司工作，現在我老爸退位，我回來接班！在嗣爺的幫助之下，創立《仁晴味》地方刊物，我是總編輯兼記者兼美工兼發行！」

蕭念威的話語像連珠砲，轟得裘安娜倒退三步，他向前走近三步，拉著她的袖子，近得讓裘安娜看到他臉上鮮明的雀斑。

「妳是安娜阿姨對吧？妳這麼年輕漂亮，應該叫妳姊姊才對！下個月《仁晴味》我可以訪問妳嗎？」

裘安娜渾身僵硬。

在演藝圈待了數年，裘安娜能輕易辨識這男孩是典型親和力高的Gay，圈內不少化妝師、造型師、髮型師都是這類型，他們的共通點是工作時愛聊天，也喜歡和女孩當閨密。

裘安娜總是硬著頭皮陪他們聊，但往往造型做完，她也筋疲力盡了。

如果說她是精神芬蘭人，蔡嗣揚就是南歐人，而蕭念威簡直是住在赤道附近的熱帶島嶼居民。

「謝謝你的刊物，放那邊就好了，我還有點事要忙……」

裘安娜送客的話還沒說完，蕭念威瞥見她店裡的海報，立刻發出男高音般的尖叫。

「裘芝恩！我每次來，看到麗娜阿姨店裡的裘芝恩海報都好感動，安娜姊姊，看妳這身打扮，跟裘芝恩超像的，一定也是她的歌迷吧？我超喜歡裘芝恩的，妳知道嗎？當她還不是什麼咖，在音樂節外面的天橋唱歌時，我就被她圈粉了！」

說起裘芝恩，蕭念威居然激動到眼眶泛淚，他拗裘安娜交出手機，「這是我為裘芝恩設立的集氣粉專，妳也去上面幫她打氣好不好？我們一起集氣，裘仙女一定會好起來的！」

蕭念威立即幫她按了讚，還逼她留言，裘安娜用力點了無數次頭表示沒問題，蕭念威才擦擦眼角，準備繼續派發《仁晴味》創刊號。

「安娜姊姊，我先去忙，之後再來找妳聊天喔！」蕭念威瞬間像一陣風般地離開。

裘安娜心想：什麼聊天，好像都是你在說啊……

蕭念威這番熱情且單方面的對話，讓裘安娜元氣大失，癱瘓在椅子上。

好不容易稍稍適應仁晴菜市場的熱鬧生活，沒想到一山還有一山高，年輕的蕭念威也有婆媽的靈魂……裘安娜拿起手機，畫面還停留在「裘芝恩快快醒集氣加油團」，她赫然發現這個粉專的封面，是自己抱著吉他在天橋上唱歌的照片。

記憶中有個男孩子這樣說過，她也記得，他臉上同樣有俏皮的雀斑。

「妳唱得好好聽啊，我可以錄影上傳嗎？」

當她還是裘芝恩的時候，曾有一次，也是唯一的一次，她在沒有舞台、沒有燈光的地方，孤單地對群眾唱歌。

那時剛發片，她還是個沒沒無聞的新人。

趙韋善幫她爭取在某個小型音樂節出場表演，卻因故臨時被抽換掉，趙韋善和主辦單位大吵一架。

趙韋善對她滿臉歉意，而她只說想一個人散散心。

她從音樂節所在地的公園往車站走，經過一座天橋，背著吉他的她，看著人們興奮地走向音樂節，她心裡落寞。

什麼時候，才會有人期待地趕赴表演活動，為了「裘芝恩」這個歌手呢？

她仰起頭避免眼淚掉下來，她決定，沒有人特別來聽她唱歌，那她就自己唱。

她站在天橋上，拿起吉他忘情彈唱，駐足聽歌的路人越來越多，一個衣著文青的男孩，幫她錄影上傳到某個文青音樂粉專。

當她唱完獨自回家時，趙韋善興奮地打電話給她，她的IG、FB粉專迅速增加人氣，唱歌影片被轉發上千次，一夕之間讓她打開了知名度。

裘安娜想起方才蕭念威的激動告白，加上粉專封面照片，當年那男孩應該就是蕭念威。

「原來像婆婆媽媽的熱情，也可以幫助到人……」裘安娜收回對蕭念威的抱怨。

這天後來，裘安娜又沒做生意了，她在店裡滑手機，看著集氣粉專上一則又一則留言。

「裘仙女，真希望妳趕快好起來。」

「親愛的裘仙女，妳的歌聲是最棒的。」

「妳創作的音樂總是很有畫面，謝謝妳為我們帶來這麼多好聽的歌，希望妳醒來，繼續妳喜愛的創作……」

「裘仙女，好想妳，我們都愛妳！」

裘安娜忍不住將臉埋進手心。

店門外，人們路過麗娜服飾看到這景象，竊竊私語。

「裘安娜不會做生意，現在生意不好，在哭了……」

水果店的熙貴三兄弟聽說了，熙貴趕緊到店裡關心，「裘阿姨，不好意思，最近買水果的人比較多，不然我們明天輪班幫妳叫賣，好不好？」

裘安娜趕緊抹了眼淚，笑著搖頭，「沒關係，我會好好練習叫賣的，總不能一直靠你們。」

她暗自做了一個決定，早早就關店回家，市場人們更加議論紛紛。

「要賭哪一樣？賭今天裘安娜會不會開店？還是賭她會不會自己叫賣？」

♪

第二天一早，水產店阿成和大山正在嚼舌根，蔡嗣揚聽到他們非議裘安娜，不悅地開口打斷他們：「你們幹麼？都快六點了，還不快去準備開店啦！」

「我賭她會。」一道熟悉的滄桑女聲傳來，阿成和大山回頭，兩人滿臉尷尬。

「沒有啦，我們說好玩的，今天要給妳加油打氣！」阿成慌忙擺手否認，大山趕緊握拳表示打氣，「對，安娜姊姊壞挺！」

裘安娜依舊一身飄飄衣裙，穿的是湖水綠雪紡紗，身上多了黑色的吉他袋，蔡嗣揚注意到她的神情和平日不太一樣，看起來格外堅定。

打從裘安娜降臨市場以來，大部分時間，她是困惑、憂慮、徬徨的，現在似乎打定主意要挑戰一件困難的任務，無所畏懼。

只見裘安娜開店布置一番，把衣服假人模特兒都擺好，開店前的準備她已經非常熟練，她還在店門前架起高腳梯，這舉動讓人潮略略聚集，人們好奇地看她要做什麼，蔡嗣揚雖然忙著招呼客人，但眼神仍不時留意裘安娜。

裘安娜遠遠瞥見他的目光，她對蔡嗣揚綻開一個神祕的微笑，而後優雅地登上高腳梯，「可以麻煩誰把我的吉他拿給我嗎？」

大山趕緊協助把吉他交給她。

裘安娜深吸一口氣，刷了一下Pick，異國風味的旋律流瀉而出，鄰近攤位的叫賣聲、剁刀聲，瞬間都安靜了下來，客人們的目光全被她吸引過去。

「挑挑看，選選看，走過路過不要錯過我們這一攤……」

昨天晚上，裘安娜在家裡做了實驗，聲音的實驗。

她特別在YouTube上尋找低音女歌手的歌曲，意外地在黃小琥、巴奈、Adele、Lena等國內外低音歌后的美聲中，遇見新的世界。

她一直用自己習慣的唱腔和音域來使用王麗娜的聲帶，因此覺得王麗娜的菸酒嗓像破銅鑼，沙啞又無法唱高音，她試著降了Key，發現王麗娜適合濃郁情感的靈魂唱腔，特別適合歡樂中略帶苦澀的音樂，以及有強烈故事的歌曲，而編曲可以搭配那卡西或是南歐風格，讓熱烈曲調中帶點豁達與滄桑世故。

王麗娜的聲音不是不好，是她沒好好使用，她覺得好像發現新的玩具，就這樣用王麗娜的歌聲自彈自唱了一整夜。

此刻裘安娜坐在高腳梯上，用王麗娜的風味嗓音，閉目專注地唱著這首歌——

前面那位年輕的大姐，

妳穿這件胭紅會更明顯；
左邊那位帥氣的大哥，
我們家的衣褲抗菌舒適，還能平衡酸鹼；
還有對面那位孩子的媽媽，
妳好適合這件粉紅色的睡衣薄紗，
小公主當然給她打扮得像Elsa——

閉眼唱歌的裘安娜，微微睜開眼睛觀察人們的反應，越過人群，她看到蔡嗣揚的笑臉，他專心聆聽的神情，勾起的嘴角，像溫熱的聚光燈，給她光芒也給她更多力量。

Don，t let it go，別錯過，
男用襪子五件九折很不錯；
好折扣，別放過，
裡面試穿絕對不會錯！

唱了兩遍副歌，裘安娜略帶俏皮地用狂刷吉他作結。

只是老闆娘最近才來這裡代班，
大家衣服穿好放著別給我弄亂，
收拾到三更半夜好麻煩……

曲畢，裘安娜綻放一個燦爛笑容，「這首歌叫做〈Don't Let It Go〉，就是要大家好東西買起來別放手，謝謝大家。」

然而觀眾們一片靜默，眼睛發直，遲遲沒反應。

啊……還是沒駕馭好王麗娜的聲音是吧……裘安娜心想。

她準備從高腳梯下來，臉上掛著尷尬又不失禮貌的微笑，真是名副其實的「給自己找台階下」，裘安娜在心裡自嘲。

「Bravo!」第一個熱烈掌聲，來自肉鋪的蔡嗣揚。

緊接著，梯子底下的觀眾紛紛用力鼓掌，掌聲從四面八方的走道引來更多人。

「我要買！我要買！」客人擠進店裡，開心選購。

裘安娜興奮地大開支票，「兒童襪三雙兩百，只要賣出二十組，我再唱一次！」

最後，裘安娜唱了六次歌，她數錢數到手軟，但也伴隨新的考驗。

「三九九加四九九……啊，等一下，我拿手機算一下！」她的心算趕不上結帳速度。

最後是蔡嗣揚和熙貴來幫忙她算錢，才順利應付湧進店裡的人潮。

Don’t let it go，別錯過……好折扣，別放過……

不少市場攤商也不自覺地哼起這首朗朗上口的歌曲，整日辛苦叫賣好像也有了不同的滋味。

傍晚，裘安娜又做了一件從沒做過的事。

她自發性地請吃飯，正確地說，是請一桌人吃飯——成員包括蔡嗣揚，熙貴三兄弟，還有幫她拿吉他的大山。

以前唱片製作完成或演唱會落幕時，她總會請工作人員吃飯，但都是由趙韋善召集，助理聯絡訂位等事宜，她只負責在席間優雅微笑，提早離席買單，留下一句「你們好好玩，第二攤也算我的」。

這次請客的地點又選在仁晴小食肆的米粉攤。

小雰妒恨的眼神益發強烈，她送來熱氣蒸騰的米粉湯時，緊盯著蔡嗣揚問：「嗣揚哥，我的新髮型好看嗎？」

蔡嗣揚這才注意到，小雰剪了俏麗的短髮，襯得一雙貓眼更加嫵媚，不忍她失望，他趕緊回答：「喔，好看啊，像新鮮的五花肉一樣好看。」

小雰欣喜離去，裘安娜忍不住大笑，「哪有人用肉來稱讚人的？」

「做我們這行的，都是用肉來稱讚人。」蔡嗣揚理所當然地回答。

「我是水果店的人，也想遇到我的西瓜美女。」熙貴笑著插話。

「就是這樣，穆貴喜歡木瓜，丹貴喜歡冬瓜，不過對嗣爺而言，松阪肉才是最高級的稱讚哦。」大山插嘴，「安娜仙女，我最喜歡蹄膀，對我而言，妳就像蹄膀一樣美麗。」

蔡嗣揚巴了大山的後腦，「哪個女生喜歡被說像蹄膀啦？」

裘安娜掩嘴低笑，然後問：「哪個女明星或藝人是你的松阪肉啊？」

蔡嗣揚聳聳肩，「目前還沒出現。」

裘安娜微微試探，「那……女朋友呢？」

蔡嗣揚苦澀一笑，還沒說話就被大山搶白：「嗣爺失戀很久，妳不知道，他是馬子狗，卻因為接班被女朋友拋棄，女朋友的爸爸說他浪費國家的栽培——」

「喝你的酒啦！」蔡嗣揚又敲了大山後腦，他嘴角笑著，眼睛卻失去笑意。

裘安娜不是沒聽過蔡嗣揚前女友的事，但她心裡不知為什麼有點怪怪的，湧出一種心疼的感覺，她突然好想為蔡嗣揚做點什麼。

她可以為他做什麼呢？裘安娜想起她在看了蔡嗣揚分豬後寫的那首歌。

如果唱首歌給他聽，他會好過一些嗎？

熙貴三兄弟和大山喝得很嗨，蔡嗣揚用彈珠汽水代替酒，單獨敬了裘安娜。

裘安娜微笑，深吸一口氣，下了決定，指著小食肆內的小舞台，「你說過，這裡歡迎街頭藝人演出，我可以上去表演一下嗎？」

「可以啊。」蔡嗣揚答，「妳要在這裡唱〈Don't Let It Go〉嗎？」

「你等一下就知道了，給我二十分鐘。」

裘安娜扛起吉他，沒走向小舞台，先在另一張桌子拿起點菜單，翻到背面塗塗寫寫。

大山偷偷問蔡嗣揚，「她在幹麼？寫作文啊？」

過了一會兒，裘安娜才在眾人的議論聲和異樣眼光中，帶著點菜單上台。

她開啟音響和麥克風，試了音後，刷了一下Pick，蔡嗣揚以為她會演奏裘芝恩風格的輕靈樂曲，沒想到，比〈Don't Let It Go〉更快、更有力的節奏傳來——

你說我走這條路好浪費，
其實這只是不符合你的常軌；
抱歉無法和你的標準匹配，
阿嬤教我，飯要全部吃完才不是『討債』，
青春用力爽快度過徹底發揮，才不算虧！

裘安娜寫了一首歌，現場填詞，蔡嗣揚聽到浪費兩字從裘安娜口裡唱出來，突然明白這是給他的歌！

我的志願不是一個月賺多少錢，
閃閃發光的夢想才是無價寶貝；

我的志願不是爬向更高地位，
下好離手，有去無回，
狂飆汗水，暗吞眼淚，
做我想做的事才叫一生無悔！

蔡嗣揚回想，王麗娜阿姨每次參加裘芝恩的演唱會，第二天都到處說她有多感動。「你們不知道，我們裘仙女看起來瘦瘦的，唱歌的聲音是很有力氣、很有感情的！她的演唱會太棒了！你們下次也一起來啦！」

他沒聽過裘芝恩現場演唱，但是裘安娜的表演帶給大家的感覺，就和王阿姨描述的一模一樣。舞台上，她不再是遠離人群的精芬仙女，她是女王，舞台就是她的城國。

這樣的女子，外表看來雖然孤僻內向，但內在卻有澎湃的情感，所以她才能看懂他的故事。

裘安娜首度嘗試不一樣的曲風，特別留心觀眾的反應，只見台下的人們放下湯匙筷子，停下談笑，驚訝地望著她，注意力完全在她身上。

她也看到蔡嗣揚，他的眼瞳比她唱〈Don't Let It Go〉時更明亮，裘安娜感到有些不好意思，卻也感覺內心的情緒更加激動，她勇敢望著蔡嗣揚，只為他而唱。

副歌激昂，唱了兩遍後，裘安娜用更大的聲量，更震撼的曲調來宣示這首歌的情感。

也許當我來到你的年歲，
我仍然錯過你所謂的大好機會，
用盡力氣被夢想浪費，才是珍貴，
這是我的定義，你的看法我無所謂，我無所謂！

蔡嗣揚倏地站起來，微紅著眼卯足全力鼓掌，他原本就有喜歡的歌手，但這是第一次，他感覺心在胸口怦怦跳，第一次明白了什麼叫被徹底圈粉。

「嗣爺、嗣爺！」熙貴圓圓的手指在蔡嗣揚面前揮了揮，擋住了裘安娜的身影，「嗣爺，你的表情看起來就是三個字……」喝酒喝到臉頰酡紅的熙貴，反常地話多了起來，他嘻嘻笑著，一副看好戲的樣子。

「哪三個字？」

「已、戀、愛！」熙貴大笑，「為了和大山去聯誼，我有研究對人有好感的時候是什麼表情喔，就像你這樣，瞳孔放大，眼冒愛心喔。」

「吼，亂說什麼啦？我是覺得她真的唱得很好……」

蔡嗣揚否認，但耳根漸漸泛紅，他發現自己心跳飛快，剛喝過大半碗不摻味精的米粉湯，卻還覺得喉頭乾渴，他的眼光駐留在裘安娜身上。

以為熙貴胡說八道，可是被圈粉的感覺，為什麼和戀愛這麼像？

歌曲進入尾聲，裘安娜在台上刷著吉他，瞥到蔡嗣揚望向她的神情，他的眼瞳總是充滿關心和溫暖，偶有年輕男子特有的促狹，然而此刻，她隱約感受到那眼神變得有些炙熱，她曾在男歌迷眼中看過類似的情緒，卻第一次感覺心跳失速，差點就彈錯和弦，好在她緊急救回，順利刷下最後一個和弦。

「這首歌叫做〈浪費〉，謝謝大家！」

曲畢，裘安娜一鞠躬，快步走下台，在蔡嗣揚的注視下，她走向他，坐回原位。

她一隻手捏著裙邊，短短一段路，竟比金曲獎頒獎典禮的紅毯還讓她緊張。

裘安娜還沒平緩情緒，掌聲突然如潮水般襲來。

「安可！安可！安可！」人群興奮鼓譟著。

大山還站起來大聲叫好，「居然有歌可以唱出我們肉鋪的生活，太感動了！安娜姊姊，再來一首好不好？！」

「不行啦，我沒有歌可以唱了……」裘安娜熱著臉不停揮手。

喝了酒的群眾因為太嗨，紛紛起身湧向她，一個勁兒地「盧」，裘安娜的精芬狀態又上身，一時手足無措，蔡嗣揚趕緊拉起她往外走。

兩人邊走邊跑，蔡嗣揚領著她跑到市場外，從東出口的一處階梯攀上市場頂樓才停下來。

裘安娜覺得心臟跳得太快，蔡嗣揚本想靜靜陪她，等她平復，意識到正和裘安娜獨處，他不自覺用手搔搔後腦，試圖把目光從她身上移往稍遠處的夜間燈火。

「這是哪裡？」裘安娜調勻氣息後，顧盼四周，沒想到市場頂樓別有洞天，有一個小小的角樓。

「這座市場是日治時代興建的，這裡是瞭望台，已經在文化局列冊追蹤，我們正在申請經費整修，目前不會有人上來，別擔心，裘芝恩小姐。」蔡嗣揚轉過臉對她笑。

聽見自己的真名，裘安娜也揚起唇角，「你還是叫我裘阿姨好了，以免不小心在大家面前露餡。」

她倚著瞭望台欄杆，看著市場周邊的夜景，離開自己的軀體和身分不過十多天，卻覺得關於裘芝恩的一切漸漸變遠。

蔡嗣揚點點頭，然後好奇地問：「我記得王阿姨說過，妳不會作詞，妳是怎麼再進化的？」

裘安娜指尖勾了勾耳後的髮絲，微笑道：「我也以為自己不會，但看過你現場分豬後，我覺得好震撼，這首歌想表達的不只是情緒，還有故事，其實當天晚上我就寫好這首歌，卻不知道要配什麼詞，直到那首〈Don't Let It Go〉讓我思考該怎麼運用王麗娜的聲音，還有，我可以用哪些簡單的詞語試著表達我想要說的話。」

「謝謝妳，我很喜歡。很多男歌手的作品能觸動我的心，這次，沒想到是一位女歌手讓我覺得完全被理解。」蔡嗣揚深深望著裘安娜，眼神溫暖。

裘安娜不太好意思地垂下眼簾，稍微頓了頓，想起一件事，「對了，我的粉晶手鍊請記得還我噢。」

「好，我同學說要一陣子，因為要送回歐洲原廠維修，修回來就立刻拿給妳。」他拍胸脯保證。

蔡嗣揚回想剛剛她唱歌的模樣，又聯想到他們剛遇見時，她提過讓她和王阿姨變回原樣的「任務」。

「話說，妳之前說的任務，那位上帝公給妳的期限是幾月幾號？」

「正好是中秋節。」

「今年中秋節在十月二號，今天已經是八月二十三日，妳的時間不多。」蔡嗣揚快速地算了算日子。

裘安娜心想：是啊，一個多月後的月圓之日，就是和上帝公約定的期限了，到時候她能順利回到自己的身軀和裘芝恩的身分嗎？

這時，蔡嗣揚再度開口：「是說，中秋節正好也是我們仁晴盃紅綠歌曲對抗賽的日子。」

「紅綠歌曲對抗賽？」

「對，市場每年都會辦卡拉OK比賽，最近三年都是小雰拿到冠軍，大家希望改變比賽方式，讓其他人也有機會，所以今年用對抗賽的形式，綠隊由小雰率領，紅隊隊長我正在尋找適合的人選。」他的目光落在她臉上，語氣帶了點提議探詢的意味，「妳要不要參加？如果妳能在比賽中發表為王阿姨寫的歌，她一定會很開心。」

蔡嗣揚繼續解釋：「王阿姨想報名對抗賽，但大家阻止她，因為……」

「我懂，我們都知道她歌唱得如何。」裘安娜抿唇苦笑。

「王阿姨也曾跟我提議，對抗賽想邀請妳來擔任評審，也想讓妳看看重新裝潢過的菜市場。」

對於王麗娜如此有心，裘安娜覺得有些感動，但她的身分適合嗎？

她思考了一會兒才說：「但我畢竟是專業歌手，和素人一起比，有點欺負他們……」

「妳別小看小雰喔，她曾經參加電視台舉辦的歌唱比賽得名，還有經紀公司要簽她，但那時她爸媽剛離婚，店裡需要人手幫忙，只能放棄。」蔡嗣揚娓娓道來，「她就這樣看著外面的世界，帶著不甘心在市場裡努力，市場裡有很多像她這樣被老店困住的市二代，也因為這樣，我才想創造許多舞台，讓他們在老市場也有機會閃閃發亮。」

蔡嗣揚清朗的聲音飄散在微涼的夏夜晚風裡，裘安娜抬頭遠望天上的明月。

擔任隊長、為大家找出適合的歌曲、調整唱腔磨練出最佳表現，這頗接近她發願想嘗試的製作人工作，她是不是該嘗試看看？

裘安娜的視線從月亮移回角樓，迎向蔡嗣揚充滿期待的雙眼，一聲「Yes」卡在喉頭，想說又說不出口，她想答應，但她還得完成給王麗娜的歌曲，有多餘的心力統整隊員練唱嗎？以前都是趙韋善為她協調一切，精神芬蘭人的她，做得來嗎？她無法確定……

第九章　夢見

夜裡，裘安娜梳洗完畢，原本應該睡了，但每次投入演唱後，她需要花更大的力氣才能平撫心緒，因此，她倚著沙發，翻了翻《仁晴味》創刊號。

封面人物小雰穿著一襲桃紅洋裝，像在拍時尚雜誌封面。而「果然好男孩——市場星二代，樂山青果」專訪吸引了她的目光。

「張熙貴三兄弟從小在市場長大，他們對市場最初的記憶，除了自家青果行，就是麗娜阿姨的攤位；麗娜阿姨剛來菜市場的時候，擺攤賣水晶維生，阿姨很喜歡孩子，熙貴三兄弟和許多市場裡的小孩以為水晶是糖果，阿姨總得準備很多糖果塞小朋友們的嘴，以免他們真的把水晶吞下肚。

熙貴還記得，麗娜阿姨的攤位，像是走失孩童寄放處，很多在菜市場跟大人走丟的孩子，總是神奇地被麗娜阿姨撿到，她常會拿起大聲公幫孩子們找爸媽。早期市場沒有廣播系統，只能靠攤商們用大聲公輪番廣播，才能免除很多失散的悲劇，這也是仁晴市場人情味的最大展現……」

原來還有這樣的故事啊，看來王麗娜真的很喜歡孩子，所以後來改為專賣兒童服飾。

裘安娜翻著刊物，迷迷糊糊間，她又歪在沙發上睡著，而且做了一個夢。

夢裡，她的身形縮小，變回四歲的裘芝恩，牽著媽媽的手走進一座建築物。

裡頭是擁擠的人群和潮溼的地板，濃烈的食物氣味衝擊她小小的鼻腔。

四周人群多又擠，她抓不住媽媽的衣角，嬌小的她仰頭看見大人們的上半身，不時被菜籃敲到頭，小小的腳也被大人的鞋踩到，她又痛又害怕，站在原地放聲大哭，然而人太多了，媽媽很快被人潮淹沒，她大聲叫喊也喚不回媽媽，直到某個攤位的老闆娘收留了她，問了她名字，說要幫她找媽媽。

攤位後方，有三個小哥哥蹲在地上玩撲克牌，他們給她一顆晶瑩的草莓糖。

小小的她把糖含進嘴裡，酸甜的滋味暫時緩解了眼淚，其中一個大哥哥笑了，「妹妹不要擔心，妳媽媽一定會來接妳的，王阿姨很厲害，妳看！」

只見老闆娘阿姨拿起大聲公，她的聲音不算悅耳，粗粗沙沙的，還有濃濃的台灣國語腔，但語氣好溫柔——

「裘、芝、恩小朋友的媽媽，裘、芝、恩小朋友的媽媽，您的女鵝在找妳哦，請到南出口的水晶攤找王小姐，請各位攤商好友，幫忙找找裘芝恩小朋友的馬麻……」

隔了幾個攤位的攤商，也接力拿起大聲公，「裘芝恩小朋友的媽媽，裘芝恩小朋友的媽媽……」

小小裘芝恩，聽見她的名字一聲聲傳播下去。

沒多久，媽媽果然來了，當媽媽出現時，一向梳得整齊的頭髮變得零亂，媽媽焦急地跑向她，死命抱緊她哭了出來，在這之前，媽媽從來沒有這樣緊摟過她。

老闆娘阿姨一定也很感動吧，因為她看到媽媽抱著自己，先是驚訝，而後也跟著掩面哭了起來……

她看著媽媽抽出兩張大鈔要謝謝阿姨，阿姨一直推卻，還拿了攤位上最漂亮的一顆水晶墜子，穿過紅線戴在她身上。

「這石頭送給妹妹，祝福妳……平安長大……」阿姨的聲音哽咽。

她向胖胖的三個小哥哥揮手，最大個兒的哥哥再塞給她一顆草莓糖。

長大後的裘芝恩，收到更多美麗的飾品，唯有這顆剔透的粉晶墜子，有著媽媽拚命找尋她的記憶，對她而言，是愛的證明，因此她把粉晶改造成獨一無二的手鍊，陪伴她度過許多緊張的時刻。

直到那一天，她從高處墜落，因而變成裘安娜……

裘安娜猛然從夢中驚醒，不知為什麼，小時候走失的記憶鮮明地在夢裡重播，她看看掉落在地上的《仁晴味》創刊號，想起入睡前看到的報導，她拿起手機，Google小時候住家的地址，發現當年她就住在仁晴市場不遠處。

那天母親牽著她走到市場，舊家附近徒步可到的市場就是仁晴市場。

而那個水晶攤位……是王麗娜的攤位？

小時候陪伴她的三個小哥哥，不正是熙貴三兄弟！

裘安娜無法再入睡，她心裡越來越疑惑。

一開始，她只知道服飾店的王麗娜為了救她一命，不惜獻出生命。

然後她又發現，肉鋪的蔡嗣揚是命危之際救了自己的人；印刷店蕭念威是她的第一個歌迷，也是她大紅的起點；水果攤熙貴三兄弟，竟曾在王麗娜的攤位陪伴走丟的她。

而王麗娜，同時又是收留她、幫她找到媽媽、送她水晶的恩人。

天剛濛濛亮，她就趕緊把這個大發現傳訊息告訴蔡嗣揚。

仁晴小太陽☀百年蔡記肉鋪：「怎麼會有這麼巧的事？」

Joanna：「我也不知道，但我和這座市場，還有王麗娜，好像有著超乎想像的緣分……」

裘安娜做好開店準備後，蔡嗣揚和水果三兄弟走進店裡，笑容滿面又帶點神祕，遞給她一個紙袋。

裘安娜打開一看，裡面有個腰包，但不是王麗娜那款耐用的霹靂腰包，這個全新的腰包是用有質感的白色帆布製成，中央有精緻的刺繡，是擬人化的Q版茄芷袋娃娃。

「紅綠藍三色的茄芷袋，是早期市場購物袋，這是我以前在織品設計課的作品，妳試用看看，我打算把茄芷袋、農藥袋、紅白塑膠袋、藍白拖等傳統元素用在仁晴市場周邊商品上，這是我下一階段的計畫。」蔡嗣揚頓了頓，抬手搔搔後腦杓，「妳再告訴我，設計上有沒有需要改進的地方。」

「真好看，真的。」裘安娜把腰包掛在腰上，對著店裡的穿衣鏡上下端詳自己，這個包包和她的仙女風穿搭毫不違和，她左右擺動身體，臉上露出欣喜的笑容。

蔡嗣揚看著她，雖然她被困在王阿姨的身體，卻完全有屬於自己的美，他的雙頰微微發熱。

裘安娜沒察覺到蔡嗣揚的目光，只覺得滿心感動，感覺這包包有點沉，她打開一看，裡面放了一包咖啡色的小方塊、貼布、護腕、夾鏈袋，還有一台計算機。

「這是羅漢果，叫賣喉嚨不舒服就泡茶喝；理貨理到脖子酸痛、手腕痠痛，貼布和護腕可以幫上忙；夾鏈袋用在整理零錢紙鈔很方便，這是菜市場的生存包，是熙貴他們為妳準備的。」蔡嗣揚解釋。

「謝謝……」裘安娜感覺胸口有道熱熱的暖流，「這計算機按鍵為什麼這麼大？」

「因為裘阿姨常常按錯！」丹貴搶白，熙貴立刻巴了他的頭，「沒禮貌！」

裘安娜忍不住大笑，蔡嗣揚和熙貴三兄弟也跟笑成一片，此刻的她真真切切感受到菜市場的人情味。

♪

「哇，這間店好漂亮！幫我拍一張！姊姊，我可以在這拍照嗎？」

「姊姊，妳也好美，我想跟妳合照！」

最近菜市場裡越來越多年輕人和觀光客出沒，原來「文創菜市場——仁晴市場」在網路上迅速傳開名聲，小雰和蔡嗣揚的高顏值，為市場帶來不少人氣，而「麗娜服飾」也讓人耳目一新。

裘安娜將店鋪外牆全數塗白，店內牆面漆上淺淺的藍色，商品依照紅橙黃綠藍紫的色系排列，她想像這裡是王麗娜為小客人打造的繽紛樂園，改造後吸引不少客人駐足。

這天蔡嗣揚為裘安娜帶來搭配店裡風格的專用標價板，裘安娜一看，是用黑色刮畫紙製作的，好看的手寫字是彩虹顏色，蔡嗣揚還畫了一個Q版裘安娜，很搭店裡的童趣風格。

裘安娜不禁讚歎：「市場裡的標價板該不會都是你設計的？你要顧店、賣肉、分豬、管理自治會、辦活動，還要設計這個，不累嗎？」

「之後蕭念威就會接手了，妳去其他攤位看看大家的標價板背面，大有玄機喔！」蔡嗣揚神祕一笑，又回到蔡記肉鋪，肉鋪前還有慕名而來找他的客人呢。

「還有，妳別忘了，星期一休市那天，下午要跟我去看阿嬤喔！」蔡嗣揚揮揮手。

裘安娜趁空去市場晃了一圈，偷偷一瞧，原來各家攤商的標價板，正面是品項與價格，背後則是攤商給自己的備忘錄。

找錢不要找錯、客人生氣要忍耐、財神來財神來、我要中樂透、記得吃血壓藥……

裘安娜看得嘴角不斷上揚。

走回麗娜服飾的路上，裘安娜看到水產店的標價板，背後的字句更複雜了。

我的老婆是水某，不准跟其他女客人講太多話。

裘安娜忍不住笑出聲。

回到麗娜服飾，她正想在自家的標價板上寫點什麼，卻發現其中一塊標價板背後早已寫了一行字——

市場女神，創作歌姬，叫賣加油，寫歌加油！

她心裡浮現出寫字者的招牌燦笑，從店門玻璃，她可以瞥見，那足以照亮整個市場的笑容，正招呼著仁晴菜市場的老主顧與新人潮。

♪

星期一休市這天，裘安娜和蔡嗣揚來到安養院。

裘安娜脫下安全帽，緊緊抿著脣，神情有點遲疑。

蔡嗣揚怕她反悔，快速將安全帽接了過來，「說好和我一起去看阿嬤，妳別臨陣脫逃。」

「我不會跑，只是有點緊張。我要說什麼？」

「別擔心，」蔡嗣揚拍胸保證，「我阿嬤很愛聊天，會自己一直講，妳只要負責應聲就好。」

裘安娜噗哧一笑，「原來話撈會遺傳。」

蔡嗣揚挑挑眉，一點也不在意她的調侃，裘安娜正要說些什麼，看護就推著輪椅帶阿嬤出來了。

蔡嗣揚接過輪椅，和裘安娜一起帶阿嬤去院子曬太陽、散散步。

「阿嬤，我介紹一下，她是——」

「偶自己問啦，你很吵！」阿嬤一手揮開蔡嗣揚，「小ㄗㄟˇ，請問妳叫什麼名字？」

裘安娜蹲下來回應：「阿嬤好，我叫裘安娜。」

阿嬤笑咪咪，握住裘安娜的手，「安娜……我看不清楚，但摸妳的手，妳好像年紀比偶們阿揚大一點喔？」

裘安娜一驚，阿嬤會摸骨鑑定年齡嗎？

只見阿嬤喃喃道：「大一點也好啦，阿揚個性比較衝，『某大姐』互補嘟嘟好，妳摸起來差不多三十幾歲，很好很好。」阿嬤轉為笑臉，「安娜，阿嬤問妳，妳喜歡我們阿揚哪裡？」

「阿嬤！」蔡嗣揚臉紅，想阻止這個尷尬的話題。

裘安娜認真地回答：「他待人很真誠，而且我陷入困難的時候，他在我身邊幫我，我很感謝。」

阿嬤又轉頭問：「阿揚，你『尬意』安娜哪裡？」

她以為蔡嗣揚會說「唱歌好聽」，沒想到蔡嗣揚回答：「她能懂我。」他看向她，「她了解我的辛苦和理想。」

裘安娜耳根發熱，撓了撓耳際的髮絲。

阿嬤更加高興，「丟啦，丟係安捏，你們兩人互相瞭解支持，查某囡仔不漂亮也不要緊。」

「阿嬤，其實她很漂亮。」蔡嗣揚定定看著裘安娜，「不管是以前還是現在……」

她的心漏跳了一拍。

「真好真好，趕快給我抱孫，諸不諸道？哈哈哈哈哈！」開心的阿嬤從懷中拿出小錢包，她手腳不利索，動作遲緩，但帶著大大的笑容，塞給蔡嗣揚和裘安娜每人兩千元大鈔。

「謝謝阿嬤……」裘安娜遲疑了一下，但不想讓老人家失望，便接下了鈔票。

看著阿嬤對她露出慈祥和藹的笑容，裘安娜感動地主動擁抱了阿嬤。

走到安養中心大門的路上，蔡嗣揚開口。

「謝謝妳陪我來看阿嬤，還抱了阿嬤，她今天很開心。」他也很意外，這不像精神芬蘭人會做的事。

「不客氣，」裘安娜微微勾起嘴角，「其實，我去諮商過，諮商師說我可能是因為童年創傷而不喜歡和人接觸，我猜，或許是因為我小時候缺乏擁抱吧。」

她頓了頓，才繼續述說：「從我有記憶以來，爸媽很少抱我，我阿嬤很溫柔，常讓我坐在她懷裡唱歌看電視，她不會要求我不准丟家人的臉，只關心我是不是健康快樂……可是我四歲時，阿嬤過世了，爸媽說我被阿嬤寵壞，吃沒吃相，坐沒坐相，送我去上禮儀課，希望我隨時保持優雅……剛剛看到你阿嬤，我也想起我阿嬤了。」

夕陽西斜，安養中心的庭院種滿了樹木與各色玫瑰，林木扶疏，清雅美麗。

看著眼前的景致，裘安娜輕嘆：「這裡好漂亮，像仙境一樣，也有家的感覺……」她曾在冥想中看過類似的畫面，寫下一首名為〈玫瑰星球〉的歌曲。

「這也是我為什麼要帶妳來，聽了妳的〈玫瑰星球〉，我覺得妳應該會喜歡這裡。」蔡嗣揚開口，夕陽餘暉照耀，他的頭髮像染上一層天使光暈。

裘安娜訝異，「你不是不喜歡我的歌，覺得太飄嗎？」

「我昨天聽了妳所有的歌。」蔡嗣揚搔了搔微熱的側臉，「〈Don’t Let It Go〉和〈浪費〉我聽不過癮，只好找妳以前的歌來聽了。」

「以後真想來這裡開個花園演唱會，讓你聽個夠，安可曲也讓你決定。」裘安娜笑著說，雙頰染上緋紅。

唱歌一直是她回報歌迷的方式，而無條件幫助她的蔡嗣揚，對她來說是特別的存在，或許唱上十首歌，都還不足以表達她的感謝。

「以前還不紅的時候，我曾去老人院和育幼院唱歌，老人和院童不會計較我不夠有名，有人來唱歌他們就好開心。後來成名了，沒時間去義唱，我總覺得可惜。」裘安娜說，口氣帶著遺憾。

「之後一定有機會的。」他給了她一個鼓勵的笑臉。

裘安娜注視著蔡嗣揚，目光無法從那張好看的臉抽開，胸中有股暖流，想跟他說些什麼，卻不知道怎麼用言語表達。

如果這時候，可以唱歌就好了……

空氣中飄浮著一絲曖昧氣息，兩人默契地陷入一陣靜默。

裘安娜在感情上比較被動，而蔡嗣揚則是行動派，有夢想就去追，就像決定接班的隔天，他就去辦休學，他不容易心動，一旦動心就會把握時機告白，他不怕受傷，只怕錯過機會。

但面對裘安娜他變得猶豫，她的狀況太特別，至今還困在王阿姨的身體裡，是不是該等她回到自己的身分才表達心意？

她原本是炙手可熱的仙女歌手，到那時，她還願意傾聽他的心聲嗎？

之前他擔心她是女鬼霸占王阿姨的身體，卻始終沒有發狠驅趕她，或許打從遇到裘安娜，他就出現了從未有過的慎思和遲疑。

想了又想，蔡嗣揚還是開口：「那個……」

「嗯？」

「呃……我想說……」

裘安娜看向他，眨眨眼睛，她的心跳加快，好奇蔡嗣揚想說的話，期待與緊張的情緒在心中打轉。

「嗯，我是說——」蔡嗣揚經歷內心的千迴百轉，最後深吸了一口氣，決定以後再表白。

「王阿姨一直很積極參與紅綠歌唱對抗賽，綠隊小雰已經招募了菜市場裡的年輕人，紅隊成員都是和王阿姨熟悉的攤商，如果妳代替她出賽，並擔任隊長，也許能夠幫助妳理解王阿姨，也間接幫助妳寫出她專屬的歌。」

裘安娜聽了有些失落。

他會這麼說，應該是單純喜歡她的歌聲和詞曲吧，自己多想了……

她將視線移向周遭的林木風景，「讓我再考慮一下。」

片刻後，裘安娜平撫起伏不定的心緒，轉過頭面向蔡嗣揚，「我陪你來看阿嬤，現在能換你陪我去一個地方嗎？」

蔡嗣揚沒有多問是什麼地方，快速地點點頭。

兩人再次來到市立醫院的加護中心。

探望了蔡嗣揚的阿嬤，裘安娜忽然想念起自己的爸媽，她想，到醫院或許有機會遇到。

他們遠遠望著裘芝恩肉身所在的病房，在加護中心外徘徊，引來護理師狐疑探詢的目光。

蔡嗣揚伸手輕輕拉了拉裘安娜，「我們走吧。」

裘安娜依依不捨地望著加護中心大門，過了幾秒才點頭。

兩人轉身，差點撞上一對夫婦，裘安娜一愣，眼眶瞬間有些灼熱——是她的爸媽。

「不……不好意思。」裘安娜勉強擠出這句話，低下頭，手足無措地想著是否該快步離開。

裘母有些遲疑的聲音傳來，「抱歉，請問一下，我們是不是見過面？」

裘安娜微抬起頭，又低下頭，支支吾吾地回道：「應……應該沒有，您認錯人了。」

語畢，她連忙拉著蔡嗣揚往電梯間走去，見兩台電梯都在遙遠的地下三樓，裘母似乎又跟了上來，他們閃進樓梯間，快步走下樓。

「從這裡出去吧。」裘安娜確定媽媽並沒有追來，便帶著蔡嗣揚從六樓離開樓梯間。

一推開鐵門，險些又撞到一個人。

對方留著唇上短髭，穿著緊身襯衫，頸項上繫著彩色領巾，看起來風流倜儻，男子拿著手機，在安靜的醫院裡，聲量顯得突兀。

「袁老大，她的唱片銷售量增加很多，單曲下載數也在排行榜第一，所以錢我一定還得出來：另外有個好消息，我注意到一位網紅，可以補芝恩的缺來跟荷荷合作，不知道能不能跟您提議，您就拿我的債務抵投資，可以嗎？大哥，謝謝啦！就知道您一直最挺我了！好，我馬上把她的資料傳給您……」

男子掠過他們進入樓梯間，討好的笑聲迴盪。

「我好像在電視上看過他，好像是妳的……」蔡嗣揚努力回憶從電視上獲知的資訊。

「是我的經紀人，趙韋善。」她不再提他是前男友。

裘安娜驚訝之餘，隱隱覺得不對勁。

緊身襯衫配領巾曾是趙韋善的招牌穿著，他好一陣子沒以這個造型示人了，今天居然在醫院看到他回復往昔的神采。

公司頭牌歌手，也是他的女友住院昏迷，他反而有精神打扮？他剛剛說的債務又是怎麼回事？

「他剛剛說唱片什麼的，是在說妳嗎？」蔡嗣揚問。

裘安娜從紊亂的思緒中回神，拿出手機一查，自己的專輯和單曲果然在各大音樂平台上都是高掛第一名。

「怎麼感覺妳從山上摔下來，他還滿……」蔡嗣揚斟酌用詞，不確定怎麼說才不會傷了裘安娜的心。

「你是不是想說他滿開心的？」裘安娜勉強拉開嘴角，「好像還撈了一筆。」

「如果不是妳說是自己摔下去的，聽到這些話，我會懷疑是不是他把妳推下去。」蔡嗣揚嚴肅地看著裘安娜。

聽蔡嗣揚這麼說，裘安娜不禁沉思，不安的感覺油然升起。

她確實是自己摔下去的，但以趙韋善對她的了解，應該知道她到哪裡都是穿長紗裙和高跟鞋，那他怎麼會安排她登山，並在不平坦的山間小徑旁拍照？

第十章　組隊

小雰穿著細肩帶背心和超短迷你碎花裙，秀出一雙勻淨白皙的美腿，她正在米粉攤切著豬心，心裡幽怨地想著，為何嗣揚哥始終不肯接受自己？她可是把所有的希望都押在他身上。

因為他是老爸認可的「市二代」男生中，她唯一看得上眼的。

這時，背後冷不防傳來一聲，「阿雰，我幫妳約好了，下禮拜一去跟仁晴雞王的兒子吃飯。」

仁晴雞王老闆兒子的大餅臉和厚眼鏡浮現在眼前，小雰怒丟下菜刀，轉頭抱怨：「爸，你又要我去相親！」

賈父摸著大肚腩，「雞王生意好，他兒子又老實，一個月可以賺十幾萬，妳嫁過去還可以回來幫忙，跟現在一樣，再經營一下業配賺零用錢，辛苦但是實在，有什麼比這個更好的安排？」

「我不要！」小雰跺腳，但爸爸不理會，「阿爸都替妳想好了！妳又不會讀書，能靠什麼過活？」他看了眼小雰的衣著，忍不住碎念：「裙子穿長一點啦！最好是穿褲子啦！做吃的穿這麼短不方便又招搖，妳不怕『瘋豬哥』對妳伸出鹹豬手吼？」

賈父越念越大聲，看小雰嘟著嘴一臉不認同，他忍不住翻起舊帳。

「誰叫妳上次偷簽約，差一點被人『潛規則』，看妳還敢不敢肖想作明星！沒那個卡稱，就不要吃那個瀉藥！」

「爸，你講話怎麼這麼難聽啦！」小雰跺腳。

爸爸的話戳痛小雰的要害，當時她參加歌唱比賽，被一家小型經紀公司相中，原想偷偷簽約給剛被媽媽拋棄的爸爸一個驚喜，沒想到被經紀人送去和一位唱片製作人吃飯，她喝了飲料意識模糊，躲進廁所不敢出來，好在餐廳離市場不遠，她打電話給爸爸，爸爸帶著切豬大腸的菜刀殺進餐廳救了她。

「小雰，妳不是要去當明星？」事後她的好朋友，製麵店西施露露問她。

小雰咬著嘴唇，不開心地回：「我爸媽剛離婚，店裡需要幫忙，再說啦。」

潛規則事件之後，爸爸限定她只能在他眼皮下活動，也不准嬌滴滴的閨女出去外面上班惹事生非，她就此成了市場的囚徒。

小雰怒瞪爸爸，爸爸一臉「誰叫妳不乖」的蠻橫表情，她氣得丟下圍裙，帶著手機躲到市場二樓偷哭，她沒帶手帕面紙，只能以指尖抹淚。

恨死這市場了！就算嗣揚哥把它改造得美美的，讓她當上文青市場的第一美女又怎麼樣，她還是脫離不了爛市場！

她還記得，當蔡嗣揚回歸市場時，她驚慌地跑去蔡記肉鋪。

「嗣揚哥，你怎麼回來了，我一直等你開設計公司，去你們公司上班。」

「妳想去設計公司上班，可以現在就去應徵啊，妳想做什麼？」蔡嗣揚笑答。

「我想做櫃檯，輕鬆點，來往的客戶應該也有演藝界、模特兒界的正派公司吧，然後發掘我……」

「小雰，妳有明星夢，我支持妳，但妳不能等我，妳要現在就出去闖。」蔡嗣揚答，但小雰覺得他只是在應付她。

追夢哪有這麼容易？

此時，小霧的手機傳來震動聲，她拿起來，是IG訊息提醒，有一位chao_ws_888傳來訊息——

「妳好，妳是參加過甜心歌唱比賽的賈語霧小姐吧？我是當時的評審之一，知人音樂工作室執行長趙韋善。」

是詐騙嗎？她點了這個人的頭像，有小勾勾認證，還有和多位知名藝人的合照，咦，他是真的！

「方便見面聊聊嗎？妳有沒有興趣參加我旗下新的女子雙人團體？」趙韋善又傳來訊息。

有興趣，當然有興趣！

小霧飛快回覆，心裡燃起一絲希望。

小霧戴著墨鏡口罩，躲躲藏藏閃進仁晴市場附近的咖啡店，她心裡祈禱，千萬不要有任何一位市場人路過，然後不小心在老爸面前說溜嘴。

趙韋善已經在咖啡店一角的四人桌落坐，兩人簡單寒暄過後，趙韋善親切笑道：「一年不見，妳變得更漂亮嘍！怎麼還沒人找妳簽約？我很看好妳的。」

「我在爸爸開的仁晴市場米粉攤幫忙，當時店裡需要人手……」小霧有些不好意思。

「那現在店裡有人幫忙了嗎？如果跟妳簽約，令尊會放人嗎？」趙韋善露出親切的笑容。

小霧鼓起勇氣，「只要是正派的公司，有明確的出片或演出計畫，我說不定可以說服我爸爸。」

趙韋善點點頭，「我們有明確的時間，只是在這之前，要做一件工作。」

小雰心裡發抖，什麼工作？又要被潛規則嗎？

這時，一位方臉大耳的高胖男士坐進他們的四人座，趙韋善起身招呼，小雰跟著站起來。

「這是我公司現在最大的股東袁董，他在演藝圈很多公司都有投資持股。」

「袁議員？」小雰愣住。

高胖男士咧嘴一笑，「妳認得我啊，被美女認得是我袁郝驊的榮幸！」

「我在您選區裡的仁晴市場幫忙家裡攤位，所以看過您的競選海報。」

「小趙沒挑錯人，妳會出線，就是因為妳在仁晴市場。」袁郝驊鼓掌。

小雰感到困惑，但這氣氛不像是要把人潛規則那樣曖昧……

「妳會參加仁晴市場的卡拉OK比賽吧，我們會讓妳一鳴驚人，同時希望妳幫我們做點事，魚幫水，水幫魚！」

小雰的眼睛眨啊眨，不可置信地聽著袁郝驊和趙韋善的計畫，手指忍不住發抖。

她的機會真的要來了嗎？

♪

儘管去了醫院後，心情變得有點不安，裘安娜卻也無暇鑽牛角尖，每天張開眼睛，就是要努力過日子，在蔡嗣揚的腰包和水果三兄弟的生存包助攻之下，她算帳找錢上手許多。

她努力寫歌，算算時間來到菜市場已經三個星期，眼看時限就要過半，她不禁自問：對王麗娜她了解多少了？

王麗娜個性爽朗，在市場人們心中形象鮮明，她喜歡亮晶晶的服飾、喜歡孩子、唱歌五音不全、擅長叫賣……除此以外，她就沒有任何關於她的情報了。

也許她的好閨密蓮姐和阿娥知道，但裘安娜實在鼓不起勇氣找這兩位歐巴桑詢問。

她看了蔡嗣揚分豬秀、看了水果三兄弟叫賣的畫面，才寫得出兩首新作，對於如何寫首歌給王麗娜，她掉入了瓶頸。

這天，裘安娜在市場開唱叫賣完，正要從高腳梯下來，一對中年夫婦到水果攤購物，先生戴著眼鏡，相貌斯文，很有書卷氣質，他一臉好奇，東看西看，還頻頻提出問題。

「金鑽鳳梨和香水鳳梨差在哪裡？釋迦鳳梨真的是釋迦和鳳梨配出來的嗎？」

熙貴滿肚子水果經，難得有人要聽，他興奮地解釋，後面等著結帳的客人已經有點不耐。

「不好意思，」優雅的夫人道歉，「這人平常忙著工作，很少上菜市場，讓大家見笑了。」

男人毫不介意妻子的嘲笑，仍然四處探看，當他的目光對上裘安娜，卻愣了一下。下一秒邁步走向她。

他、他要幹麼？他要買襪子還是內褲？裘安娜心裡上演各種小劇場。

對方不確定地開口：「不好意思，請問妳是不是王麗娜小姐？」

他遞出名片，上面印著：阮婦產科診所　院長　阮評成

「您還記得我嗎？上次見面應該是……二十五、六年前的事了。」

裘安娜原本要搖頭否認，但突然想到，他認得出王麗娜，或許知曉關於王麗娜的過去。

「我們認識？」她佯裝頭疼，「不好意思，最近常常頭痛睡不好，記憶力衰退了不少。」

「王小姐，我一直記得妳，那年我剛接下父親的診所，妳是我第一個遇到生產時子宮破裂大出血的患者，當時緊急送大醫院摘除子宮，我還陪著妳一起上救護車，因此印象深刻。」

裘安娜一愣，原來王麗娜確實動過重大手術，看來腹部的巨大傷疤其來有自。

「老公，我們該走嘍！」醫生娘溫婉提醒。

阮醫生微笑致歉，「王小姐，能看到妳真好，當年妳真的很勇敢，希望妳現在和孩子都過得很好。」

裘安娜目送醫生夫婦離去，心裡卻越來越困惑。

王麗娜生過孩子？蔡嗣揚他們都不知道？她的好閨密蓮姐、阿娥知道嗎？

那小孩去哪裡了？

王麗娜爽朗的形象，蒙上一層神祕的面紗，裘安娜覺得自己必須更加了解王麗娜才行。

「老闆娘，這樣多少？」裘安娜回神面對客人，心裡仍記掛醫生的話，她想揭開這層面紗，於是她計算機噠噠噠按得流暢，火速結完帳後，舉步走向忙著將梅花肉切成火鍋肉片的蔡嗣揚。

大山一邊忙，嘴裡沒閒著，他向蔡嗣揚提出建議：「嗣爺，我和熙貴去外面報名聯誼，人家聽到我們在菜市場工作，都不讓我們報名，我們自治會可不可以辦單身聯誼啊？」

蔡嗣揚視線仍停在手上的工作，「你想和誰聯誼？」

大山想了想，「模特兒？網紅？直播主？」

「你想太多了。」蔡嗣揚笑著搖頭，「我阿嬤說過，我們的伴侶要能理解菜市場這一行的辛苦，才能走得久……我覺得餐飲職業工會、肉品同業工會不錯啊，和我們比較能相輔相成。」

大山還沒回話，裘安娜快步奔過來，「我、我要報名！」

「報名和肉品工會的聯誼？」蔡嗣揚和大山同聲表示驚訝。

「不是啦，我要參加紅綠對抗賽，麻煩你幫我報名。」蔡嗣揚說過，參加紅綠對抗賽或許能更了解王麗娜，為了這個目的，她想嘗試看看。

裘安娜說完，蔡嗣揚給了她一個陽光般的燦爛笑臉。

那瞬間，裘安娜覺得，其實為了這個笑臉參加也值得了。

♪

「綠隊成員二十分鐘後會到，我會說明比賽規則與注意事項，紅隊隊員，我們先確認隊長人選和大方向……」

仁晴菜市場一樓自治會會議室裡，蔡嗣揚主持著會議，現場卻有兩個女人正對峙著。

「蔡嗣揚！」她們語氣迥異，說出來的字句卻差不多——

「你怎麼沒說她也會來！」這是氣噗噗的霸氣蓮姐。

「你怎麼沒說……她也會來……」這是不開心的仙女裘安娜。

「裘阿姨有深厚的音樂底子，蓮姐和阿娥姨是市場裡的唱將，大家都知道，所以——」蔡嗣揚試圖解釋，卻又被打斷。

「你早說她會來，恁祖嬤就不參加了！」

「你早說她會來……我、我可能就不參加了。」

蔡嗣揚故作鎮定，綻開燦笑，「所以我才什麼都沒說嘛！」

他轉向蓮姐勸道：「蓮姐，王阿姨不能參加，所以妳和阿娥姨一定要參加到底，對吧？」

蓮姐臭著臉點點頭。

他又轉向裘安娜低聲說：「妳自己也說要參加歌唱比賽，更加了解王阿姨，不是嗎？」

裘安娜無奈地點點頭。

蔡嗣揚點出兩人不得不參賽的理由，勸服了兩個女人待在紅隊，她們才心不甘情不願地閉嘴落坐。

「我建議紅隊由裘阿姨擔任隊長，大家沒問題吧？」蔡嗣揚請大夥表決，「贊成我提議的請舉手。」

紅隊隊員包括裘安娜、熙貴三兄弟、蕭念威、阿娥和蓮姐，其中熙貴三兄弟和蕭念威高舉右手表示同意，但蓮姐不肯舉手，阿娥只得訕訕跟著表示反對。

「我提名我自己擔任隊長。」蓮姐表態，阿娥附議。

「我聽小雰說，她率領的綠隊，請到知名製作人免費擔任指導，聽說還安排了專業舞蹈老師，蓮姐，妳有信心面對她們嗎？」蔡嗣揚問。

蓮姐態度略微軟化，「我哪比得上專業的……他們這樣不公平啦！找里長來評評理！」

蔡嗣揚聳聳肩，「綠隊有本事找到資源，增加比賽可看性，自治會表示支持。」

「不行，我也反對我自己當隊長，你知道的……」隊長角色堪比製作人，紅隊裡有蓮姐、阿娥，還有聒噪的蕭念威，精神芬蘭人的她怎麼有辦法帶領這群人？

她只想唱好自己的部分，當音樂製作人雖然是她的夢想，她沒把握自己的能力可以在菜市場實現，還是等她過了這個人生大關卡，回到裘芝恩的身分，再踏出舒適圈。

蔡嗣揚表情轉為無奈，「不然大家先分享自己擅長什麼歌曲，討論要唱什麼類型的歌，隊長的事，我們等一下再說。」

熙貴舉手，「我們三兄弟以前念書時都有被選進合唱團，為了幫忙店裡生意，不能練唱而退出，心裡一直覺得很遺憾，我們很喜歡裘阿姨最近寫的那首叫賣歌曲，想問問能不能改編一下，變成三重唱？」

「沒問題。」裘安娜點點頭微笑，三兄弟幫了她大忙，教她叫賣，能用歌曲回報她非常樂意。

不料蕭念威聽了比熙貴他們還興奮，「唱自製曲耶！好棒唷！人家也要，人家也要！」

裘安娜趕緊安撫他，「你把你的心路歷程寫下來，Email給我，我試試看……」

她腹黑地在心裡想，一定要寫一首歌詞超多超長的饒舌歌曲，讓蕭念威忙著念歌詞，再沒力氣說多餘的話。

想著想著，她突然緊張了起來，還沒幫王麗娜寫歌，就得先幫蕭念威寫歌？她發現自己好像掉入一個很大的坑。

唉……她安撫自己，若只負責改歌、寫歌，不扛教唱的責任，應該還能負荷。

裘安娜心裡百轉千迴，阿娥聽到裘安娜應允蕭念威，眼睛一亮，也想舉手爭取一首自創曲，但蓮姐一雙銅鈴大眼覷了她一眼，搖了搖食指，阿娥縮回手。

蓮姐眉毛一挑，霸氣開口：「我最擅長台語歌，我要和阿娥合唱我的招牌歌曲〈舞女〉。」

「妳們要分開演唱，因為紅組人數不夠。」蔡嗣揚答。

「那我們就唱兩首，〈舞女〉和〈舊情也綿綿〉。」

「可是蓮姐，妳們去年、前年就是唱這兩首，和麗娜阿姨一起。」蕭念威開口，「不然，請安娜姊姊幫妳們兩位寫台語歌，怎麼樣？」

「我才不要唱！」蓮姐立刻否決。

裘安娜皺了皺眉，「我又沒答應，而且我台語講不好，做不到。」

蓮姐把頭撇向另一邊，「就算她寫得出來，我也不要唱！」

裘安娜翻了個白眼，雙手一攤，用眼神跟蔡嗣揚說：你看，我和她無、法、溝、通！

蔡嗣揚低聲勸她：「妳先幫熙貴改歌，還有幫蕭念威寫歌，蓮姐面惡心善，她會答應唱妳寫的歌的。」

「我——」裘安娜想說的是，她沒想幫蓮姐寫歌……

這時，蔡嗣揚的電話響起，「是紅綠對抗賽的APP軟體贊助廠商，不好意思我接一下電話。」

蔡嗣揚起身離開會議室，兩個女人的戰火稍歇，但蓮姐依舊瞪著裘安娜，裘安娜雖沒直接瞪回去，心裡卻很想拿墨鏡給蓮姐戴上，遮住她凶狠的眼睛。

一陣敲門聲傳來，會議室門被打開，進來的不是蔡嗣揚，而是以小雰為首的一群年輕人，除了豔麗的小雰，還有四名妙齡女孩和一名肌肉猛男。

「米粉攤小雰、魷魚羹姐妹花、鵝肉攤小猛男、製麵店露露、水餃店飛飛……」水果三兄弟念出每個人的名號。

青春小隊的氣勢驚人，他們笑著揮手向大家打招呼，熙貴三兄弟看到一票年輕女孩對他們綻放笑容，全都臉紅低頭摸後腦杓。

「水果店哥哥們好，蕭念威好，阿姨們好，哎呀呀，看這場面，我們好像選錯顏色了。」小雰發話，語氣輕蔑，「你們才是綠隊，因為隊員的平均年齡太高了，長青組應該是綠色的，哈哈哈。」

「小雰，妳這是什麼態度？我們仁晴市場長大的孩子，怎麼這樣沒禮貌？妳以前不是這個樣子的。」蓮姐雙手叉腰，擺出長輩說教的架勢。

「沒差，我就要出道了，不想在這裡繼續端碗盤了。」小雰回嘴，一雙美眸卻沒看著蓮姐，兀自欣賞自己新做的水晶指甲。

「做指甲要怎麼在市場工作？我們老一輩的……」蓮姐指著小雰數落，「休但幾咧，妳阿爸會讓妳去做歌星？上次妳不是差點給人騙去，要不是恁祖嬤……」

「別再說了！」黑歷史被提起，小雰惱羞成怒，當時賈父救出她，經紀公司要告她違約，爸爸拜託蓮姐出馬，蓮姐不僅以市場大姐大之姿現身談判，還找了法律扶助基金會的律師同行，小雰才得以順利脫身，但此刻小雰卻一點也沒感激蓮姐。

裘安娜忍不住開口：「誰找妳出道？搞不好妳遇到的是詐騙，對方有沒有要妳交簽約金或是培訓保證金？」她在演藝圈聽說過太多女孩被騙財騙色的淒慘例子。

「才不是詐騙，以前看過我比賽的一位專業製作人，在IG再次發現我，他說對我印象深刻，所以邀請我出道，他要把我這個市場女神和一位宅男女神組成一個團體，叫做『女神合體』。」小雰驕傲得很。

和宅男女神組成團體？女神合體？這點子聽起來太熟悉了。

裘安娜皺眉猜測，「妳所說的專業製作人，該不會是知人音樂工作室的趙韋善？」

「妳怎麼知道？」小雰更加得意了，「妳也聽過的話，代表他真的很有名，對吧？」

「如果是他，那搞不好真的是詐騙，我勸妳不要跟著他出道，會後悔的。」裘安娜誠心建議。

但回到紅綠對抗賽這件事上，如果是趙韋善出手在背後幫忙，紅隊絕對贏不了，趙韋善只要拿出些微實力，就足以碾壓這群菜市場的烏合之眾。

自己是唯一受過音樂專業訓練的人，她該出力嗎？本來想寫歌就好，如果需要精準調教每個人的唱歌技巧，她得花好多力氣跟蕭念威說話，說服蓮姐這硬脾氣的歐巴桑，加倍的不適和深沉無力感襲向她。

「謝謝妳的提醒哦，裘、阿、姨，妳是嫉妒我吧？」小雰對裘安娜的提醒毫不領情。

「我為什麼要嫉妒妳？」裘安娜一愣，覺得好心沒好報。

「因為我年輕貌美，未來無限。」

「如果我嫉妒妳，表示妳很行，妳又幹麼看我不順眼？」裘安娜語氣淡淡地反擊。

小雰咬咬牙，音量大了起來，「我就是看妳不順眼，我讀國中時是桌球校隊，妳知道我的強項是什麼？是殺球！」

裘安娜一愣，想了幾秒才知道她是一語雙關，殺球、殺裘！

她還沒來得及反應，火爆蓮姐的大嗓門已經劈下，「妳這什麼態度！」她罵完小雰，又指著裘安娜吼，「所以我才說妳不配做隊長，妳看，被小雰徹底壓落底啦！」

面對小雰和蓮姐的雙重壓力，裘安娜越來越不高興，「不然妳來嘛，只會拿輩分和禮貌壓她，我們要拿實力服人。」

三個女人吵成一團，空氣中充滿火藥味，小雰的隊員一臉看好戲的樣子，蕭念威和水果三兄弟震懾於蓮姐的威勢不敢說話，阿娥拉了拉蓮姐的袖子要勸和，一個清朗的男聲傳來，打斷了這場爭執。

「小雰，妳還記得我在國中桌球校隊裡，最厲害的是救球吧，必要時，我也是會殺回去的。」

「太棒了，嗣爺！自己的女神自己捍衛！」蕭念威在旁邊鼓噪。

這傢伙完全不會看人臉色，小雰臉色像染上寒霜，裘安娜則是愣了一下才對蕭念威低聲說：「你別亂講……」

蕭念威還是沒有降低音量，「大山都跟我說了，他說嗣爺在小食肆聽了妳的現場演唱後，變成妳的歌迷！」

小雰的表情變得尷尬，怒氣和難堪讓她漲紅了臉。

裘安娜的臉也微微發紅，但心情和小雰截然不同。

「不管我喜歡聽誰的歌，都不會影響比賽公正性。」蔡嗣揚認真的目光掃過在場的每張臉，「不論你們以前是誰、以後是誰，現在這一刻，我們都是仁晴市場的一份子，對抗賽是要用良性競爭增加比賽可看性，如果因為比賽造成菜市場分裂，是自治會不願意見到的。」

大夥兒總算安靜坐下，蓮姐雙手還叉著腰，小雰噘著嘴，裘安娜則懊惱著自己怎麼跟蓮姐小雰吵起來了。

蔡嗣揚環視所有人，眼神堅定地說明對抗賽的規則：「這次比賽原本要採評審制，經過自治會和贊助廠商的會議討論，現在定案，改為全場觀眾投票，以組為單位進行對決，最後出場的是壓軸表演者。我們和軟體廠商合作，用手機APP投票，入場觀眾用手機掃瞄QR Code就可以下載投票軟體，每次對抗後進行投票，總票數最高的隊伍獲勝。」

他稍微頓了頓才再次開口，這一刻，他領導的彷彿不是一個菜市場，而是一間蓄勢待發的公司。

或者說，他有意將仁晴市場打造成一間有潛力的公司。

「不只是歌藝，造型、舞台表現、團隊氣氛，應該都是影響觀眾投票的重要因素，希望紅隊綠隊都能代表我們仁晴市場，拿出最佳表現。」

小雰瞪了裘安娜一眼，裘安娜也瞥了蓮姐一眼，三人的視線交會，火花四射。

裘安娜心想，小雰這麼囂張，是因為背後有趙韋善；蓮姐看低她，是因為不知道她的音樂實力。

裘安娜胸口有一股氣，讓她腦袋發熱，有個念頭瘋狂萌生，雖然很不像精神芬蘭人會做的事，但她深吸一口氣，決定說出口。

「我自願擔任紅隊隊長。」裘安娜堅毅篤定。

「太好了！」水果三兄弟和蕭念威開心地拍手鼓掌。

阿娥眼睛一亮，小雰、蓮姐則是一臉驚訝。

「那就麻煩妳了。」蔡嗣揚笑彎了眼，語氣充滿對她的肯定。

裘安娜回望小雰那對貓眼，不再怯戰。從小到大參與過的音樂比賽，裘安娜遇過勁敵無數，都沒有這麼強烈的對決感。

這不只是她和小雰的比賽，小雰背後的趙韋善，才是她要一決勝負的對象。

她還要想辦法搞定強硬難搞的蓮姐、只聽蓮姐話的阿娥、聒噪得讓人疲憊的蕭念威，還有要挑戰不食人間煙火，蝸居在舒適圈、排斥和人打交道的自己。

裘安娜手心冒汗，心跳飆速。

上帝公公，這七七四十九天，到底會給她多少重試煉？

她會成為重生的浴火鳳凰，還是不幸被烤焦的感恩節火雞呢？

第十一章　活字

紅綠隊成軍大會的當晚，裘安娜就開始後悔扛下紅隊隊長這個職務。

她很快地改好給水果三兄弟的歌，交由他們練習，並請蕭念威寫下故事。

蕭念威說：「我寫文章雖快，但還是比不上我講話快，所以安娜姊姊，來參觀我們店鋪嘛！這樣田野調查才快啊！」

裘安娜只好和蕭念威約定參觀印刷店鋪的時間。

店鋪位在市場二樓，除了被蓮姐「綁架」過去的仁仙宮，裘安娜還沒探訪過二樓，畢竟整個仁晴市場像是龐大的迷宮，市場內沒有Google Maps可以導航，為了避免迷路後又得問路，裘安娜不敢多涉足。

會議當時憑著一股衝動決定，但她越想越不對勁。

水果三兄弟除了大哥熙貴比較開朗，另外兩位除了叫賣，鮮少主動發話，但有問必有答，跟他們相處，好像在南歐的豔陽下找到一席涼爽樹蔭，讓裘安娜覺得輕鬆許多，但是蕭念威……

雖然感念他的熱心，但直接面對他，裘安娜還是覺得承受不住他的熱情。

「我不知道怎麼跟蕭念威溝通，他話太多了。」她傳LINE給蔡嗣揚，沒多久，這句話旁邊就浮現小小的「已讀」，但蔡嗣揚一直沒回覆。

唉，他一定覺得她精芬仙女病發作……

裘安娜懊惱地想，然而都已讀了，收回也沒用，蔡嗣揚喜歡的是自己的歌，她不確定他是不是也會喜歡她這個人，他已經幫她夠多了，她怎麼能再奢求？

裘安娜翻來覆去，這一夜，她凌晨兩點才入睡，三四點又汗涔涔地醒來。

第二天早上，裘安娜掛著黑眼圈，搭著手扶梯來到市場二樓找蕭念威，她找不到印刷店，只能一間間瀏覽店家招牌。

雅瑪哈音樂社、包準算命測字卜卦、古美術書畫社、二手書店、集郵社……真是什麼行業都有，這些店家的共同點是鐵門深鎖，招牌字體是古早的立體字，地板和一樓同樣是做工精細的磨石子，頭頂燈管故障，一閃一閃忽明忽暗，裘安娜覺得市場二樓有一點廢墟感，又隱約殘存著昔日的繁華。

裘安娜繞來繞去，找不到印刷店，倒是一直鬼打牆來到仁仙宮門口，深怕再次被老莊道士抓去驅鬼收驚，只好打電話給蕭念威。

月光拋下溫柔的媚眼，
大地伸長了樹的指尖，
想要一親她的芳顏……

裘安娜猛然聽到自己魂穿前的聲音，蕭念威掛著黑眼圈、一張臉慘白，從手扶梯緩緩上升，像是戲劇裡的鬼魅登場，原來蕭念威的手機來電鈴聲是她的歌曲。

原本等不到蔡嗣揚回應，裘安娜打算自立自強，她告訴自己，聽蕭念威說話就是歌迷服務，但看到蕭念威腫著一張臉，裘安娜忍不住關切：「你怎麼了？」

「昨天被嗣爺找去喝酒了，人家水腫了啦！嗚嗚嗚。」蕭念威捂著臉，有點不好意思，「歹勢，我宿醉時頭痛，話會比較少，不要見怪喔。」

不不不，一點都不會！

裘安娜心裡鬆了一口氣，心頭重擔也卸了下來，放鬆的她比較能和人自在談話，「蔡嗣揚……他幾點找你去喝酒？」

「凌晨一點多吧，有點突然，但是有得喝我怎麼能錯過？」

莫非蔡嗣揚知道蕭念威喝多後話少，所以做了這樣的安排？

被溫暖的心意護持，就像蔡嗣揚同在現場，她更加放鬆下來，於是繼續問：「他以前就知道你宿醉話會變少嗎？」

「是啊，我們一起長大的，我離開市場去念書工作後，我們一直有聯絡。」蕭念威仍然捂著臉。

裘安娜覺得心頭暖暖，原來蔡嗣揚默默出手幫忙了她。

「話說安娜姊姊，妳怎麼站在這兒等我？」蕭念威打斷裘安娜喜孜孜的心情。

她回過神，苦惱地回答：「我找不到印刷店。」

「跟我來。」蕭念威領著她走，左轉直走右轉再直走……

裘安娜暈了，「市場二樓的店都不開了嗎？市場裡居然有這麼多不賣食物和衣服的店？」

「幾十年前仁晴市場相當於大賣場兼誠品，仁晴社區居民的大部分需求，都可以在這裡一站購足，非常熱鬧。」

蕭念威稍微頓了頓，聲音也感性起來，「鐵門代表一個家庭的生計，每一扇門背後都有無數人的故事，我和嗣爺打算好好整頓，邀請文創商店、咖啡店、酒吧進駐，這市場裡還有很多寶藏和空間可以運用，有無限的可能。」

裘安娜聽完，覺得蔡嗣揚雖然不在這裡，他在樓下肉鋪一刀一刀地努力，但裘安娜感覺他的熱情也在這個空間裡。

「只是，第一步得先把燈管換掉，不然好像陰間版的商場。」裘安娜輕聲說。

「哈哈哈！高冷的安娜姊姊居然會開玩笑？說真的，我常覺得妳在cosplay裘芝恩，而且我覺得超像的！」

裘安娜無奈地想：那個……其實我就是裘芝恩。

他們邊聊邊走，來到了小小的「蕭氏印刷店」。

蕭念威拉起鐵門，店裡有一整排木製架子，上面放的不是書或是商品，而是一排又一排銀灰色的方形物品，體積極小，大約是一般印章的四分之一，裘安娜湊近一看，那些物品的表面也和印章一樣刻著字，但她沒有一個字是認得的。

「這櫃子叫做『字架』，上面這些小東西是活字印刷排版用的鉛字，字是刻左右相反的，印出來才會是正的。」蕭念威解釋，「鉛字可以重複使用，是一九九〇年代前主流的印刷工法，後來電腦印刷取代活字印刷，這些活字撐到二〇〇一年，終究沒落嘍，我爸貸款買進影印機，改行做影印，那是我出生後三年的事，但我從小就喜歡從字架上面，把鉛字抽起來玩……」

蕭念威的語氣充滿懷念，他彷彿想到什麼，快手快腳挑出幾個小鉛字，用一個印章套框住，而後沾了印泥，在紙上慎重地蓋下去，再將蓋了章的紙片交給裘安娜。

紙片上寫的是：市場歌姬　裘安娜

「太神奇了！鉛字變成印章？」裘安娜很驚喜。

「昨天喝酒的時候，嗣爺說，市場女神也許不只一個，但市場歌姬只有妳一個。」蕭念威補充。

裘安娜想起蔡嗣揚的話——

「也許這七七四十九天，是一個禮物，是讓妳體驗柴米油鹽的滋味，讓市場的生命力啟動妳內在原有的活力，豐富妳的創作和人生。」

她真的能做到嗎？但願她能不負「市場歌姬」這個名號，但她要怎麼做到呢？

她強迫自己眼神直視蕭念威，心想不要逃避、不要逃避，要深入了解蕭念威這個人——

「安娜姊姊，妳幹麼看著我不說話？」

「你、你、你……」裘安娜有點結巴，「你說你以前在廣告公司，這麼光鮮亮麗的工作，應該很多人都很羨慕，為什麼要回來菜市場？」

蕭念威沒料到裘安娜會這樣問，微微愣怔，「因為市場需要我呀。」

「你家的影印店，說真的已經被便利商店取代，你回市場從頭開始，除了使命、對市場的熱愛，一定還有其他的原因吧？」裘安娜鼓起勇氣深入挖掘。

蕭念威安靜了大約三十秒才開口：「好啦，我招了，因為……我在廣告公司待不下去了。」

原來蕭念威遇上工作狂人型的主管和競爭激烈的同事，他想關心同事，被主管罵「上班不要聊天」，被同事質疑「我腰痛關你屁事，是不是叫我請假好搶我客戶？」甚至聯合起來無視他，用冷暴力面對他的熱心。

一切的不順利迫使蕭念威思索，他很重視有來有往的人際關係，儘管有創意卻難以在競爭激烈的廣告公司存活，而回憶中的市場，也許是最適合他的地方。

「我現在有點創傷症候群，聽到有人叫我閉嘴，我就會手抖心悸，不過我有在服藥控制，也有在看心理諮商了啦……」

蕭念威有些不好意思，裘安娜心想，蔡嗣揚應該也希望像蕭念威這樣在外受挫的市二代，可以在仁晴市場重新找回自己的光芒吧？

蕭念威也告訴裘安娜，他會運用這批活字推出小型體驗活動，也開發了新服務：文字創作與代工。

「我可是市場的文膽呢。」蕭念威很得意，「自治會的文案都是我寫的，攤商們有需要時也會委託我，像是水果三兄弟會請我幫忙寫要交給婚友社的個人自介，王阿姨也會請我幫忙翻譯英文書信喔！我小時候參加作文比賽得獎，市場的叔伯阿姨們都說我是市場之光，給我獎金，現在也是回報他們的時候了。」

大概是宿醉頭疼漸退，蕭念威的話開始變多，裘安娜正想提醒他別洩露客戶隱私，卻也被他勾起好奇心，「水果三兄弟參加婚友社？」

「妳不知道，他們很會叫賣，卻不會叫賣自己，所以我在簡介裡說他們是家族企業第二代。」

「你這……算詐騙吧？」裘安娜噗的掩嘴一笑。

蕭念威連忙反駁，「這叫包裝！」

「那寫信的王阿姨，是指王麗……麗娜表姐嗎？」

「對啊。」

「她為什麼需要讀寫英文信？」

「因為——」蕭念威雙手叉腰，很是得意，「王阿姨定期捐款給世界展望會，認養海外貧童孤兒，但她不會英文，所以當她收到認養兒童寫的信，都會請我翻譯，她讀了信，會很用心地寫回信，再拿給我翻譯成英文。」蕭念威補充，「有時幫她翻譯回信，我都感動得快哭了，她真的很關心那些孩子，等他們長大了不需要贊助後，她就會繼續認養其他孩子……」

「她有說為什麼要認養貧童嗎？」新的情報讓裘安娜有些訝異，她繼續探問。

蕭念威搖搖頭，「我問過她，她只是笑笑，什麼都沒說。」

裘安娜心裡浮現了一個可能性——是不是王麗娜沒能留住自己的孩子，所以把這份母愛轉給其他的孩子？

她的人生到底發生過什麼事？除了王麗娜，也許沒人知道……不，或許蓮姐或阿娥知道原因，但她真不想問她們。

離開印刷店前，裘安娜謝過蕭念威，「我好像有些靈感了，等著你的歌吧。」

蕭念威開心尖叫，「太棒啦——」說著就要擁抱裘安娜表示感謝。

她閃過他的討抱，「也謝謝你，應該是你安麗了裘芝恩的歌給王麗娜，對吧？」

蕭念威是菜市場與文青界的橋梁，裘安娜猜測是他介紹了自己的音樂給王麗娜。

「不不不，不是我喔！」蕭念威搖手否認，「那次音樂節活動，還是王阿姨告訴我的耶！只是她很好笑，我在天橋上聽裘芝恩唱歌時，遠遠就看她站在橋邊，戴了一頂亮片大花草帽加墨鏡，有夠顯眼，但演唱完我去找她，她早就溜了，第二天我打電話問她是不是有去，她還不承認！」

「她也在那裡？」裘安娜瞠大眼睛問。

「原來妳不知道這件事？我還納悶王阿姨怎麼知道這種文青音樂節活動，認識妳之後，我曾猜想是安娜姊姊告訴她的呢！」

「不、不是我……」

裘安娜滿心困惑，王麗娜到底基於什麼機緣，喜歡上自己的音樂？如果可以直接問王麗娜就好了。

離開印刷店，裘安娜踏上手扶梯，隨扶梯向下，她聽到另一道扶梯輪轉的聲音，而後一男一女隨之向上。

「趙製作人，這邊都沒人使用，我們可以在這練習歌舞。」小雰甜膩的嗓音傳來。

「有鏡子的空間比較適合，如果自治會准許的話，我找人來裝鏡子，費用我出。還有，叫我趙大哥就好。」男子的聲音裘安娜非常熟悉。

「謝謝趙大哥！您好大方喔！」

隨著電扶梯持續向下，他們錯身而過，她聽見他問小雰：「剛剛那位小姐也是你們菜市場的人嗎？沒想到，這座菜市場的小姐們顏值很高啊！」

「她喔，她就是長青組紅隊的隊長，叫做裘安娜，就是她說我遇到詐騙。」小雰回答，男子對裘安娜起了興趣，轉頭下了手扶梯，追上她。

是趙韋善。

方才錯身之際，他第一個注意到的是女子身上的淺灰色雪紡紗，做工細緻精美，讓他想起裘芝恩。

「裘安娜小姐，不好意思，等一下——」他出聲喊。

裘安娜轉頭，趙韋善一愣，女子五官輪廓立體，容貌豔麗，但靈動的眼神，優雅的姿態，氣質和裘芝恩相似。

趙韋善掏出名片自我介紹，「我是知人音樂工作室的創辦人，趙韋善，這次仁晴盃對抗賽，很高興有機會與您們隊伍切磋。」

裘安娜先是一愣，接著心底的寒意卻越升越高。

對照上次在醫院匆匆一瞥，今天的他髮型不一樣了，一頭濃密的微捲髮修剪得宜，看起來和他的生涯高峰期，也就是她第一場演唱會時一樣意氣風發。

她遲遲沒收下名片，趙韋善見她微皺眉頭，忍不住問：「我們是不是在哪見過？」

「這話術太老套了。」裘安娜翻了個白眼，「我知道你是裘芝恩的製作人兼經紀人。」

趙韋善露齒一笑，「裘小姐知道我，那怎麼會說我是詐騙呢？對了，妳也姓裘，真是太巧了，難道妳跟我們芝恩是親戚？」

「你們芝恩？」裘安娜冷哼，忽視他的問題，口氣諷刺地回：「你們芝恩躺在醫院，但你看起來很好。」

趙韋善收起笑臉，故作擔憂狀，「我不得不好，為了芝恩，我必須振作。」

裘安娜聽了心中更加鄙夷，「裘芝恩專輯銷量和下載量都上升，現在你有錢付款給廠商了吧？」

「妳說什麼？」趙韋善露出詫異的表情，她才發現說溜了嘴。

「我是說，有錢付給廠商改建舞蹈室……剛剛在電扶梯上聽你說的。」裘安娜鎮定地把話圓了回來。

「啊，沒錯。」趙韋善再度露出禮貌的笑，但眼中隱約有些狐疑。

「我還要開店，先走了。」裘安娜轉身，加快腳步離開。

趙韋善到二樓後，他問小雰：「妳不是說紅隊是大嬸、老實男加上聒噪Gay的組合嗎？」

「她也是大媽啊，她四十多歲了。」

「看不出來，保養得可真好。她是裘芝恩的鐵粉吧，衣著、眼神、氣質都像極了，她一直在菜市場賣什麼的？」

聽趙韋善稱讚對手，小雰嘟著嘴，相當不開心，「其實她來這裡沒多久，幾個星期之前吧，麗娜服飾店的王阿姨身體不舒服，讓她表妹裘『阿姨』來幫忙顧店，我記得，好像是裘芝恩發生意外的第三天。」小雰刻意強調阿姨兩個字。

「哦?」趙韋善隱隱感覺不對勁，總覺得這個裘安娜跟裘芝恩有什麼關聯性……

「趙大哥，我們會贏吧?」趙韋善眼裡對裘安娜的驚豔，小雰看得一清二楚，她忍不住擔心。

「哈，當然，想什麼呢。」趙韋善揉揉小雰的頭髮，舉止親暱，「我們一定會贏的，畢竟我是專業人士；這個裘安娜再怎麼模仿裘芝恩，也不過是個市場素人，不是嗎?」

「真的?」小雰隱隱不安，「可是我聽到她寫了一首歌，送給我們自治會長，說真的，有點厲害耶。」

「小雰，那是妳還沒受過專業訓練，聽不出來。」趙韋善十分自信，語氣變得輕蔑，「像裘芝恩的創作才華，也是她從四五歲開始學音樂，長期栽培起來的，一個市場銷售員不會有那樣的素養啦。」

「可是嗣揚哥說，她是音樂老師……」

趙韋善一笑，「如果妳擔心的話，趙大哥我再加碼，我親自幫每個隊員選歌，也不用現成的卡拉帶，直接幫你們編曲，怎麼樣?越強大的對手，才顯得我們更厲害。」

「謝謝趙大哥!」

趙韋善和小雰不知道的是，電扶梯下，裘安娜並沒離去，她藏身在轉角陰影處，清楚聽見趙韋善和小雰的對話。

突然，蔡嗣揚的身影出現在前方，他正一臉開朗地走過來，舉起手要向她打招呼，裘安娜趕緊上前摀住他的嘴，避免他出聲，另一手指了指手扶梯上方。

蔡嗣揚聽見趙韋善的聲音，當下便明白了，但突如其來的舉動，讓他們的距離瞬間拉近，近到兩人能感受到彼此的呼吸與心跳，裘安娜的掌心觸碰到蔡嗣揚溫潤的唇，她意識到這點，馬上像觸電般放開手，然後拉著他遠離手扶梯。

「你、你怎麼在這裡？」

「忙完了，來找妳，想跟妳說，昨天我不是不回妳……」

「我知道，你找蕭念威喝酒，讓他舌頭沒那麼靈活，話沒那麼多。」

蔡嗣揚還沒開始解釋，她已經知道他想說什麼，這默契讓兩人相視而笑。

裘安娜劇烈的心跳仍未平息，她臉一紅，低聲說：「那我、我去開店了，拜拜。」說完馬上逃離現場。

她確切感受到，自己對蔡嗣揚的感覺是特殊的……

被留在原處的蔡嗣揚，抬手碰了一下裘安娜觸及的嘴唇，剛剛兩人視線相交時，他感覺到她的心情跟自己似乎是一樣的，希望不是他一廂情願誤解了。

第十二章　破片

忙碌的日子，更覺得時間過得飛快。

在蔡嗣揚的協調下，市場二樓練習室很快完工，紅綠兩隊協議好，依照日期分配，偶數日由紅隊使用，奇數日由綠隊使用。

蔡嗣揚也因此和趙韋善正式見面，互相自我介紹。

事後蔡嗣揚對裘安娜說：「妳以前看男人的眼光不太好。」

蔡嗣揚很樂意和任何人結交，唯獨對趙韋善，他不想把他劃在人際圈之內。

他不是沒和油條的人交際過，但趙韋善的言行舉止他不太欣賞，當然，心裡隱隱的醋意，可能也是他對他沒有好感的原因。

「對啦，我當時年紀小，不懂事嘛。」裘安娜摸摸鼻子，不否認。

同時她心中浮現一句話，卻不敢明白說出來——我覺得我現在看男人的眼光……有變好唷。

♪

裘安娜熬了一夜，徹夜狂聽饒舌歌曲，以往她憑著冥想和靈感來作曲，現在她懂得抓到音樂風格元素，堆疊塑造自己想要的感覺，終於完成為蕭念威寫的饒舌歌曲〈閉嘴〉。

一開始，蕭念威聽到歌名，勾起他被霸凌的回憶，不禁瞪大眼睛，全身僵直。

裘安娜抓緊他的手，「蕭念威，你繼續看下去，我要你用力反抗別人對你說的這句『閉嘴』！」

我的名字叫做蕭念威，綽號就是練練練肖話，
從小到大，我最常聽到人們叫我閉嘴，
Shut up, shut up，不要那麼搞威，小孩子有耳無嘴，
偏偏我生來就是閉不了這張嘴，這張嘴……

蕭念威回神繼續看歌詞，才懂裘安娜的用心，他試著念歌詞，果然非常紓壓解恨，他高興得快跳起舞來。

裘安娜嚴正交代，「你唱這首歌前，絕對不准喝酒喔！」

「是！」

水果三兄弟與蕭念威加緊練唱，轉眼距離中秋紅綠對抗賽只剩下三個星期，「文創新市場‧紅綠大對抗」活動海報貼在各個攤位，紅綠兩隊的最新動態也成了市場人們最熱議的話題。

在趙韋善的主導下，綠隊也訂定參賽策略，趙韋善對每位隊員進行長時間的訪談，精準選歌並取得原唱片公司的公開使用版權，重新編曲錄製新的伴唱帶，也在團練室密集地給團員上肢體和歌唱訓練。

消息傳來，裘安娜的情緒有些被影響，但她仍必須趕著完成歌曲創作，否則別說被小雰的綠隊壓落底，她的團隊根本就沒歌可唱，因此，拜訪蓮姐和阿娥並說服她們、為她們寫歌，成了迫在眉睫的工作。

再怎麼抗拒，裘安娜也只能在蔡嗣揚的陪同下，硬著頭皮先去拜會大魔王蓮姐。

糯米餃店是仁晴市場超人氣的熟食攤商，客人絡繹不絕，裘安娜和蔡嗣揚駐足在店鋪旁好一會兒，才能趁空插話。

但蓮姐的臉色不太好，眉頭緊皺著，招客笑容有點勉強，裘安娜心想，蓮姐大概是不想見到自己，才會這樣擺臉色。

「蓮姐，我是來跟妳討論對抗賽要唱的歌，我們可不可以不要唱〈舞女〉和〈舊情也綿綿〉？大家都唱自製曲，比較一致，也是我們紅隊的賣點……妳有沒有什麼故事可以分享，我幫妳寫歌。」裘安娜手心滿是汗，不曉得接下來她們兩人又會如何針鋒相對。

「閃，我要拿東西給客人。」蓮姐臉色越來越不對。

裘安娜讓出位置，蓮姐和她錯身而過時，她看她不只臉色發白，額角還滲著汗。她身體不舒服還忍耐著工作嗎？

「一共三百元。」蓮姐收了錢。

「蓮姐。」蔡嗣揚出聲喚她，只見蓮姐突然抱著肚子蹲在地上，「蓮姐！妳怎麼了？」

「偶肚祖痛啦……」蓮姐話都說不清楚，整張臉皺在一起。

蔡嗣揚趕緊開來蓮姐的廂型車，阿娥正忙得不可開交，於是由裘安娜攙著她上車去醫院急診，軟腳的蓮姐也顧不得自己一向討厭裘安娜了。

蔡嗣揚將車開到市立醫院急診處，原來蓮姐得了急性盲腸炎，化膿嚴重必須開刀，待蓮姐在社會局任職的老公趕到以後，便立即簽署文件送入手術房。阿娥也趕來醫院關心。

進手術房前，蓮姐突然叫住蔡嗣揚，「紅綠對抗賽的事……」

「蓮姐別擔心，先好好養病，我會幫忙找人代替妳上場。」

「不是！」蓮姐在痛楚中瞪大了眼，「我不要退出，要等我！我一定要上台！」蓮姐堅持，而後就被推進手術室了。

裘安娜扶額，「我們不能強制她退賽嗎？」

「蓮姐意志堅強，恐怕吊著點滴也要唱，」蔡嗣揚安慰道，「聽說盲腸炎住院大約一星期，妳先完成給阿娥姨的歌曲，蓮姐的歌曲壓在最後，大不了真的讓她唱〈舞女〉。」

「這樣我們怎麼贏得了小雰和趙韋善？」

製作人的工作是否就是會遇到這麼多讓人焦頭爛額的意外，她不禁懷疑，自己真的堅持得下去嗎？

「妳別急，最重要的目標，是完成給王阿姨的歌曲，不是嗎？只要能唱出市場的精神和活力，即使輸給綠隊，在我心裡妳也是勝利者。」

裘安娜聽了微微舒展皺緊的眉頭。

蔡嗣揚溫聲提醒，「趁蓮姐住院時，妳用王阿姨的手機傳訊關心她，順便說她很想聽表妹為好閨密寫的歌，說不定蓮姐就心軟了。」

裘安娜點點頭。

蔡嗣揚看著裘安娜，「既然來到這裡，妳要上樓看看嗎？」

他指的是在加護中心的裘芝恩本尊。

裘安娜搖搖頭，「那裡只剩我的軀殼，而且我們進不去，還是回去吧，現在菜市場的任務更重要。」

晚上，裘安娜拿出王麗娜的手機，快速打字。

麗娜：「聽說妳住院了？怎麼會得盲腸炎？」裘安娜附上三張表示驚訝傻眼的動態貼圖。

阿蓮：「就太累了，阿妳身體還好嗎？」

麗娜：「還可以啦，每天都有去散步，快要可以回市場了，說不定中秋節可以去聽妳唱歌，妳要趕快好起來。」

阿蓮：「妳一定要來啊！我會趕快好起來！我會把〈舞女〉這首歌唱得很好！」

麗娜：「我想聽妳唱我表妹寫的歌欸，好啦，唱給我聽啦。」裘安娜連發數張代表拜託懇求的貼圖。

阿蓮：「我考慮看看啦……」

裘安娜截圖後傳送給蔡嗣揚，蔡嗣揚告訴她，這樣就表示蓮姐很有可能同意了。

她準備關掉王麗娜的手機，卻發現太久沒開機，手機裡有許多未讀簡訊。

她心想，大概又是廣告，還是幫王麗娜看一看、刪一刪好了，果然有數則小額信貸、當鋪借款的簡訊，但又有一則奇怪的訊息混在其中。

「怎麼不理我？不是跟妳說上次給的不夠用？再不來找我，換我去找妳。」

日期是上星期，來自未知號碼，裘安娜截下號碼和訊息內容，傳給蔡嗣揚，蔡嗣揚也不知道是誰。

那就刪除吧！

她俐落地刪去簡訊，趕緊洗澡睡下，今天離開醫院前，她找了個機會和阿娥談話，約好明天見面。

進入深眠前，裘安娜忍不住在心裡思索阿娥的事。

阿娥在她眼中是個文靜的人，有媽媽味，戴著眼鏡，有點書卷氣質，又不完全像其他攤商的阿姨，不知為什麼阿娥會是蓮姐這市場大姐頭的閨密。

她是不是和王麗娜一樣，也有不為人知的過去？

或者，是不是和蕭念威一樣，有不得不待在市場的理由呢？

♪

「攤位編號一九四……」裘安娜循著攤位圖找路，邊走邊感受到兩旁攤商的眼光。

「麗娜服飾的裘安娜，終於移駕到我們這一區啦！」攤商們用眼神與耳語傳遞彼此的驚訝。

市場一樓其他區域她不會經過，所以很陌生。

她看著兩旁的店家，燒烤熟食攤的老闆，正夾著一塊塊剛烤好的豬肋排；「仁晴雞王」前，許多人在搶購蜜汁大雞腿；「阿紅熟食鋪」上，一盆盆紅燒獅子頭、滷白菜、魯桂竹筍，看得她食指大動。

難怪仁晴菜市場的大家，對於她叫外送這件事感到不可思議。菜市場真是寶庫，裘安娜感慨自己因為封閉，錯過了多少尋寶的好機會，從今天起，她三餐不會再叫外送，也不會只去仁晴小食肆光顧，她要好好把握在市場的日子，享受市場的豐饒和便利。

還沒細數攤位編號，裘安娜已經看到阿娥的店，店名就叫「娥媽媽的店」，而阿娥正忙進忙出。一顆顆雞蛋，有紅的、有白的，整齊擺放在架子上，原來阿娥是蛋商。

娥媽媽、蛋……裘安娜腦袋裡浮現戴著睡帽的鵝媽媽賣蛋的趣味景象，店內的背板就是用花布圍裙鵝媽媽的造型，上頭說明雞蛋的營養價值、如何挑選新鮮雞蛋、皮蛋鹹蛋鐵蛋與雞蛋鴨蛋鵝蛋的不同，以及買回去的雞蛋如何保存等知識。

此外，店門掛著蛋殼型狀的白色花器，種上多肉植物和空氣鳳梨，吸引了裘安娜的目光。有一名客人指著花器問阿娥：「老闆娘，這個有賣嗎？好可愛！」

阿娥笑答：「沒有賣，但是我有開課喔，可以學用蛋殼翻模製作水泥迷你花器，並種入植物。還有，製作花器時取出的蛋白蛋黃，會教大家做布丁，小孩子也可以參加喔。」

心動的客人立刻預約報名，阿娥處理完報名手續，抬眼看到裘安娜。

「啊，安娜，妳來啦？」阿娥綻放親和的笑容，裘安娜一愣，阿娥很不好意思，「歹勢哪，之前對妳有點兇。」

「沒關係，只是阿娥姐，我們時間不多，我直接切入重點——」裘安娜鼓起勇氣，「妳的店很漂亮，感覺妳應該很有自己的想法，為什麼事事都聽蓮姐的？」

阿娥一笑，「妳這麼喜歡音樂，又從國外回來，應該有聽過一首英文童謠，叫做〈Humpty Dumpty〉吧？」

市場蛋商和英文童謠，乍聽之下毫無關聯，但裘安娜知道這是一首和蛋有關的兒歌——

“Humpty Dumpty sat on a wall,
Humpty Dumpty had a great fall,
All the king's horses and all the king's men,
Couldn't put Humpty together again.”
（蛋頭先生，坐牆上，摔了一個大跟斗，國王找來的人馬，拼不起來沒辦法。）

裘安娜好奇地問：「其實我不太懂這首歌是代表什麼意思？」她更不明白的是，阿娥為什麼會提到這首歌？

阿娥推了推眼鏡，「有人說，這首歌是要嚇嚇小朋友，有些東西很脆弱，有些事情一旦做錯了，就永遠無法回復成原貌。我倒是覺得，這首歌是說，受傷的人沒辦法把四分五裂的自己拼回來。」

看著裘安娜張大眼睛聆聽的模樣，阿娥緩緩說起她的故事……

阿娥本名柯潤娥，就是那個潤娥，雖然年紀比少女時代潤娥大很多，但她拿下眼鏡，也有張頗為秀麗的臉。

阿娥從小就比兄弟會念書，當老師是她最想做的工作，她也順利考上師範體系公費生，拿到教職。

直到八年前，她都是一名國小自然科教師，然而，一次在上酒精燈實驗課時，頑皮的孩子不聽指示，引發火燒意外，傷及另一個孩子，家長提告，調解訴訟過程長達一年，阿娥頻頻請假去開庭，弄得身心俱疲，校長更認為是她沒照顧好班上學生，在職務上百般刁難，使得阿娥在學校待不下去。

更糟的是，後來阿娥到安親班、補習班任教，想繼續她的教育專長，那位家長就會到她上班的地方鬧事。

阿娥家中經營蛋品批發，幫忙家中生意是她最後一條路，她被派到仁晴市場的店鋪，一開始什麼都不會，就在這時，她因為買糯米餃而認識蓮姐，繼而認識王麗娜，這兩個人手把手教她在市場存活的眉角。

可是沒多久，那位家長循線找來，怒砸蛋鋪，揚言要她在市場一樣待不下去；蓮姐召集全市場長得比較強壯的男丁擋在店前，那位家長才不敢再來。

除此之外，蓮姐也帶阿娥去仁仙宮找道士老莊作法驅五鬼小人；不知是不是老莊道行高，那位家長果然再也沒出現，阿娥相信是蓮姐的魄力守護了她。

阿娥的口氣平淡，裘安娜瞭解了整段過往，心中感觸良多。

「離開學校時，我覺得自己是個摔爛的蛋，是她們幫助我，把自己的蛋殼拼回來，找到新的路。」阿娥溫和地說，「後來，我們就變成很好的朋友，所以蓮姐無論做什麼，我都會支持她。」

阿娥勾起唇角，「只是，這樣對妳很不好意思，上次還把妳抓去給道士作法。」

「我可以理解妳和蓮姐的感情，」裘安娜看著阿娥，「但是，妳也會想有自己的聲音吧？」

阿娥點點頭，「我確實有很多想法，雖然被迫離開學校，但我還是想傳遞知識給孩子。市場是大寶庫，有好多活生生的教材呢。」

裘安娜聽了眼神發亮，「阿娥姐，我已經想到要幫妳寫什麼樣的歌了，相信我，妳可以唱出自己的聲音。」

她請阿娥唱幾首喜歡的歌曲，觀察阿娥的音色，就在這時，一位穿著黃色背心，拿著大聲公的歐吉桑出現在走道上。

「仁晴市場的各位鄉親父老，大家好！」

大聲公接觸不良的刺耳噪音，讓裘安娜皺眉摀住耳朵，心裡犯嘀咕。

歐吉桑對著大聲公說：「我們是仁晴獅子會，現在正在市場停車場旁舉行捐血活動，目前各種血型在血庫的量都偏低，請各位鄉親父老、兄弟姊妹，踴躍捐血，謝謝！」

說著，歐吉桑到阿娥店鋪隔壁的攤位打招呼，拜託大家去捐血，「血庫存量真的很重要，上次不是有個女歌手出意外嗎？好像叫裘芝恩、很漂亮又會唱歌的。」

聽到自己的本名，裘安娜豎起耳朵，歐吉桑繼續說：「我外甥在醫院工作，聽說裘芝恩大量失血，她是A型，卻是比較少見的Rh陰性，血庫存量不足，差點就這樣了！」歐吉桑伸出食指作彎曲狀。

眾人會意，「喔——那後來呢？」

歐吉桑語帶神祕，「算裘芝恩會投胎，遇到好爸爸啦，她老爸認識很多有權有勢的人，到處請託各個醫院高層加速調血的工作，才救回一命啦！」

說完八卦，歐吉桑再度請大家多多捐血，才往其他攤位走去。

裘安娜一愣，心裡有股暖流。

爸爸向來一板一眼，從不靠關係行事，他工作忙，和自己不太親近，在醫院時還說「是不是白養她了」，這樣的爸爸居然為她做這麼多……

熱情的仁晴市場人聽了歐吉桑的話，紛紛表示要響應捐血，阿娥和裘安娜也提早關店，相約去捐血。

踏入捐血車，護士小姐請她們先填資料，裘安娜才發現自己不能用王麗娜的身分證，只好謊稱正值生理期，無法捐血，在一旁陪伴阿娥。

「安娜，妳是什麼血型啊？」阿娥捲起袖子，讓護理師幫她扎針。

裘安娜一愣，隨口瞎掰，「呃……我忘記了，小時候跟表姐一起驗過，我們兩個的血型好像一樣。」

「喔，那妳就是A型Rh陰性，麗娜如果在這裡，也會來捐血，她說她知道自己的血型比較罕見，所以定期去捐血，幫助需要的人。」

阿娥繼續與她閒聊，談到王麗娜說過自己和裘芝恩同血型，她很高興，她真的很喜歡裘芝恩，每年大年初一，她們三個都會一起去廟裡拜拜，王麗娜還會幫裘芝恩點光明燈……

裘安娜記得自己之前看過第三屆卡拉OK大賽的影片，影片中王麗娜就提過這件事。

「我來市場認識她七年來，她每年都幫裘芝恩點光明燈，真的很有心齁！」阿娥完成捐血流程，領了餅乾牛奶，和裘安娜一起走出捐血車。

下車時，裘安娜倏地一愣，差點滑一跤，還好阿娥扶住她。

「安娜，還好吧？」

「我……沒事，妳剛剛說過去七年，王麗娜每年都幫裘芝恩點光明燈？」裘安娜抓住阿娥的手。

「是啊，我和蓮姐都有陪她一起去，不會記錯的。」阿娥笑著推了推眼鏡。

裘安娜的腦子卻一片混亂，她試著釐清剛得知的資訊。

「可是七年前，裘芝恩剛上大學，根本還沒出道發唱片，王麗……表姐怎麼會知道有這個人，還幫她點光明燈？」

「咦？」被反問的阿娥愣住，然後回憶道：「我記得第一次跟她去點光明燈時，我問她裘芝恩是誰，她告訴我說是個喜歡音樂的好孩子，我以為是我老了，不認識年輕的歌手。會不會那時裘芝恩已經開始參加比賽，有點知名度？」

裘安娜陷入思索。

阿娥的說法不無可能，但王麗娜在市場為了生計拚搏，還有時間餘力關注年輕人的流行音樂比賽嗎？

諸多的巧合和不合理之處，裘安娜一直想不通，和阿娥告別回市場後，主動和蔡嗣揚說了血型與光明燈的事。

「要不是知道妳有生父生母，這兩件事單獨聽下來，還以為王阿姨是妳失散多年的媽媽呢。」蔡嗣揚聽完，摸了摸下頷，開玩笑地說。

晚上，裘安娜和蔡嗣揚在米粉攤吃晚餐，雖然百般不願意看小雰臭臉對她，但小雰爸爸熬的大骨高湯實在迷人，油蔥酥和芹菜珠的比例恰恰好，最近菜單上還增加了芋頭米粉，令人上癮，她每天都可以來一碗，就顧不得小雰對她服務態度不佳了。

裘安娜壓低聲音，「其實王麗娜可能有孩子，或者……有過孩子。」

「真假？」蔡嗣揚一愣，剛夾起的芋頭差點失手掉回米粉湯裡。

裘安娜繼續告訴他，王麗娜腹部有巨大傷疤、阮醫師跟她說過的話、捐款世界展望會等事。

「我想問問阿娥姐，看她知不知道。」

蔡嗣揚搖搖頭，「阿娥姨和王阿姨認識七年，那麼久以前的事，恐怕只有蓮姐知道。」

兩人吃完米粉湯後，蔡嗣揚要去市立醫院探視蓮姐，裘安娜決定一起去。

「妳不是說那裡只有妳的軀殼，暫時不用再去看了？」

「這次，我想看的不是我自己……」

還沒踏進病房，裘安娜就聽見蓮姐的大嗓門。

「我跟妳講，妳媽媽受傷不能工作，妳要去找社工，申請院內經濟補助，一個月幾千塊，多少補一點啦！」她正在指導鄰床的病人家屬，儼然成了病房的大姐大。

「蓮姐，看樣子妳很快就能出院啦。」蔡嗣揚領著裘安娜走進病房，笑著跟蓮姐打招呼。

「那是當然。」蓮姐體力恢復了，也恢復不正眼看裘安娜的習慣。

裘安娜悄悄翻了個白眼，這下她反而希望醫生禁止蓮姐出院，更禁止她唱歌以免腹部用力拉到傷口。

探視完蓮姐，蔡嗣揚和裘安娜來到加護中心。

在外頭等了一會兒，大門開啟，裡頭走出的正巧是她的父母，他們看起來似乎比第一次見到時蒼老了一些。

裘安娜眼眶微微含淚，蔡嗣揚輕拍了她的肩。

裘安娜低聲說了在市場聽到獅子會歐吉桑傳的八卦，她才知道父親辛苦到處調血庫的存血。

裘父裘母走出來時，正在談話，神色似乎變得比較放鬆。

「醫生說芝恩昏迷指數上升不少，說不定再不久就能醒來了。」

蔡嗣揚隱約聽見對話，低聲對裘安娜說：「太好了！妳的身體狀況有改善，那不就代表妳走在正確的道路了嗎？」

這時，一個男子迎上前和裘父裘母搭話，交談幾句後，聽見他笑著說：「太好了，太好了……」

三人又說了幾句，男子準備離開，當他轉過身，裘安娜和蔡嗣揚看到他的臉。

是趙韋善，而他的神情，看起來和裘父裘母的安心不同，他並不高興。

沉著臉的趙韋善，抬頭見到蔡嗣揚和裘安娜，先是愣住，但馬上換了張笑臉走向他們。

「這麼巧，在這見到兩位。」趙韋善語氣有點困惑，「你們是來探望我們芝恩嗎？」

「是啊，在樓下病房看我們紅隊的一位成員，順便上來探望一下，我們市場有很多裘芝恩的粉絲。」蔡嗣揚鎮定回答。

「這樣啊……」趙韋善挑挑眉，「那我代替我們芝恩謝過兩位了。不好意思，我還得回公司開會，先告辭了。」

趙韋善走遠，他邊走邊揉太陽穴，似乎很煩躁的樣子。

蔡嗣揚和裘安娜互看一眼，蔡嗣揚忍不住開口：「我怎麼覺得……」

「他一點也不高興，對於我快要醒來這件事。」裘安娜心領神會的接話。

如果說，那日在山邊一摔，她的身體與靈魂摔成碎片，王麗娜、父母、醫療團隊、蔡嗣揚、神祕的上帝公公、不斷集氣祝福的蕭念威等，都在不同層面上為她努力，希望拼回完整的她。

那趙韋善呢？他也希望她是完整的，還是希望她是一堆破片？

等回到自己的身軀，她一定要徹底斬斷和趙韋善的關係。

但願一切還來得及。

第十三章　真相

「蛋殼易破，人生很脆弱，我伸出手，過去的幸福無法抓握……」

「這首就是屬於娥媽媽的歌曲。阿娥姐以前都和蓮姐合唱，但是她的歌聲很溫暖，有點像梁靜茹，可以自己唱，做個療癒系的歌手。」

傍晚的仁晴市場，麗娜服飾店門口掛著「Closed」的牌子，店裡傳來音樂聲，裘安娜正在分析阿娥的歌路。

水果三兄弟、蕭念威、阿娥圍繞著彈吉他的裘安娜，阿娥鏡片下的眼睛波光閃閃，「沒想到有生之年，我居然可以有一首專門為我打造的歌。」

這時，店門被冷不防推開。

「不好意思，我們打烊了……」

裘安娜話音未完，一個男人哼著口哨進門，他哼的曲調輕盈溫暖，正是要給阿娥演唱的歌曲。

這個人的音感以及對曲調的記憶力，未免也太好，她剛剛只唱了一遍……裘安娜心想。

男人有一雙炯炯有神的鳳眼，身材高瘦，鼻梁高挺，不難想像年輕時應該是名美男子，他一身黑白花紋襯衫，露出的手肘上有大片刺青，似乎有複雜的過去，裘安娜皺了皺眉。

「麗娜，好久不見，換髮型了啊？好看喔——」男子的笑透露一抹邪氣，他眼神對上裘安娜，愣了一下，隨即改口，「不對，妳不是麗娜！」

裘安娜沉著臉問：「你是誰？」

男子不回答，逕自問道，「妳又是誰，怎麼長得這麼像麗娜？」

「我是她表妹。」

「哈哈，別騙了，她哪有什麼表妹？」男子撇嘴。

阿娥幫腔，「最近才連絡上的，你找麗娜什麼事？她回鄉下休養身體了。」

「鄉下哪裡？」

「不方便告訴你。」阿娥和裘安娜齊聲回答。

「有什麼不方便？」男子靠近裘安娜，輕佻地笑道，「我叫財哥，妳差點就要叫我表姐夫嘍，漂亮的表妹。」

阿娥、水果三兄弟、蕭念威全都一臉困惑：「表姐夫？」

「我是麗娜的老情人，當年她逃走啦，但是我們有實無名，該做的都做了。」財哥咧開嘴笑道。

眾人露出嫌惡的表情，財哥毫不介意，「我傳兩次簡訊跟她說我出來了，日子不好過，她六月給的零用錢不夠，她都沒理我，我才找來這裡，不然她以前不准我來這菜市場。」

裘安娜一愣，前陣子王麗娜手機裡的無名簡訊，還有她剛來市場時也曾看到一則訊息，原來是這個男人傳來的。

王麗娜的財務黑洞，看樣子也是因為他，為了給他零用錢，王麗娜才不得不申請信用卡借款。

「你說剛出來，該不會是……」阿娥問。

財哥朗聲大笑，「嘿啦，監獄啦，不用歹勢說出來。」

「為什麼進去？」換蕭念威問。

「賣那個被抓到啊！」他做了個吸東西的動作，眾人瞬間明白是毒品，「判七年，關五年假釋，好久喔！既然來了，麗娜不在，表妹妳是不是要請我吃個飯，包個紅包，給我去去霉運？」財哥賊賊地笑出一口白牙。

裘安娜翻了個白眼，「我自己手頭都很緊了，做不到。」

財哥嬉皮笑臉，「那我就常常來看妳，等妳做得到，或是叫麗娜聯絡我。」

說著，他瞥了店裡一眼，「這店不錯唷，弄得這麼漂亮，幹麼都不讓我來看……」他碎念幾句後，目光落在牆上放大裱框的海報。

「這誰？」他手指裘芝恩。

「王阿姨最喜歡的歌手。」蕭念威搶答，「你跟王阿姨根本不熟嘛，不然怎麼不知道王阿姨是裘芝恩的大歌迷？」

財哥聳聳肩，「她不會跟我說這個。」他轉過頭，不懷好意的目光移向裘安娜，「表妹，記得幫我找到麗娜，不然我會常常來看妳。」

他走出店門，阿娥敏感地留意到，財哥和海報中的裘芝恩，都有一雙形狀漂亮的鳳眼，兩人的五官乍看有點相似。

她看了看財哥的背影，又看向店內的海報，思索了一下搖搖頭，心想應該是巧合。

這時，裘安娜想到什麼似地跳起來，走出店外追上財哥。

「等等！」

「漂亮表妹，反悔要請我吃飯了嗎？」

裘安娜翻了個白眼，無視他的調笑，「你是什麼時候認識我表姐的？」

財哥摸摸下巴，「二十幾年前，那時麗娜高職夜校還沒畢業哩。」

「那……你和我表姐有小孩嗎？」裘安娜問，希望王麗娜孩子的父親不要是這種人。

「沒有啊。」財哥聳聳肩，「她都跑了怎麼生？」

裘安娜鬆一口氣，也許是王麗娜發現財哥太不成材，後來遇上其他人而生下孩子，只是她的姻緣線大概也是曲曲折折吧。

裘安娜快步回到店裡，連再見都沒說，她關上門，甩甩頭，甩開財哥給她的不愉快記憶，低聲嘀咕：「真是的，蔡嗣揚說我看男人的眼光不好，王麗娜才差好嗎……」

她撐起微笑，和大夥兒一起回到音樂世界，沒有人知道財哥並未走遠，他似乎想起什麼，眼睛骨碌骨碌轉，像在盤算什麼壞主意。

♪

水果三兄弟、蕭念威和阿娥很快地將歌曲學起來，裘安娜也嘗試編曲，他們沒有太多預算，透過蔡嗣揚牽線，找到一群Y大學音樂系所的學弟妹來演奏，並以課程合作名義借用學校錄音室和設備，錄音製作了伴唱帶，雖然預算有限，設備也非業界頂級，但年輕人的想法，與裘安娜一拍即合，同學們承諾，他們會日夜趕工，儘快做出伴唱帶作品。

為了說服蓮姐，裘安娜沒關閉王麗娜的手機，每晚假裝是王麗娜，傳訊息給蓮姐噓寒問暖，蓮姐終於首肯願意唱裘安娜寫的歌。

裘安娜興奮大喊：「Yes！」

立刻回傳訊息：「謝謝蓮姐，我來去跟我表妹說，愛妳喔！」並附帶連番飛吻圖。

她覺得自己快要真正精神分裂了，但這樣的分裂讓她很開心。

忙碌中，王麗娜的手機響了，來電顯示「阿梅」。

這暱稱感覺應該是熟人，裘安娜猶豫再三才接起電話。

「喂！麗娜！」一個有力的男聲傳來，聽聲音像是財哥。裘安娜感到後悔，早知道不要接了。

「不要掛！我讓阿梅跟妳講！」

電話中換傳來一個溫和的女聲：「麗娜學姊，我阿梅啦，好久不見，妳過得好嗎？」

「呃……還過得去，妳呢？」裘安娜根本不知道阿梅是誰。

阿梅頓了頓，繼續說：「那個……學姊，財哥一直逼我講妳以前躲到我家的事情，我可以告訴他嗎？」阿梅猶疑地問。

裘安娜心想，也許阿梅知道王麗娜的過去，她應該要把握機會向阿梅探問，「可、可以啊……」但又怕被發現自己是假王麗娜，趕緊補充，「如果財哥有什麼問題，請他到務必菜市場找我表妹處理，財哥他知道我人在鄉下。」

「你們真得重新聯絡上了？財哥沒騙我吼？如果沒有妳同意，我不會跟他說的……」阿梅聽起來還是有點不安。

「嗯，沒關係，講吧！」

「好，雖然以前妳說不要讓他知道，我還是覺得他必須了解妳有多辛苦，還有他該負什麼責任。」阿梅似乎是個很講義氣的人。但裘安娜其實聽不太懂她的話，心想晚點再用自己的手機詢問好了。

她先掛了電話，轉頭接收蓮姐傳來的心頭好歌曲影片連結。

蓮姐即將出院，在拜會蓮姐之前，她得好好聆聽欣賞各大台語歌后的代表作，才能跟蓮姐溝通演唱風格。

小雰每天在IG上傳練歌舞的影片，她們的架勢堪比韓國女子天團，但她不受影響。

唱自己的作品是很棒的經驗，她以前不知道為別人打造量身定做的歌曲，過程更有挑戰且美好。

♪

打烊後的市場，麗娜服飾店聚集著紅隊成員，裘安娜手機播放音樂，編曲後，歌曲聽起來更豐富。

「等不及向整個市場公開我們的歌曲了！」蕭念威站起來大喊。

裘安娜趕緊揮手阻止，「絕對不行！不然就沒有新鮮感了。」她環顧大夥兒，裝狠比了個抹脖子的動作，「誰走漏消息，我就——」

蕭念威渾身一抖，「恐怖額！連嗣爺都不能講嗎？」

「不行！」

「蛤——」眾人惋惜，要守口如瓶真是違反他們平日在市場裡的八卦本能。

提到蔡嗣揚，裘安娜的臉不自覺微微發熱，等紅隊成員在舞台上演唱，蔡嗣揚聽到這些歌會有什麼感覺？他會喜歡嗎？

創作歌曲時，除了預定演唱者以外，她感覺自己也在無聲地練唱，而她想像的第一個聽眾就是蔡嗣揚。

她還記得她演唱〈Don't Let It Go〉和〈浪費〉時，他的熱切神情，為了那樣的眼神，她願意努力完成歌曲。

她也暗自下定決心，等回到裘芝恩的身分，她會有很多待辦事項，但她想為他再寫一首歌，一首表白心意的歌曲……

這時，店門被人粗魯地打開。

粉紅色泡泡被戳破，裘安娜看見財哥眨著那雙壞壞的鳳眼，嘴角帶著不懷好意的笑容。

「這條歌不錯聽哦！」他雙手插在背心口袋，肩上背著斜背包，看起來一派輕鬆，「誰的歌？」

沒人想回答他，裘安娜沉著臉問：「你來做什麼？」

「我最近知道一個大消息耶！麗娜有個要好的學妹叫阿梅，她跟我說了不少以前的事喔！」財哥嬉皮笑臉，讓人更加不快。

「什麼消息？」

「原來我和麗娜有個孩子！」

眾人一聽全都驚訝地睜大了眼。

裘安娜不敢置信，王麗娜怎麼會跟這個渣男生孩子？

「王麗娜真的很會躲，二十五年前，她發現自己懷孕，嫌我沒前途，逃出我家，躲到阿梅的老家生小孩。聽說孩子出生時難產，差點要了麗娜的命，後來社工幫忙找到收養家庭。妳是她表妹，這些事妳都沒聽過？」財哥懷疑裘安娜故意騙他。

「我真的不知道。」因為她又不是真的表妹……

「小孩的生日是一九九五年七月十二日。」說著，財哥擅自伸手拿下牆上的裱框海報，「這個女明星，有誰知道她哪天生？」

他話一出口，裘安娜彷彿遭到五雷轟頂，耳邊嗡嗡作響，腦袋一片空白。

「一九九五年七月十二日……」蕭念威瞠大眼睛說道，「這只是巧合，你少在那邊亂講！裘芝恩跟你才不可能是父女咧！」

「怎麼不可能？王麗娜看不起我，你這不男不女的傢伙也看不起我是不是？」財哥怒拍了海報一下。

蕭念威衝上前，用力抓住裱框一角，「把海報還來！」

財哥不耐煩地推了蕭念威一把，他腳步踉蹌卻不鬆手，爭奪之間海報不慎掉到地上，裱框玻璃碎裂。

裘安娜有些恍神地撿起海報，愣愣看著海報中的自己。

她應該不是王麗娜和財哥的女兒，因為她有自己的爸爸媽媽。

但為什麼她和財哥有一模一樣的鳳眼，而且財哥聽過歌曲就能哼出曲調，有過人的音感和記憶力，小時候她備受音樂老師稱讚的天賦，她的爸爸媽媽沒有一個有這樣的能力……

「不可能……」她喃喃自語。

「我終於知道為什麼只要跟麗娜要錢，她就一定給，因為她怕我來菜市場找她會發現這件事啊！哈哈哈！」財哥一腳踹倒衣架，色彩繽紛的小衣服散了一地，「可是她現在躲到鄉下不理我，難道不怕我發現這個消息丟給八卦雜誌，讓他們去報導？」

「裘芝恩有自己的爸爸媽媽，怎麼會是你的孩子？」蕭念威嗆道。

財哥猛地給他一拳，「就說那爸媽是收養她的，你死腦袋聽不懂是不是？」

蕭念威鼻孔冒血，水果三兄弟跑上前護住蕭念威，財哥發瘋似見人就揍，三兄弟也掛了彩，阿娥奔向店門外求救，「救命啊！」

蔡嗣揚、大山、阿成聽到呼聲，陸續衝進店裡，好不容易把財哥架住，阿娥抖著手拿手機報警。

鬧了一會兒，幾位警察進門，犀利的眼神掃視室內眾人，「誰鬧事？」

看到警察，財哥身體一顫，掙脫蔡嗣揚和大山想逃，大山眼明手快扯住他的上衣，他不穩跌倒，斜背包拉鍊沒拉好，裡頭的東西掉了出來。

一包粉紅色的小圓餅，和一組奇怪的透明瓶子，瓶口有管子，看起來有點像氣喘吸入藥劑。

一位警察上前協助大山壓制財哥，另一名警察拾起袋子，「這是什麼？」

「就梅餅啊，我自己要吃的。」財哥笑嘻嘻辯解，一邊推搡大山，「死胖子，放手啦！」

「明明就是毒品吸食器！」警察拿起透明瓶子正色道，「先前查獲一批一模一樣的粉紅色圓餅，含有俗稱『喵喵』的三級毒品，正在追查流向，請你跟我回局裡一趟。」

「冤枉啊！那是我朋友的！」財哥佯裝無辜地大喊。

警察怒斥，「每個人都說是他朋友堂弟表哥的！」

蕭念威抹抹鼻血，看著財哥被警察架著要走出店外，「活該，最好把他關到死。」

裘安娜並沒有因此鬆一口氣。

蔡嗣揚見她神色有異，關心地問：「妳還好嗎？」

裘安娜緊咬著下唇，無法言語。

「等一下！」警察帶走財哥之前，裘安娜擋在門口，質問財哥。

「阿梅有沒有告訴你，為什麼王麗娜不自己養孩子？她明明很喜歡小孩的！」

財哥滿不在乎地攤手，「麗娜以前說過她想生四個孩子，我問阿梅她幹麼不養我的孩子，阿梅說麗娜沒錢養，好像還跟她說孩子會帶來不幸什麼的……」

蔡嗣揚看向門口，感覺不尋常，轉頭問了阿娥事發經過，阿娥低聲將財哥鬧事的原委說了一遍。

回過頭，他發現裘安娜雙手握拳，眼眶溢滿眼淚，下一秒，竟頭也不回地衝出店門。

蔡嗣揚立刻追上去，平日步履如仙女的她，現在卻跑得飛快，看得出她的情緒已激動到極點。

菜市場的人們自動讓出一條道路，但看裘安娜異常的行徑，大家難免竊竊私語。

她跑出市場，搭上計程車，蔡嗣揚追出來，連忙跳上機車追去，不過兩個街口，他已經看不到計程車的車尾燈。

裘安娜下了計程車，來到了市立醫院，進了電梯猛按加護中心所在的樓層。

病房樓層相當安靜，她急促的腳步聲回音有點大，她心急如焚來到加護中心，裘母還守在家屬休息室。

裘安娜直直走向衣著優雅的裘母。

裘母一臉驚訝，隨即眼眶含淚地點點頭，「妳是王小姐吧？上次看到妳，我以為是自己眼花，本來想寫信通知妳，但新聞鬧這麼大，妳一定知道芝恩受傷了，遲早會來這裡的……」

裘母認得王麗娜的臉，她的話語更證明財哥的猜測完全正確。她的父母不是裘氏夫妻，而是王麗娜和財哥。

裘安娜的呼吸變得急促，她不願意相信。

見裘安娜不說話，裘母眼裡滿是歉意，「對不起，我們沒照顧好芝恩……」

裘母似乎還有話要說，但裘安娜只是不斷搖搖頭，聲音哽咽，「我可以進去看看嗎？」

加護中心剛好到了開放探病的時間，裘母幫她辦理了手續，她僵硬地洗了手，穿上隔離衣，獨自進入病房。

點滴的聲音迴盪著，病床上的女子臉色蒼白，閉眼沉睡。

她突然覺得這張面容好陌生。

這是她的身體，裡頭的靈魂卻不是她，而是王麗娜……她的生母。

她還無法接受這個事實，腦袋裡好多好多疑問不停衝撞。

既然覺得我會帶來不幸，為什麼要把我生下來？

四歲那年我在市場走丟，妳應該認出養母和我了吧？為什麼要送我粉晶？

為什麼要在神明面前為我獻出生命？說是我的大歌迷？我成名了，妳才後悔拋棄我嗎？

搞什麼默默守候？既然不要我了，為什麼還幫我點光明燈……

裘安娜情緒複雜，她感謝王麗娜為了她向神明許願，讓她得以重生，但同時又因為被拋棄而感受到背叛與受傷。

等她們交換回來，她可能還是不知道該怎麼面對王麗娜和自己。

站在床邊，她手握拳頭，微微顫抖，眼淚一滴滴掉落。

加護病房的探病時間結束，裘安娜走出病房，卸下隔離衣。

看到守在門口的裘母，她精疲力盡地問：「你們有告訴她，親生母親的存在嗎？」

她知道沒有，但她想確認，自己之所以不知道身世，是王麗娜的要求，還是裘氏夫妻的決定？

裘母搖搖頭，「我們遵守和妳的約定，所以芝恩一直不知道自己是領養的。」

裘安娜點點頭，然後沉重地轉身離去。

「王小姐……」裘母本來還想說點什麼，但裘安娜已經快速地走入電梯離開。

塵封的回憶湧現，裘母頓時覺得胸口鬱悶。

多年前，已婚數年的她和丈夫求子不順，看遍國內的不孕症名醫，都說夫妻雙方沒有問題，只要去度假放鬆就會好。很多人建議他們，先收養一個孩子，善心會帶來弟弟妹妹，好不容易說服丈夫接受這主意，走過登記收養、社工評估訪視、資格審查等冗長的手續，終於，一個有美麗鳳眼的女娃娃交到她手中，女娃很乖，他們決定收養她，照顧她一輩子。

法院判決收養關係成立的那天，她第一次見到王麗娜這個未婚小媽媽，本來以為會是最後一次見面，沒想到命運給了她們再相見的機會。

芝恩四歲的時候，在市場走失，正好被親生母親王麗娜遇上……

如今的王小姐和當年那位未婚小媽媽，模樣沒有改變多少，神態卻似乎和從前不同……

裘母在加護中心外，陷入自己的回憶中。

蔡嗣揚打了數十通電話，傳了一堆LINE訊息，但裘安娜沒接也沒讀。

他跑到市立醫院直奔加護中心，沒見到裘安娜，聽見裘母對裘父說，王小姐剛來過，裘爸爸嘆了一口氣，兩人神色黯然。

他離開加護中心，心想，如果裘安娜來過醫院，她接下來會去哪裡？

她跑出市場時一臉受傷，一般人受了傷會想回家，或類似家的地方，對裘安娜而言，家在哪裡？

她自己原本的住所？裘家？王麗娜的套房？

她是不是說過，哪個地方給她家的感覺……

一段回憶閃過他腦海，蔡嗣揚趕緊跨上機車。

松竹安養中心的花園裡，裘安娜推著輪椅陪伴一位老婦人散步，她是李阿月女士，蔡阿嬤。

「汝啥人？」

「阿嬤，我是安娜。」

阿嬤抬頭看裘安娜：「安娜貝鵝？」

裘安娜在輪椅前蹲下來，握住阿嬤的手，「阿嬤，妳還好吧？怎麼不記得我了？」

「哈哈哈，偶知道啦，妳是偶孫子的女朋友，看妳要哭要哭的，講笑話給妳笑一下。」

裘安娜擠出一抹笑，蔡嗣揚的暖心和陽光，肯定是來自阿嬤。

頑童阿嬤問道：「偶乖孫哩？是不是他給妳欺負？」

「阿嬤，他沒有欺負我啦。」

「好，那偶陪妳聊聊天。」阿嬤想了想，「安娜貝鵝，妳素哪裡人？」

「我……我從芬蘭回來……」裘安娜不知道怎麼介紹自己，「芬蘭是一個很遠很冷的國家。」

「這樣喔，妳如果又去『婚男』，要多穿一點，諸不諸道？妳爸爸媽媽在做什麼？」阿嬤問。

裘安娜猶豫了一會兒，老實說，「爸爸吸毒販毒被警察抓走，媽媽賣衣服。」

阿嬤布滿皺紋的手，握住裘安娜的掌心，枯瘦的手指卻很有力氣，充滿溫暖，「妳長得很好，真成材，沒跟妳爸爸一樣，妳媽媽一定很努力。」

「但是，我媽媽把我送給別人養了。」裘安娜說著又想哭了。

阿嬤嘆口氣，「偶想，她是不想連累妳啦。」

「阿嬤，我不知道……」裘安娜落下眼淚，「我不知道誰才是我真正的爸爸媽媽，也不知道誰真的想當我的爸爸媽媽，更不知道等我要回去的時候，我的家在哪裡。」

「妳能不能暫時把我身邊，當作妳的家？」清朗的男聲傳來，蔡嗣揚帶著招牌燦笑，佇立在她們面前。

「哈……」阿嬤打了個呵欠，「乖孫來啊，阿嬤愛睏了，趕快送偶回去。」

蔡嗣揚和裘安娜互相看了一眼，沒戳破阿嬤的貼心，他們一起推阿嬤回房，而後來到安養院的玫瑰花園。

夏末秋初，涼風習習，玫瑰花依舊盛放，淡淡香氣縈繞，他們在長椅上坐下。

蔡嗣揚打破沉默，「也許妳會覺得我為王阿姨說話，但我覺得，王阿姨一定有苦衷，財哥的話是片面之詞，不要因為他的話難過。」

裘安娜苦笑，「我……我真的不曉得該怎麼辦，我只知道，我可能無法為王麗娜寫歌了。這樣一來，我不能繼續參加比賽，我對不起你，也對不起紅隊的大家。」

「先別急，等蓮姐出院，我們去問問她，也許她知道答案。」蔡嗣揚眼底波光閃爍，「我相信不管在王阿姨心中，還是在妳養父母心中，妳一定是像松阪肉一樣珍貴。」

裘安娜破涕為笑，「你一定要用肉比喻嗎？」

胸口還是刺痛的，卻覺得有一點點溫熱的感覺，將那尖銳疼痛揉開熨散。

「在我心裡，妳也是像松阪肉一樣漂亮又珍貴的存在。」蔡嗣揚溫柔地說。

兩人對視，看著蔡嗣揚黑白分明的眼瞳，裘安娜又掉下眼淚。

「我……如果我在中秋節前沒寫出歌，我就會一輩子困在王麗娜的身體裡，可能很快就變成一塊老松阪肉。」

「如果這樣，我們就來個跌破市場人群眼鏡的姨侄戀吧！」蔡嗣揚頓了頓，裘安娜紅了臉。

蔡嗣揚猶豫一會兒，決定說出心中的隱憂，「我有信心，妳一定寫得出歌，也一定回得去妳的人生。就怕妳回歸後，不會再來市場，更不會再看我一眼。」

「不會、不會的……」

裘安娜看著蔡嗣揚修長的手指，兩人的指尖隔著數公分，靠得很近卻無法觸碰，想走向彼此卻還不能。

她輕輕開口，臉紅到耳根，回應他的告白：「我希望有一天，可以用自己的手，真正的握你的手，你等我好嗎？」

蔡嗣揚輕輕頷首，兩人同時抬頭，天上一彎新月。

月相提醒他們距離中秋節的夜晚盛會，剩不到兩個星期。

這彎彎眉月散發朦朧的光，像是他們的未來，輪廓模糊，卻又隱隱透著希望的光芒。

第十四章　黏著

「蓮姐出院了！」

「阿蓮回來了！」

眾人奔相走告，熟客聽到蓮姐復出的消息，加快腳步向前，要搶第一籠剛出爐的香Q糯米餃，「好久沒吃到蓮姐這一味，來仁晴市場沒買一點回去，覺得怪怪的！」

人群湧進「阿蓮糯米餃」，蓮姐咧開嘴，端出招牌的爽朗笑容，「來喔！大家來喔！」

「蓮姐，身體卡好無？」

「攏好啦！安啦！」蓮姐拍拍腹部。

「姐仔，按呢母湯！」眾人深怕開刀傷口迸裂。

她卻雙手叉腰哈哈大笑，「醫生說我復原比別人快，放心啦，『打斷手骨顛倒勇』，我好久沒休息這麼久了，身體比以前更好啦！有沒有？」

「有啦，姐仔讚啦！」眾人歡呼。

這天蓮姐生意非常好，她一個多星期沒上工，一再追加，最後一籠糯米餃出爐賣完，整理完攤位，已經是晚上七點。

蔡嗣揚陪著裘安娜來到蓮姐的店鋪。

市場燈光漸暗，「阿蓮糯米餃」招牌燈光也熄了，蓮姐正在用菜瓜布刷洗攤位。這個招牌燈箱顯得有點歷史，在周圍簇新重製的招牌中，有一絲格格不入。

裘安娜心裡疑惑，還是開口問了蔡嗣揚，「以你敏銳的設計眼光，為什麼沒重新設計這塊招牌？是蓮姐不肯嗎？」

「蓮姐生意好，幾十年前就領先所有攤商做了招牌燈箱，燈一亮就表示糯米餃炊好熱騰騰見客，因此人們都說這是『點燈糯米餃』，在結束一天工作前，蓮姐會再亮一次燈，像是跟市場說晚安。」蔡嗣揚解釋。

今天人龍排得很長，蓮姐是仁晴市場扛壩子，不只因為她海派的大姊頭個性，生意也是一等一。用力地叫賣，用力地做事，賣力洗刷店鋪，日日如新，要何等毅力？而知曉自己身世的三天以來，裘安娜在失眠、恍神顧店中度過，她覺得自己實在太弱了。

從安養中心回去後的隔天，她就打電話給蓮姐，懇求道：「蓮姐，王麗娜和財哥真的是裘芝恩的親生父母嗎？」

「妳是她表妹，居然都不知道？」蓮姐反問。

「就是不知道才要問妳，這對我很重要，拜託，真的拜託，不會耽誤妳休息。」

「我已經快好啦，再等我一下！」蓮姐拒絕，「我一定會跟妳講，但是妳要等我出院回去。」

「可是蓮姐，我們時間不多了，要參加比賽，我現在很煎熬，等不了這麼久……」

「別人生孩子妳在那邊煎熬什麼？就算妳是那個裘芝恩的歌迷，反應也太嚴重了吧！反正就是不行！」蓮姐悍然拒絕，過了一會兒堅定宣示，「反正要等我回去，在我店裡講，我才全部告訴妳。」

蔡嗣揚將她的思緒喚回現在，蓮姐抬眼，看到他倆的身影，俐落結束收尾工作，她點點頭，算是打了招呼，意思也是要他們兩人免去客套，直接進入主題。

「聽說，妳知道那不成材的財哥是裘芝恩生父，妳打擊不小？」蓮姐的聲音宏亮有力，對她而言，這似乎構不成一個跨不過去的坎。

裘安娜點點頭。

「妳的反應也太超過了，喜歡的歌星有這樣的出身，妳應該是心疼她，不是崩潰成這樣，一副像是妳發現了自己的祕密身世一樣。」

裘安娜瞬間倒吸了一口氣。

蓮姐頓了頓，眼神犀利，「我想來想去，妳不是麗娜，也根本不是什麼裘安娜，對吧？」她目光直視她的眼睛，「妳到底是誰？」

裘安娜垂下頭沉默，她能告訴蓮姐這超現實又真實的答案嗎？

見裘安娜垂著眼睫，像是做錯事的孩子，蓮姐嘆了口氣。

她剛來市場時，蓮姐處處看她不順眼，人生打滾過半百的女人，蓮姐對裘安娜有一種「妳懂啥」的優越感。一開始，看她狂聽音樂不認真做生意還叫外送，覺得她日子過太爽，但此刻看著她眼睛紅腫，臉色嘴唇蒼白，真的很難過的樣子，蓮姐卻多了點心疼。

「人生在世，父母是不能選的，麗娜覺得孩子投胎到她肚子裡不算好運，但她盡力改變孩子的運氣了。」

蓮姐開口，緩緩道出多年來沒再提過的往事，是阿娥也不知道的事。

二十五年前，蓮姐的先生阿發哥是社會局的基層社工，她從高職畢業就接下家傳的糯米食品手藝，在市場開店數年，熱心助人，因此年紀輕輕就被人叫做「蓮姐」。

蓮姐常聽先生提起工作上遇到的人們，大多是逃離家暴的單親媽媽，有時候，蓮姐會運用市場人脈，幫她們介紹工作，有時還出借店鋪的儲物閣樓給暫時找不到居所的人。

她老公是第一棒，她是第二棒，看能接住多少不幸福的人，接一個算一個。

她先生說這叫隱形的社會安全網，她是不懂啦，只知道她不出手幫忙，總覺得夜裡睡不好。

王麗娜那時候剛滿十七歲，未成年卻即將臨盆，父母已不在，監護人是叔叔但無法聯絡上，婦產科在她同意下協助通報社會局，因而認識阿發哥和蓮姐。

王麗娜經歷了痛苦的分娩，還緊急拿掉子宮，她仍然想要自己撫養孩子，白天她將孩子托在未婚媽媽之家，努力打零工賺錢，晚上將孩子接回小套房。

但是有一天，她哭著打電話給阿發哥，「大哥救我，財哥到處在找我，怎麼辦？」

「他是孩子的爸爸，他會打我，還吸毒又欠債……我怕女兒的前途被這樣的爸爸毀掉！」

阿發哥建議她，可以將孩子出養，「妳一定很捨不得，但這可能是給她第二次出生的機會。」

王麗娜猶豫不決，蓮姐帶著她到仁晴市場的玄天上帝案前，讓她靜一靜再做決定，「妳好好想，神明會給妳指示，半小時後我再來。」

當她再次回到原處，王麗娜正跪伏在案前，而後緩緩起身。

「蓮姐，我決定讓女兒給玄天上帝作乾女兒，我也決定要給我女兒一個重新投胎的機會。」

彷彿玄天上帝真的護持這小女娃，沒多久，順利媒合到一對富有的裘姓夫婦。

法院判決收養關係成立的那天，王麗娜又哭又笑，她依依不捨地望著小孩，這是她最後一次抱自己的孩子。

「王小姐，等孩子長大一點，我們會告訴她身世。」裘姓夫婦說。

「不。」王麗娜拒絕，「不要告訴她，如果不小心讓她知道了，就跟她說親生父母出意外死掉了……」王麗娜抹抹淚，繼續說，「我希望這孩子和你們可以像真正的家人一樣，不要被我和她爸爸拖累到。」

她將孩子放到裘太太懷裡，聲音溫柔卻堅決，「拜託你們了。」

阿發哥、蓮姐陪著王麗娜走出地方法院，王麗娜的朋友阿梅來接她。

阿梅問：「麗娜，妳真的捨得孩子哦？財哥他什麼都不知道，什麼責任都不用扛，安捏甘丟？」

蓮姐嘆道：「是啊，何必把話說得那麼絕？孩子長大後，還是可以相認的。」

王麗娜垂下眼，「母湯啦，我和財哥會給她帶來不幸。」

後來的日子，王麗娜在蓮姐的協助下，於仁晴市場落腳，一開始是擺攤賣水晶飾品，努力幾年存了錢才得以租店面。

多年來，蓮姐怕觸碰王麗娜的傷口，她也相信人應該往前看，沒再提起這件往事，也沒對任何人說，在市場人們眼中，王麗娜就是一個單身打拚的樂觀女性。

五年前，市場尾牙王麗娜喝多了酒，她很開心地跟蓮姐說，「阿姐，妳知道嗎？偶今天超開薰！因為偶女鵝要當歌星了！」她痛快又喝下一杯啤酒，「她爸爸媽媽太厲害了，好會教……她親生阿爸會彈吉他，也會唱歌，當初就是這樣給他騙去，沒想到偶的女鵝更厲害，還會出唱片……」

蓮姐當她是喝醉了亂說話，沒想到王麗娜開始迷上一個叫做裘芝恩的女歌手，蓮姐才知道，她是酒後吐真言。

因此，儘管聽不懂裘芝恩的歌，蓮姐始終默默陪伴王麗娜追星。

一年多前，市場舉辦端午節聯歡活動，有機會見到裘芝恩，王麗娜興奮得不得了，沒想到發生遊民騷擾裘芝恩的意外，這始終是王麗娜心裡的遺憾。

那回商演重創仁晴市場的評價，袁郝驊議員強力譴責市政府，並主張市場搬遷重建，他也支持攤商雄哥競選即將改選的自治會會長一職，挑戰連任多年的蓮姐，協助推動改建的政見。

沒想到，反對搬遷的蓮姐和力主重建的雄哥，兩強對立之下，居然有第三個人宣布參選，是主張市場創新再生的蔡嗣揚。

「肖年郎什麼都不懂……」

「這叫炮灰啦！」

雖然大家認同蔡嗣揚是個人才，但薑是老的辣，菜市場的大夥兒認為，還是應該把重任交給年紀大的蓮姐或雄哥。

王麗娜苦求蓮姐，「阿姊，偶們要讓年輕人改造市場，這只有年輕人才做得到，偶想讓芝恩再來市場一次，不要讓她對偶們市場有壞印象，算偶求妳，好不好……」

「不行啦，嗣爺是很好，但還是個囡仔，要他怎麼打整個市場？」

「偶們市場生意畢竟沒有十幾年那麼好了，以前妳糯米飲一天要做上百籠，現在碰到年節拜拜，一天也只有八十籠的量，年輕人都不上菜市場，市場的客人會一直老去，不做改變，來市場的人會越來越少……」

蓮姐很驚訝，原來王麗娜默默在關心市場的變化，還有這麼敏銳的素人商業直覺，她被王麗娜的說詞打動，於是在玄天上帝面前擲筊得到三個聖筊後，宣布退選並加入蔡嗣揚的競選團隊，市場勢力重整，蔡嗣揚因此高票當選。

不久前，王麗娜跟蓮姐說，最近自己常常覺得呼吸不順，身體沒以前那麼有力氣了，她約了名醫的診，她也一直感嘆，很希望有機會近距離接觸裘芝恩，正好蓮姐得知蔡嗣揚要舉辦市場卡拉OK大賽，建議王麗娜去拜託蔡嗣揚，邀請裘芝恩擔任評審，如此一來，就有機會再次見到她，也讓她看看大改造後的市場。

沒想到，第二天裘芝恩就出意外摔下山崖。

消息傳來，王麗娜臉色一崩，匆匆關店時手都是抖的，她沒吃晚餐，直奔玄天上帝案前跪到天亮，任憑蓮姐和阿娥怎麼勸都不肯離開。

蓮姐和阿娥輪番去探望她，給她帶食物和水，甚至願意代替她向神明祈福，但王麗娜跪伏著，嘴裡喃喃喊著：「玄天上帝啊，信女王麗娜，祢的乾女兒裘芝恩遇到大難，偶願意用偶的命，換芝恩的命，拜託拜託……」

而後，王麗娜不斷地擲筊，一個又一個的哭筊，筊杯一次次擲出，希望一次次落空，蓮姐和阿娥心都冷了，王麗娜卻沒放棄。

如此泣訴，直到快天亮，終於得到一個聖筊，她的眼淚乾了，揚起嘴角，「神明答應了！這樣偶就放心了！」

她站起身，邀蓮姐和阿娥去吃早餐，精神滿滿地加入市場再次啟動的一日。

說完長長的故事，裘安娜陷入沉默，過了良久，她才紅著眼開口：「可是，財哥轉述阿梅的話，說王麗娜看不起他，所以逃出去。因為小孩會帶來不幸，所以想出養……」

「嘖，這傢伙吸毒，腦袋不清楚，個性自卑，愛曲解別人的好意，他說的話妳也信？」蓮姐嘆了口氣，帶著裘安娜爬上木梯，來到儲物閣樓，「麗娜當初來市場時，就是住在這裡。」

木製儲物閣樓非常窄，堆滿陳舊雜物，走道空間只能容一人側躺休息，不難想見當時生活多麼困苦，這個落腳處，也是蓮姐勉力提供的救助，裘安娜忍不住眼眶泛紅。

兩人下了儲物間，蓮姐才開口：「所以妳到底是誰？我跟妳說了這麼多，現在可以跟我講了吧？」

蓮姐斬釘截鐵地認為她另有身分，裘安娜驚訝地看向她，雙手扯著衣襬，片刻才放下手。

「如果我說我是裘芝恩，妳相信嗎？」

「原來如此……」蓮姐笑了笑，「蕭念威說，妳模仿裘芝恩像到骨頭裡，一開始我當他在『練肖話』，但我漸漸覺得，妳可能真的就是裘芝恩。」

「妳、妳也相信靈魂穿越這種事嗎？」

「我相信的是，麗娜的心能感動上天，還有玄天上帝法力無邊，一定會有奇蹟出現。」蓮姐嘴角向上揚起。

裘安娜看向蔡嗣揚，他微笑對她點點頭，他知道她陰鬱的心結稍微紓解了。

「好了，時間很晚了。」蓮姐捶捶腰背，「我不行了，要回去休息了。」說著，蓮姐拍了拍自己額頭，「喔，真的老了，差點記不得，每天都要做這件事。」

蓮姐點亮招牌燈箱，又關閉熄滅，輕輕說了句：「明天再會啦。」

這聲「再會」，像是對她經營多年的店鋪，像是對整個市場，又像是對她眼中艱辛但仍保持希望的芸芸眾生。

裘安娜看到招牌的邊邊角角有些缺損，字體邊緣微微落漆，顏色也不那麼鮮亮，但因為時間的浸淫而有了不凡的光澤。

她終於明白為什麼這塊招牌，蔡嗣揚會予以保留，沒有重製的必要。

蓮姐點的不只是招牌燈，而是世間最溫暖的心意。

心情還有些起起伏伏，裘安娜不想回家，於是與蔡嗣揚再度來到市場的角樓。

倚著欄杆，裘安娜重重吐了一口氣，彷彿無法負荷曲折人生的重量。

「那現在妳打算怎麼做呢？」

「先為蓮姐寫歌，等我回到自己的身體，我……我不知道自己能不能喊她一聲媽媽，我還需要時間消化，我和她沒有相像的地方，我高她矮，我小眼她大眼，好難想像她是我媽……」

「妳們血型一樣，也都對花生過敏。」蔡嗣揚說。

「不論如何，我會陪她看醫生。畢竟，為了讓我來到這世界，她太辛苦了。」

蔡嗣揚微笑，聽她這麼說，他知道她正逐漸接受王麗娜是她的媽媽。

裘安娜深吸一口氣，順順自己的氣，「我常常覺得胸悶心悸，應該是這具身體負擔太多太多事了。」她的眼淚不由自主地落下，她抬手抹抹眼角，「明明當裘芝恩時，我沒那麼愛哭，怎麼來到仁晴市場以後卻常常掉淚呢？一定是她的淚腺太發達了。」

「不過，我很感謝她，如果不是因為她，我不會來這裡，就不會再次遇到你，不然以我的個性，一定一輩子都不會再踏進這座市場一步。」

「我也很感謝王阿姨。」蔡嗣揚伸出臂膀，輕輕環繞著她。

裘安娜感受到他的溫暖，不想離開，卻又覺得不妥，只得弱弱地抗議：「這樣不可以……」

「為什麼不可以？」蔡嗣揚難得笑得有點壞。

「這、這是王麗娜的身體，她和你類似岳母和女婿的關係，不行這樣，等我回到自己的身體才可以。」

裘安娜逼自己掙脫蔡嗣揚的懷抱。

「岳母和女婿？妳已經想要我當王阿姨的女婿啦？」蔡嗣揚笑了。

裘安娜急忙辯解，「類似、我是說類似！」她作勢要輕捶蔡嗣揚。

但蔡嗣揚沒放開她，「一下下就好，就當我擁抱的不是妳現在的身體，我抱的是妳的靈魂。」

「唔……」

「好不好？」

「好吧……」

經過數日，極細的眉月已充盈許多，月娘如同慈愛的母親，守望輕輕擁抱、靜靜相伴的一對戀人。

第十五章　詞窮

只剩一個星期，就是市場盃紅綠對抗賽。

「黏在一起的台語怎麼講……黏作伙嗎？這樣怎麼押韻啦！」

裘安娜抱頭，她已經譜好曲，寫給蓮姐的是一首溫暖的那卡西曲調，蓮姐聲如洪鐘，有時嗆人，但那份剽悍背後是守護大家的溫柔，就像又Q又有嚼勁的糯米飲一樣。

她能抓到台語歌曲的音樂元素，卻不知道歌詞該怎麼寫。

「安娜姊姊，我來找妳玩了！」正當她第一〇一次抓頭髮苦思時，一個愉悅的嗓音傳來，不用抬頭也知道是誰。

「謝了，我沒時間『練肖話』解悶。」裘安娜手指梳攏頭髮，恢復仙女面貌。

但蕭念威沒被成功驅離，他更加開心地喊：「是嗣爺派我來的，他說妳台語不『輪轉』，要寫台語歌給蓮姐一定不容易，所以請我來幫忙。」

和蕭念威合作一首歌？這個選項出乎意料。

在菜市場寫歌以來，她知道自己的文字能力不如趙韋善，比較像是一個樸素的說書人，但因為是自己做的詞曲，幾乎一氣呵成，她覺得這樣的作品應該還可以。

「妳就當委託案子給我，儘管開條件，妳想要什麼歌詞，即使只能告訴我片段破碎的觀念，都沒關係，最重要的是，我們時間不夠了，應該分工合作，不是嗎？」蕭念威拍拍胸脯，「我可是市場的文膽啊！」

蕭念威說得有理，裘安娜別無他法，只得將作詞工作交託給他，她收拾擔心焦慮，專心編曲，等蕭念威寫出歌詞，就能交給Y大的同學們錄音與製作伴唱帶。

一天後，蕭念威迅速交稿，他面色得意，裘安娜則戰戰兢兢地打開歌詞。

聽人講有一個足有名的Twice，
每一個查某囡仔攏水嘎拼軌去，
擱有一條足有名的歌叫做TT……

裘安娜大驚，「你居然讓蓮姐念英文？」

「有何不可，哈哈哈哈！」

這首歌結合代表哭泣的「TT」和台語的「黏踢踢」，頗有新意，她忍不住大讚，「算你厲害！這歌詞很棒！」

「啥米很棒？我的歌妳到底寫好了沒？」

中氣十足的嗓門，不用看也知道是蓮姐，她帶著阿娥一起過來。

裘安娜發現市場每個人都有自己的聲線，而她何其幸運，能和這獨特的聲線共同編織歌曲。

蕭念威興沖沖地拿出歌詞給蓮姐，上頭標示著注音。

蓮姐大嚷，「阿娘喂，怎麼會有注音符號，ㄐㄑㄒ的ㄒ，ㄒㄒ……這什麼啦！」

蕭念威和阿娥熱心解釋歌詞給她聽，裘安娜擔心地問，「蓮姐，妳可以嗎？」

「哪有不可以！」蓮姐撇撇嘴。

裘安娜笑了，那麼多人的人生，蓮姐都幫忙扛過來了，一首歌怎麼難得倒這位市場大姐大？

「這首歌，我要跟阿娥一起唱。」蓮姐心情大好，「啥咪『ㄊㄨㄞˋ使』，啥咪『踢踢』，我一定會練到好。」

「蓮姐，阿娥已經有自己的歌了……」裘安娜一臉尷尬。

蓮姐的大嗓門馬上劈下來，「蝦毀？動作這麼快？」她拉著阿娥，「阿娥，我們一起唱卡熱鬧啊！」

阿娥笑了笑，神色堅定，「阿姊，這首歌是妳的故事，我也有我的故事要唱。」

蓮姐看起來奧嘟嘟，不太滿意地碎碎念。

裘安娜偷偷在蓮姐看不到的地方，微笑地對阿娥豎起大拇指。

緊接著，裘安娜來到不得不面對重頭戲的時刻，她必須完成來到仁晴市場最重要的任務，寫一首給王麗娜的歌。

而蕭念威又扛下另一個重任——團隊服裝統籌，大夥兒約好三天後在二樓練習室一起審視選好的服裝與歌唱練習成果，蓮姐和阿娥表示要擔下另一個任務——幫裘安娜送三餐。

「妳專心寫歌就好啦！」蓮姐雙手叉腰。

裘安娜受寵若驚，「這怎麼好意思？」

阿娥笑道：「我們都很期待妳這一首歌喔。」

蓮姐大聲接話，「我們比那個『嗚跛』更好用，妳就當作是『盎提Eat』。」

「盎提Eat？這什麼？」

「Auntie Eat啦。」阿娥笑著解釋。

Auntie？阿姨？聽到蓮姐突然烙英文，裘安娜下巴差點掉下來，阿娥鏡片背後的眼神閃過一絲慈愛，那是長輩對晚輩的特有眼神，霎那間，裘安娜頓悟。

「阿娥姐該不會也已經知道了……」知道自己是魂穿到王麗娜身上的裘芝恩。

「對啦，所以妳其實要叫我們『蓮姨』和『娥姨』，知影否？」蓮姐掛著慈愛的姨母笑，裘安娜覺得有點不習慣，全身起了雞皮疙瘩。

「蓮姨，妳不能再告訴市場其他人啦！」裘安娜差點又要不顧仙女形象地尖叫。

阿娥笑道：「我們知道啦，所以妳還是叫我們蓮姐和阿娥姐，以免被別人知道。」

於是，儘管小雰和趙韋善領軍的綠隊練唱如火如荼，去二樓偷看的大山、阿成和阿慧回報，小雰的團隊陣勢好像電視上看到的女子團體，裘安娜與紅隊成員都還算鎮定，因為他們從各自的人生經驗，現有的體力與時間，萃取融合為一次挑戰極限的演出，裘安娜相信，這是趙韋善做不到的。

♪

裘安娜在店裡，深吸一口氣後，掏出王麗娜的手機，鼓起勇氣，點開王麗娜參加市場盃卡拉OK比賽的錄音檔，淒厲的歌聲響起，水產店的阿成推門進店，裘安娜趕緊收起手機，阿成問：「安娜，沒事吧？」

「沒、沒事！」裘安娜堆起燦笑。

「怪了，我怎麼好像聽到殺豬的聲音……」阿成摸摸頭。

裘安娜眼尖看到他手裡拿的東西，借來一看，是一個妙齡女郎身披彩帶的標價板，上面寫著「市場新魅力、新未來」，下方有紅色方框讓攤商寫下物品與標價。

妙齡女郎不是別人，正是小雰。

「這……不是蔡嗣揚設計的吧？」裘安娜問。

「不是啦，是雄哥發給大家用的，我是沒打算用啦……」阿成解釋。

雄哥正是由市議員支持，和蔡嗣揚角逐自治會會長席位的攤商候選人。

「他發這個做什麼？」

「他說他是小雰的粉絲，請小雰當『媽抖』，印這個給大家用用看。」

阿成說著，外頭傳來阿慧的吆喝聲：「阿成，趕快回來顧店，不要抬槓啦！」

阿成匆匆離去，裘安娜重新回到王麗娜的歌聲世界，這回她記得戴上耳機了。

聽了幾分鐘後，她實在聽不下去，打開YouTube，點開原唱歌后江蕙的〈炮仔聲〉，MV搭配江蕙的歌聲，娓娓訴說一個女孩子嫁給外國人，父女之間離情依依百般不捨的心情，這才是這首歌的正確演釋方式啊，裘安娜嘆口氣，放下耳機關掉音樂，站起來。

蔡嗣揚打烊後，到麗娜服飾店裡找不到裘安娜，轉而來到角樓，果然看到一個長髮的嬌小女子在夕陽下倚著欄杆遠望。

「怎麼了？」

「我寫不出給她的歌，完成不了上帝公公給我的任務。」裘安娜還是不習慣稱王麗娜為媽媽、母親，但直呼名字也很奇怪，她稍微頓了頓，「你記得，她在某年的卡拉OK比賽中，唱了〈炮仔聲〉這首歌吧？」

「記得，她得到了觀眾票選『最大音量』和『最投入情感』兩個獎項。」蔡嗣揚想起王麗娜悽愴的演唱，忍不住一笑。

裘安娜繼續說：「我不懂，她沒結婚，也放棄孩子了，為什麼這麼投入這首歌的情感呢？她和我媽講好不能提到我的真實身世，我和她怎麼可能相認？要不是這場意外，我不會知情，更不可能歡歡喜喜地邀請她參加我的婚禮，讓她坐主桌……」

「也許，正因為她知道不可能有送妳出嫁的一天，所以藉由這首歌，抒發心裡的遺憾。」沉默了一會兒，蔡嗣揚才再次開口，「她聽到妳要來市場演唱，只是想看看妳，如果不是因為出了意外，也許她真的打算一輩子遠遠守候妳，盼望妳有一天會再次來到仁晴市場。」

「好吧……」裘安娜點點頭，心中有股淡淡的暖流。

大多數女孩都幻想過自己的婚宴是什麼模樣，裘安娜的想像無庸置疑是仙女風，此刻她腦袋裡浮出一個畫面，她一身白紗站在婚宴舞台上，王麗娜搶著上台唱歌，胖虎式的唱功讓所有賓客摀著耳朵……

不不不，裘安娜用力搖頭，不能這樣！

「妳在想什麼？」蔡嗣揚看她一個勁地搖頭，笑問。

裘安娜一臉驚恐,「如果我結婚的話,還是不能讓她在會場唱〈炮仔聲〉。」

她的話語似乎帶給他新的靈感,蔡嗣揚猛拍了一下欄杆,神情振奮,「啊,我知道妳要寫什麼樣的歌給她了!」

「咦?什麼……」

「寫一首讓她可以在妳婚禮上唱的歌,適合她音色、不會爆音的,我想她一定很期待這樣的歌曲。」

♪

時間來到比賽前三天。

Y大同學趕出裘安娜演唱歌曲的伴唱帶,紅隊的大夥兒在二樓練習室開會,蔡嗣揚興沖沖想參與,卻被裘安娜推出門外。

「不行,你比賽當天再聽,這樣才有驚喜感。」

蔡嗣揚只好摸摸鼻子離開。

水果三兄弟的美聲三重唱、蕭念威的饒舌歌、阿娥的溫暖歌曲、蓮姐的台語歌新調,都練得相當不錯,只需要細部調整唱法,裘安娜相當驚豔,原來自己太小看這群菜市場素人。

大夥兒也展示自己要穿的服裝,蕭念威訂定Dress Code,是市場人最愛的「紅水黑大扮」,意即「紅色漂亮,黑色大方」,要讓大家像仁晴市場一樣,兼具菜市場活力與時尚感。

換下圍裙、工作服、球鞋或雨靴，大夥兒依比賽時預定的出場次序，在練習室來一場走秀。

水果三兄弟黑西裝搭配紅色襯衫；蕭念威穿紅色帽T配黑色潮褲；阿娥穿年輕時的紅色大花襯衫搭黑裙，足蹬鑲了水鑽的黑色高跟涼鞋；蓮姐則秀出私藏多年的Christian Louboutin紅底鞋，搭配俐落褲裝；裘安娜祭出仙氣與霸氣兼具的紅色長紗裙，整體而言，依出場順序逐步增加紅色比重，紅而不俗，並強化層次感與穿搭的驚喜。

「那妳呢？妳要唱什麼歌？」眾人期待的目光投向裘安娜。

裘安娜拿起麥克風，「這首歌叫做〈燈塔〉。」

她輕輕開口唱——

夜太黑，風浪太急，我心繫的小船你在哪裡，
見不到你的身影，卻又得送你遠行，
寒冬的汪洋裡，你是否會冷醒？

點一盞燈，遠遠守著你，
不能靠近，就讓我的心意，到夢裡把你手握緊。
歲歲年年，亮一盞燈，遙遙望著你，
就讓我的祝福，照亮你前方的谷底。

有種幸福不必朝朝夕夕，

我願做你的燈塔，

盼望有那麼一天，當你倦了，你會明白我的心意……

幾位隊員聽眾被美好的旋律洗禮，沉醉了片刻，才用力鼓掌拍手。

「麗娜聽到一定很高興。」蓮姐微微拭著眼角，阿娥點頭附議。

「會不會太普通？」裘安娜沒有十足把握。

她一直找不到詞曲創作的切入點，每當她拿起紙筆或吉他，心頭總是充塞太多複雜的情緒。

她用燈塔的意象，連結王麗娜年年必點的光明燈，而後找出必備元素和關鍵詞，組成一首歌。

她不確定能否讓王麗娜與上帝公公滿意，更覺得小雰和趙韋善一定會拿出華麗的壓軸演出，這首溫馨路線的歌曲，氣勢會不會輸一大截？

「不會普通，安娜姊姊，這是妳的故事嗎？」蕭念威問，「我們每個人唱的歌都是自己的人生，妳這首歌，和妳感覺不像是同一個人。」

蕭念威一語道破，裘安娜頓時不知道怎麼回答，「呃……」

「安啦安啦，親情牌總是很催淚！一定可以的啦！」蓮姐拿來一大壺膨大海，「來來來，以茶代酒，保養喉嚨，祝我們為比賽做好準備！」

「乾啦！」

裘安娜開心笑了，雖然隱隱覺得有點不安。

是太開心了，不敢相信自己也能融入一個團隊？

還是太順利了，她不能相信這樣就足以完成任務，並且力抗小雰的團隊？

上帝公公說這首歌必須讓人落淚，蓮姐紅了眼眶，是不是代表過關在望？

「免操煩啦！這歌讚啦！」看裘安娜一臉疑慮不安，蓮姐這麼說。

然而比賽前一天，中秋節前夕，裘安娜不安的預感成真，只是顯現在她意料之外的面向。

第十六章　分裂

佳節前，來買烤肉拜拜用品的民眾非常多，水果攤上堆了飽滿的柚子，各家肉鋪的燒烤肉片和香腸賣得超好，人人大包小包擠滿了走道，在這最熱鬧的時間點，市場超過一半的攤商，用了雄哥發的標價牌，到處都是小雰的巧笑倩兮，儼然是市場代言人。

「聽說市場二樓都閒置著，好可惜喔。」

「袁議員建議說，市場重建，主體建築加上停車場重蓋，占地面積更大，三樓以上可以做停車塔，這樣大家買菜方便，還可以引進更多商家欸！」

「其實，蔡嗣揚的能力也只是換換招牌，把市場弄得漂亮一點而已，這誰都做得到。」

幾個叔伯阿姨討論著，路過上廁所的大山聽了，立刻停下來，把蔡嗣揚當親哥哥的他加入討論，「你們說什麼？嗣爺後面還要辦展覽、辦藝術家駐市、市場導覽深度之旅、辦親子教育課程，你們不是有參加自治會辦的餐會，聽到他分享的計畫嗎？」

叔伯阿姨被大山搶白，也激動起來。

「話不能這樣說啊，那些展覽、藝術家什麼的，賺得了錢嗎？」

「議員提出的市場新魅力、新組合、新未來，聽起來比較吸引人耶！」

「早知道之前自治會改選應該選雄哥！」

「就是啊，像小雰參加紅綠對抗賽，議員無條件贊助，你沒看到她們的團隊表演，每個人都有服裝獎勵金，整團打扮水水，好像韓國的女團喔！」

「是啊，市場周子瑜就是小妹我，明年選舉請各位多多支持在地的袁議員，給市場更好的未來！」小雰嬌媚的嗓音傳來。

大山更怒了，直指小雰罵道：「妳不是喜歡嗣爺嗎，怎麼第一個背叛他？」

「我不想背叛自己，就只好背叛他，我想要離開市場，我不要一輩子都在切黑白切，他不想帶我出去，我只好找別人當我的翅膀。」小雰語氣堅決。

大山氣呼呼地跑回蔡記肉鋪向蔡嗣揚告狀。

此時裘安娜正在店裡，和蓮姐、阿娥修正幾個轉音的唱腔，聽到大山在肉鋪前大叫，「嗣爺！不好了、不好了！」三人忍不住走出店門關心一下，大成水產的老闆阿成也湊上前來。

大山劈里啪啦講出方才聽到的事。

「為什麼我這市場大姐大不知道這件事？」蓮姐雙手叉腰，一副準備衝出去找人理論的樣子。

「就是因為妳是大姐頭，他們才不讓妳知道。」阿娥勸她，「現在我們要搞清楚狀況，討論一下該怎麼辦，不只蓮姐，恐怕市場裡被認為和嗣爺要好的我們，都被瞞到底。」

「甘按捏？」阿成摸摸下巴，「這都是謠言吧，議員在做那個……你們年輕人說的『刷存在感』。他真的很有錢喔，聽說他岳父開建設公司，自己旗下也好幾家製作公司，混演藝界的，他只是來撒錢罷了。」

說著，阿成想到一個好主意，「不然我去探探口風！」

他跑去市場四處繞繞，找了一群在交頭接耳的攤商，混了進去。

「借問一下，那個小雰的標價牌被我老婆丟掉了，如果還想要一個，有沒有得領啊？」

「阿成！」賣雞蛋糕的阿哲嚇一跳，「你……不是嗣爺派的嗎？」

「要拿美女標價牌還分派系喔？不是人人都可以跟雄哥拿嗎？」阿成故意裝傻。

阿哲放下戒心，「其實是袁議員幫他做的啦！」

「小雰真是『水嘎』！為什麼要發這個？袁議員也是小雰粉絲哦？」

阿成切入主題，阿哲跟他交頭接耳一番，阿成大叫：「啥？罷免文件中秋夜開始簽？市場要改建？」

阿哲急得拍他臂膀，「夭壽，你小聲一點啦！」

「你是做什麼壞事怕人知道喔？為什麼要罷免嗣爺？」阿成不肯收斂嗓門。

「袁老大說現在市場很紅，可是紅的只是嗣爺，他都是為了自己，我想想也有道理啊，常常有電視台來拍嗣爺，有人請他去演講，都沒人來專訪我們每一個攤商。」

「可是我們大家生意都有變好呀！嗣爺紅了等於菜市場的大家一起紅，不是嗎？」阿成反駁。

阿哲補充，「如果同意搬遷或是放棄租約，都可以得到補償金，不無小補欸，鈔票在眼前為什麼不拿？」

阿成拔高音量，「市場改建失敗的例子我看多了！我有同行在別縣市的市場，他們市場被改建了，先搬到中繼市場，等新的市場蓋好搬進去，客人早就都流失了！重點是我們市場是百年市場欸！別的地方很少有，而且一直都有在維修更新，結構根本沒什麼安全問題啊！」

「好啦，都你在講！」阿哲惱羞成怒，「你還說你不是嗣爺那一掛的？」

「這不是哪一掛的，這是用頭腦想就知道的！到時改建，袁議員他丈人做建設的，一定是他得標，要不要打賭？」阿成也火了，轉身就要走。

阿哲喊道，「喂，標價牌你還沒拿啊！」

「不拿了啦！我老婆會罵啦！」阿成丟下話，頭也不回地走了。

他怒氣沖沖地回到店鋪，「那個袁議員真過分，市場做起來，就要整碗端走！」

他以為蔡嗣揚會震怒，但蔡嗣揚只是冷靜地聽他說。

「這些耳語不知道已經潛伏多久了，只是在紅綠對抗賽的前夕，一口氣爆發出來，我身為謠言的主角，當然是最後一個知道的，這樣才能讓我措手不及。」

他深吸一口氣，「我需要穩定菜市場的軍心，但要怎麼做，還得想想。各地都有老市場活化起來，我們仁晴市場有百年建築，很有特色，也很有潛力，絕對不可以被改建。」他卸下圍裙，「大山，店裡交給你了，我出去走走。」

「我跟你去。」裘安娜上前一步。

蔡嗣揚搖搖頭，「不，我需要沉澱思考一下，別擔心，就算明天的晚會是我在市場最後一個活動，我也要把它做好。」說著，他大步離開店鋪，背影堅毅。

阿娥嘆口氣，「他可是放下研究所，為市場打拚哩。」

大山補刀，「還因為這樣被女朋友甩掉……」

「他想讓大家開心，辦紅綠對抗賽，沒想到被人用來打自己，還造成市場分裂。」阿成的語氣也滿是心疼。

裘安娜搖搖頭，「他一定不希望比賽造成市場分裂，是有人故意想分裂市場。」

「看他這樣，我真捨不得。」蓮姐嘆口氣，「可惡，恁祖嬤來去找雄哥理論！」

大家趕緊勸下蓮姐，卻也都不知該怎麼做。

裘安娜心情沉重，沒想到趙韋善居然也是打手之一，雖然她墜崖那一刻就跟趙韋善形同分手，卻依然覺得很愧對蔡嗣揚。

到了市場打烊時間，蔡嗣揚還沒回來，裘安娜打了電話也傳了LINE訊息，蔡嗣揚未接未讀。

她的一顆心懸著，在家裡練習比賽的歌曲，也許是心有旁騖，她放伴唱帶也唱不好，調校吉他音色，單純和弦配唱，也始終覺得不對。

到底哪裡錯了呢？這首歌很適合王麗娜的音色，但憑藉這首歌，她能完成任務，讓她和王麗娜的一切歸位嗎？

想著想著已然夜深，裘安娜拿起手機要打電話關心蔡嗣揚，卻發現自己顧著練唱，錯過他的LINE訊息。

「有空嗎？待會去妳家接妳，陪我去個地方。」這是二十分鐘前的訊息，裘安娜開門，蔡嗣揚已拎著一個大袋子在家門口，一隻手正要摁門鈴。

二十分鐘後，裘安娜跟著蔡嗣揚登上市場的角樓，他打開野餐墊，從袋子中拿出啤酒、彈珠汽水以及宵夜。

「要我陪你喝酒嗎？走一走後，心情有沒有好一些？」

「心情好多了，思緒還在釐清。」蔡嗣揚的笑顏一樣好看，卻少了平日的陽光，裘安娜也跟著變得低落，但蔡嗣揚拍拍她的肩，「酒是給妳喝的，明天還要辦活動，我得保持清醒。」

「明天晚上再一起喝嘛。」裘安娜一心希望明天可以一起慶功。

但蔡嗣揚搖搖頭，「明晚過後，妳有可能會回到自己的身體，我要給妳一樣東西，我們說好的。」

蔡嗣揚從口袋中掏出一串東西，月光下發出晶瑩的光澤，是她的粉晶手鏈。

蔡嗣揚幫她戴上，她感覺分量有些不一樣，仔細一看，手鍊上多了一顆串飾，造型是雪白兔子抱著愛心。

「其實手鍊很快就修好了，為了追加訂做這一顆，才等這麼久。」蔡嗣揚解釋，「我不是說過妳像北極兔嗎？我上網查一下，原來北極兔雖然獨居，必要時也能形成大型群體，我也慢慢感覺到，精神芬蘭人不是不交朋友，而是需要暖身，我很慶幸我有足夠的耐心等妳。」

北極兔，象徵精神芬蘭人的她，愛心象徵她柔軟的真實內在，也代表他的情感。

裘安娜又驚又喜，「你怎麼不等我回去再給我？明天過後，我回到自己的身體，這串手鍊還是掛在王麗娜身上呀。」

「就是要這樣，現在給了妳，妳之後就需要來這座市場找王阿姨，我也能再見到妳。妳回去之後變回裘仙女，我希望妳記得我，還會回來找我。」蔡嗣揚眼瞳深深望著她。

「說什麼，我回去不代表我會失憶吧！我一定會來找你的。」裘安娜笑了。

天上的月亮已經非常圓潤，裘安娜心想，大家的心願會圓滿嗎？相愛的人們能順利團圓嗎？她回到自己身體後，能夠好好地面對王麗娜這個讓她感覺複雜的生母嗎？

就在此時，裘安娜手機響了，是蕭念威，她接起，這小子的哭腔非常破壞此刻的氣氛。

「安娜姊姊……」

「怎麼了？」裘安娜問。

「妳沒看新聞喔，我們裘仙女昏迷指數突然間又降低了，今明兩天會是危險期……妳趕快上集氣粉絲頁，幫裘仙女加油祈福！」

裘安娜心一凜，她趕緊掛斷通話打開瀏覽器，網路新聞寫著，裘芝恩因不明原因昏迷指數驟然降低，醫療團隊全力救治中，經紀人趙韋善表示，無論如何，請大家為裘芝恩加油，直到最後一刻。

這是怎麼回事？裘安娜看了差點摔手機。

如果先前自己的身體狀況好轉，表示自己正在對的道路上，那麼昏迷指數降低，是否代表此刻方向偏了呢？

裘安娜不由自主冒出冷汗。

不行！不能這樣！她該怎麼做？

「怎麼了？」蔡嗣揚問，裘安娜將危急的狀況告訴他。

「我來想想，做什麼可以讓妳安心……」蔡嗣揚自言自語，「王阿姨心慌時會去拜玄天上帝，妳的信仰是什麼？對了，妳說妳昏迷的時候見過上帝，那我們找座教堂去靜一靜？」

「玄天上帝！」裘安娜大喊，「對，玄天上帝！就是祂！」

她看著困惑的蔡嗣揚，「王麗娜向玄天上帝祈求，然後我就來到這座菜市場；現在我要離開，卻不知道是不是走在對的方向，這時候也許去找玄天上帝問問答案，別等祂用天界的方式轉告上帝了……」

她不好意思地笑笑，「其實，我早就想去玄天上帝那兒拜拜，只是不知道在哪裡？我這陣子走出店面，在市場內走來走去，始終沒找到，你知道的，我有點路痴。」

蔡嗣揚溫柔一笑，領著她走進夜晚中的市場，經過迂迴的路徑，來到一處真正大隱於市的角落。打烊後的市場燈光黯淡，然而玄天上帝案前卻亮著紅色燈火；案上花瓶裡，劍蘭、菊花等新鮮供花暗香浮動。

木製的神桌案前，三個大大的紅色圓形壓克力片，分別寫著「上帝公」三個字。慈祥微笑的白袍神像旁，伴著一隻烏龜和一尾青蛇。

「玄天上帝……就是上帝公？」裘安娜不敢相信自己的眼睛。

「老一輩的人會這樣敬稱玄天上帝。所以妳說的上帝公公，其實是上帝公？」蔡嗣揚也睜大眼睛。

「沒想到，那位神明就是市場裡的玄天上帝……」

裘安娜跪在神桌前，蔡嗣揚從神桌旁的櫥櫃取出線香和打火機，點燃後將一炷香交到裘安娜手中，白煙冉冉升起，蔡嗣揚知道，這是一個神聖的時刻，他要留些空間給裘安娜，以及在他們背後默默運作的力量。

裘安娜閉上眼睛祝禱，她想起在重傷的幽暗意識之中，上帝公說過的話。

神通不敵業力，業力不敵願力。

王麗娜一定是發了極大的願力吧，才把自己帶來市場，讓自己理解市場的人們，爬梳王麗娜的過往，解開自己一直不曉得的身世謎團。

「愛就是最大的願力。」上帝公還這麼說。

這一次不可思議的際遇，來自王麗娜的愛。

如果是王麗娜，她會怎麼做？結束這一切、圓滿願力的歌曲，也許不只是一首寫給她的歌。

她很不仙氣，但她的愛很豐沛，她愛著已經跟別人姓的女兒，她愛著市場的人們，她甚至將愛散播到需要幫助的貧童；她的愛推動的市場的革新，把受傷病危的自己，帶到這座市場。

偏偏此刻的市場，命運可能在議員與惡勢力手中逆轉，王麗娜一定希望這首歌包含更寬廣溫柔的愛。

裘安娜緩緩睜開眼睛，上前將香插入香爐，而後雙手合十，拜了三拜。

「蔡嗣揚，」裘安娜開口，「載我回去吧！我要重新寫一首歌。」

「妳要寫什麼歌？」

裘安娜偏頭尋思，「我來到仁晴菜市場這件事，像是一組完美的齒輪，一切卡得剛剛好。因為我，王麗娜大力支持你改革市場；因為王麗娜向上帝公許願，所以我來到菜市場，除了解開我的身世緣分，我想也正好能助你一臂之力。」

裘安娜真摯地望著蔡嗣揚，「我原本寫的那首歌，不會是王麗娜最滿意的歌曲。我應該要寫的這首歌可能很難寫，我也還沒有頭緒，但不試試看，我會覺得很遺憾。」

蔡嗣揚點點頭，二話不說掏出機車鑰匙，在初秋晚風中載著裘安娜回到她的住處。

裘安娜雙手輕輕搭著蔡嗣揚的腰。

這是最後一次，她以裘安娜的身分，坐在他的機車後座。

到達目的地後，裘安娜卸下安全帽，兩人互望一眼，裘安娜即轉身離開，迅速開門。

這一夜，七七四十九天的最後一夜，到第二天她背起吉他趕赴現場前，裘安娜都沒闔眼。

第十七章　登台

登台前，人們往往會對著鏡子梳理外貌，在仁晴市場中秋晚會開始前一刻，他們個個對鏡懷著不一樣的心思。

鬧區的華廈裡，趙韋善看著鏡中的自己，修剪了一下鬍子，調整領巾。

他這陣子沒去想債務的問題，也沒再想著求人報明牌，難得專心投注在音樂世界裡，好在他寶刀未老，還拿得出東西。他心想，今天比賽贏了之後，他將小雰演出的影片放到網路上，一定一鳴驚人，她和荷的組合可以順利打響名號，也達到袁議員的目的，他的負債也就一筆勾銷，重新開始。

他高中時開始創作音樂，高三時賣出第一首歌給知名製作人，儘管最後掛的是那位製作人的名字，趙韋善知道自己擁有值錢的才華，當他在比賽遇上裘芝恩時，他也在這單純的女孩身上，看到經過努力打磨而閃閃發亮的天賦。

只是他沒想到，隨著裘芝恩陷入創作瓶頸，他自己也落入寫不出歌的窘境。

因為製作競選歌曲委託案，他認識了「袁老大」，這位親切的大哥帶他放鬆一下，金錢遊戲的刺激讓他忘記深陷瓶頸的痛苦，卻沒想到帶給自己更大的險境。

他以為他是愛裘芝恩的，到這時候他才知道，他更不捨得的是自己。

他不是沒想過，只要跟裘芝恩借錢週轉，她一定會出手幫忙，但他不想放棄自己在她眼中長袖善舞、左右逢源的能幹形象。

男人要護著自己的尊嚴，不是嗎？

他告訴自己，這次起死回生之後，他一定好好做，不再沉迷金錢遊戲，他一定管得住自己，再次開創事業高峰……

仁晴市場附近的透天厝裡，小雰對著鏡子貼上假睫毛，眨眨大眼，她告訴自己，過去在市場的辛酸委屈到此為止，她就要開始大放異彩，從此人們不會只把「賈語雰」這名字和米粉湯黑白切連結在一起。

在另一棟透天樓房中，蔡嗣揚望著鏡中人，抓了抓頭髮，穿上襯衫，將鈕扣扣好，他知道市場開始有反對聲浪，但眼前他要定心先把這場活動辦好，再好好跟菜市場的大夥兒溝通。

這一天過後，他和市場，和裘安娜，會有什麼樣的未來？他不曉得，他必須帶著阿嬤和王阿姨教給他的樂觀，勇敢去面對。

隔著幾條街巷，裘安娜踏出家門前，回頭看看穿衣鏡中的自己，突然一陣胸悶心痛，她捂著胸口蹲在門前，深呼吸好幾回，好一會兒才緩過來。

應該是熬夜太累了，畢竟這是四十多歲的身體，不比自己還能常常熬夜的年輕肉身。

裘安娜回望簡樸的小套房，畢竟在這裡待了四十九天，也有些不捨。

但她希望這天晚上可以在醫院醒過來，她希望自己和王麗娜的靈魂可以復位，她有好多話要問她……

下午四點半，裘安娜抵達仁晴菜市場，這是蔡嗣揚要所有比賽成員集合的時間。

最後一批中秋大採購的人群正散去，攤商們一一拉下鐵捲門，裘安娜來到仁晴小食肆，這裡的小舞台撤除並改為大舞台，擺上了一桌桌圓桌，小食肆的各家攤商生意興隆，市場熟食鋪老闆們也贊助美食，像是超大型的自助餐會，報到入口處有專人協助在手機安裝投票APP，人們穿梭忙碌，興奮期待之情洋溢在臉上。

裘安娜來到後台準備區，率先映入眼簾的是綠隊成員的詭異裝扮，她們每個都穿著哈利波特式的黑色長袍。

裘安娜忍不住開口：「今天是中秋節，不是萬聖節，更不是霍格華茲開學日吧？」

「哈，妳懂什麼？」小雰站起來，雙手叉腰，「我們每個人的造型都有大驚喜，現在不能曝光，倒是妳，怎麼揹著大吉他來？妳今天參加的是民歌比賽嗎，裘、阿、姨？」

裘安娜沒理會她，目光找尋自家隊員，發現阿娥手拿一條白色細線，交叉成X形，牙齒緊咬細線一端，這條綳緊的白線在蓮姐臉上來回移動，蓮姐齜牙咧嘴，看起來很痛。

「阿娥姐，妳在幹麼？」裘安娜問。

「在幫大家挽面，就是古老的去角質兼除汗毛！待會化妝比較不會浮粉！」蕭念威摸摸自己的臉蛋，「妳看，挽面過後，我的臉很光滑吧。」

「沒想到阿娥姐妳還斜槓？」裘安娜讚歎。

「在市場的大家每個人都是斜槓，蓮姐本來還兼差教國標舞，後來糯米餃生意太好才沒再做。」蕭念威說，「說到斜槓，等一下妳看到主持人可別嚇一跳……好，輪到妳了，安娜姊姊！」

裘安娜被摁在椅子上開始挽面，她痛得臉都皺在一起，她邊忍痛邊大喊：「場控的大山在哪裡？對不起，我們紅隊最後一首歌不播伴唱帶了，我要用吉他清唱。」

「什麼！妳到最後一刻還改歌？」大山聞聲而至，紅隊的眾人跟著齊喊。

蓮姐更是氣急敗壞，「妳頭殼壞啦？現在換什麼歌？」

裘安娜很堅定，「相信我，唱這首就對了。」

「哎唷喂呀，」不遠處的小雰，聽了笑出來，「趙大哥，讓你見笑了，我們長青組用過時的老方法修臉，還臨陣換歌，不過，這也代表我們綠隊贏定了！哈哈哈！」

裘安娜瞥了小雰一眼，眸光掠過趙韋善，他陪著一位油頭方臉的西裝人士，態度畢恭畢敬，那肯定是袁郝驊議員了。

袁議員不時跟群眾握手致意，就在這時，大山站起來向遠方揮揮手，「嗣爺！」

裘安娜和蔡嗣揚隔著人群，相互微微頷首，一切盡在不言中。

平常見蔡嗣揚總是穿著簡單不失質感的T恤和牛仔褲，今天他不只頭髮抓出造型，讓人眼睛一亮，還穿上一襲硬挺的白襯衫，左胸口有一枚Q版茄芷袋的刺繡，和曾送給她的腰包是同款，看來是他自己製作的，顯現巧思和巧手，裘安娜秒懂這服裝的暗喻。

左胸口最接近心臟，蔡嗣揚要說的是——仁晴市場，始終在我心裡。

他溫暖光明，照亮曾經在暗處的她以及這個百年菜市場。

裘安娜穿著紅色蓬紗裙、黑色上衣和靴子，融合辛辣與飄逸；王麗娜個子嬌小，裘安娜卻穿出了帶著嬌豔的霸氣，蔡嗣揚感覺她不再像剛來到市場的格格不入和緊張害怕，他看到她越漸強大的篤定堅決。

玻璃瓶中的鮮花，在瓶子碎裂後，落地生根，變成一樹繁花。

「嗣爺，一切就定位，可以開始了。」大山喊著。

蔡嗣揚點點頭，拿起對講機，「主持人，可以登場嘍！大山，準備就位，音樂下！」

「現在，仁晴市場中秋聯歡晚會暨紅綠歌唱對抗賽，正式開始！」主持人的男嗓有點熟悉，蔡嗣揚上台致詞後，主持人呼喚道，「我們請兩隊隊長上台講講話！」

裘安娜和小雰互看一眼，一前一後來到舞台前，看著台下黑壓壓的人群，裘安娜有點緊張，抬眼一看，主持人很面善，上回看到他，他應該是穿著黃色道袍，手裡拿著一把香，但他今天穿著茄子紫的誇張西裝，他是——

「仁仙宮的老莊道士！」裘安娜指著主持人，驚喊出聲，難怪蕭念威提醒她，看到主持人會嚇一跳。

宮廟道士到晚會主持人，好大的斜槓啊！

市場的大夥兒都知道裘安娜剛來的時候，被蓮姐綁去給道士作法，不禁哄然大笑。

小雰眼見鋒頭都在裘安娜身上，心裡非常不快。

道士主持人也笑了，「天靈靈、地靈靈，今天我老莊不作法，來主持中秋晚會；裘小姐好眼力，今天還能帶隊表演，證明我當日說妳沒『中猴』，是再正確不過了。」

小雰清了清喉嚨，老莊想起還要請兩隊隊長致詞，趕緊將麥克風遞到小雰手中，小雰媚眼顧盼四周，她在IG上動員了粉絲，他們雖沒有投票資格，卻能增加她的必勝聲勢。

「市場的大家，辛苦了！我們市場人才很多，大家都值得更新、更好、更寬廣的未來，請大家看看我們市場年輕人的蛻變吧！」

小雰粉絲的熱烈鼓噪，裘安娜接過麥克風，一點也不怕小芬的聲勢。

「我不是很會說話，但自從我來到仁晴菜市場，我學到很多，也被市場的原力深深感動，就讓音樂代替我說話吧。」

說著，她覺得應該來個草根一點的行動，於是她伸出右手握拳，「大家，你們說好不好？」

她神情認真，但姿勢有點僵硬，逗得市場的大家再次哈哈笑，掌聲如潮水襲來，對於今天晚上的活動更加期待了。

「嘖，她在搞什麼啊？」小雰心裡不屑，更不高興裘安娜再次奪取目光焦點。

台下一片笑聲裡，只有一個人皺起眉頭。

那就是趙韋善。

裘安娜高舉的雙手，在燈光照射下，腕上有東西閃閃發光，吸引趙韋善的眼光。

趙韋善彷彿雙腳被釘在原地，他發現那是裘芝恩從不離身的粉紅水晶手鍊。

裘芝恩說過，這是獨一無二的手鍊，怎麼會在這女人手上？

還有，「讓音樂代替我說話」是裘芝恩在大型演出時最常說的一句話。趙韋善暗自疑惑，這女人模仿裘芝恩細緻到這個程度嗎？

他撓撓頭髮，蹙著眉頭，目光深沉。

「兩位隊長請留在台上，在此跟各位觀眾再次宣布比賽規則，」老莊道士喊話，「一、具有自治會會員資格的攤位才能安裝手機APP並投票，一共兩百個攤位，每個攤位最多四位成員有投票資格，我們在報到處都有檢核過了，因此每次投票票數是八百票；二、以組為單位進行對決，每組出場後投票一次；三、總票數較高的隊伍獲勝！」

老莊道士拉起裘安娜和小雰的手，像是為候選人造勢，市場從來沒有這麼嗨的活動，台下歡聲雷動。

裘安娜下台後，和阿娥、蓮姐、蕭念威興奮地在第一排落坐，她心跳聲撲通撲通，比賽就要開始。

第一組登場對決的，是綠隊的魷魚羹姐妹花和紅隊的水果三兄弟，經猜拳後由紅隊率先演出，水果三兄弟互看一眼後一同登台。

「樂山青果行的張熙貴、穆貴、丹貴，為大家帶來一首〈新鮮Don't Let It Go〉！」老莊宣布。

「嗚——呼——呼——」三個人的合音美聲揭開這首歌的序幕，他們的歌聲像是一串甜美的葡萄，顆顆晶瑩多汁，整串和諧一致的美味，眾人聽到熟悉的旋律，給予熱情的掌聲。

挑挑看，選選看，

走過路過不錯過樂山青果行，

前面那位年輕的大姐，
一天一蘋果，腮紅看來更明顯；
左邊那位帥氣大哥，
我們家的鳳梨健胃整腸，還能對抗發炎；
還有對面那位孩子的媽，
吃點龍眼，補氣補血，
買串葡萄給小朋友，滿滿花青素，預防近視眼——

「好耶！」人們拍手，「從來不知道，樂山水果行的孩子們這麼會唱歌！」

Don't Let It Go，別錯過，
芭樂盛產，維他命C多又多，
好水果，別放過，
趁新鮮吃做果汁都很不錯！

合音如同波浪，三兄弟默契無間，唱到大家都熟悉的「Don't Let It Go，別錯過」時，台下眾人都齊聲一起開唱。

土地養大了寶島水果，
水果養大我們兄弟一夥，
我們是經營四十年的樂山青果行，
給你一整袋來自土地的新鮮與陽光，豐盛收穫！

最後裘安娜為聲音高亢的熙貴設計了這一段獨唱，最後再由三兄弟完美三步輪唱一句「新鮮Don't Let It Go」完美地結束這首歌，掌聲是觀眾回饋的合音，參差不齊卻非常熱烈。

蔡嗣揚在角落點點頭，舞台的熱度已經被炒起來，今天一定是個毫無冷場的比賽。

緊接著是魷魚羹姐妹花，兩位漂亮的年輕女孩頂著白金色的短假髮，穿著一身青春無敵的韓式洋裝上台。

阿娥推眼鏡，對裘安娜附耳說明，「魷魚羹姐妹花是親姊妹，一起經營店鋪，合作無間。美貌和聲勢略遜於小雰，但在市場裡也是很有人氣。只是魷魚羹的手藝從她們媽媽傳到這裡，已經打折扣了，大家都說老老闆娘賣的比較好吃。這兩姐妹一直想開間韓系網美咖啡店，她們覺得做魷魚羹不夠時尚……」

裘安娜點點頭，不知道這樣一對姐妹要唱的是什麼歌呢？

「我們要唱的是——Davichi 的歌，It's Okay, It's Love，謝謝大家！」她們甜甜地喊。

台下人們交頭接耳。

「這什麼歌?」

「我哪會知道?」

前奏一下，抒情美聲傳來，婆婆媽媽阿姨們不約而同地發出「哦——」的聲音。

「這到底是啥歌?她們在喔什麼?」蓮姐問，一臉不以為然。

背後婆媽們熱切地解答了蓮姐的疑問。

「欸欸欸，這是不是電視播過的韓劇?《沒關係，是愛情啊》的主題曲!」

「對啦，那個很帥的男主角叫什麼?蘇志燮?」

「趙寅成啦!伊真正『足緣投』!」

裘安娜表情一沉，「不妙，三兄弟的歌聲很好，但是我忘了一件事，叫賣之歌的歌詞和旋律大家已經聽過，姐妹花們的選歌，打中婆婆媽媽的心，還附帶了趙寅成的帥臉和令人心疼的故事，效果可能比三兄弟的歌還要好。」

「甘按捏?」蓮姐不認輸。

如泣如訴的美聲畫下句點，婆媽阿姨們彷彿還陶醉在趙寅成的笑容和他可憐的童年際遇裡。

「唱得好!唱得好!」

好的不只是歌聲，還有對韓劇的美好回憶啊!

「現在，讓我們看看，紅綠隊首發隊員們各自得到幾票?」主持人的聲音傳來。

裘安娜雙手合十，蓮姐也緊張得躁動不已，小雰大眼也緊盯著螢幕。

舞台前，大螢幕上數字快速跳動，紅隊兩百四十五票，綠隊則有五百五十五的漂亮票數。

老莊大喊：「綠隊贏了第一回合！紅隊不要氣餒，還有四輪比賽，還有很大的翻盤空間！」

「太棒了！Yes！」魷魚羹姐妹花跳起來，小雰跟她們擊掌叫好。

水果三兄弟低頭，「對不起，我們沒表現好……」

「不是你們的問題，是戰略的問題。」裘安娜安慰他們，雖然她的心頭也蒙著一層灰。

「不要灰心，比賽還沒結束！」裘安娜對隊員們喊話，心裡卻隱隱浮現不安的念頭。

他們出師不利，還能翻盤嗎？

水果三兄弟才下舞台，又趕著去切水果——市場所有水果店家聯合提供水果切盤吃到飽服務。

緊接著對決的，是蕭念威和製麵店的露露。

前一場獲得較高票數的一組先上場，因此代表綠隊的露露先登場，裘安娜將追平得分的希望放在蕭念威的饒舌歌曲上，她深信，這演出一定會讓觀眾耳目一新。

「露露是製麵店的獨生女，很有事業心，是仁晴市場最早在蝦皮開店賣麵的市二代，她的心願是離開市場，開一個中型的製麵廠，供應更多餐廳店家。」

阿娥補充了露露的人設，裘安娜開始明白，小雰找來的年輕人們，不只是青春貌美這個共同點，他們也都想離開市場。

在眾人矚目中，穿著改良肚兜和皮裙的露露開口：「我今天要唱的，是《中國有嘻哈》的女歌手Vava的歌曲，〈誰比我有範兒〉。」

聽到歌名，裘安娜一驚，剛剛是韓風淒美情歌，現在是中國嘻哈，趙韋善打算來個世界各國流行歌曲豪華大拼盤嗎？

重低音的前奏傳來，露露開口唱起rap。

這首歌宣示著趙韋善和露露的企圖心，市場觀眾大部分沒聽過這首歌，卻覺得新鮮得很，跟著強烈的重節奏搖擺，或是生澀地擺出黑人Yo Yo Yo的動作。

裘安娜幾乎石化，蓮姐和阿娥也目瞪口呆：「借問，這到底是什麼歌啊？」

「她說了，中國、Vava、嘻哈……」裘安娜喃喃自語，她心想怎麼這麼巧，露露和蕭念威都表演饒舌歌曲，如此一來，登台順序較後面的蕭念威會比較吃虧！

更驚人的是，間奏時露露還來一段彩帶舞。

嗯，彩帶和麵條勉強沾上邊……裘安娜暗自評論，但心裡越來越不安，她一轉頭，看見蕭念威悄悄起身準備落跑，裘安娜一把抓住他，他身軀發抖，牙齒還在打顫。

她把蕭念威帶到後台，在露露「誰比我有範兒、誰比我比我有範兒」的重複說唱聲、觀眾的尖叫鼓舞聲中，摀住他的耳朵，「別聽也別看！深呼吸！」

蕭念威掩耳碎碎念著，「我不行我不行我不行……」

裘安娜重重拍了蕭念威肩膀，「我歌詞裡沒幫你寫『我不行』三個字！再碎念我就叫老莊道士給你收驚！」

經歷一番安撫，蕭念威還是沒恢復，他不斷搖頭。

「蕭念威，你就當上台『練肖話』就對了！她很有氣勢，但你講的是自己的故事，你比她有範兒！上！」

王麗娜常年搬貨的力氣果然不是蓋的，裘安娜一拍，蕭念威慘叫，震醒了他，他揉揉太陽穴，深深呼一口氣，「伸頭一刀、縮頭一刀，我菜市場文膽跟妳拚了！」蕭念威大喊。

製麵店露露表演完畢，她走下台階，蕭念威拍手讚美表現他的運動家風度，「露露，唱得好喔！」

然而露露不領情，冷冷地瞥他一眼，「吵死了，閉嘴啦！」

「閉嘴」這深深戳中蕭念威痛處的兩個字，從露露嘴裡吐出，很有殺傷力，蕭念威轉眼又變回縮頭烏龜。

裘安娜還來不及再次幫他振作，舞台前老莊已出聲召喚，「接下來，讓我們歡迎印刷鋪第二代蕭念威登場！」

裘安娜趕緊回座，蕭念威駝著背上台，像個小老頭，主持人看了搖搖頭，「前面的演出嚇到你了嗎？」

「有一點……」蕭念威的聲音又弱下去，台下的裘安娜扶額。

蓮姐則掄起拳頭，「這傢伙整天『練肖話』，忘了練膽量！」

「看你這身打扮，也是要唱rap嗎？」老莊問。

「對……」蕭念威的聲音更弱了，蓮姐差點衝上台去搖他的肩膀，「可是、可是、可是……」蕭念威吞吞吐吐。

負責音控的大山看著裘安娜，雙手一攤，不知道該不該放音樂。

「蕭念威，加油！」蔡嗣揚喊，大山、水果三兄弟也喊出聲，越來越多在市場一起長大的夥伴對蕭念威喊話。

蕭念威閉眼大叫，「不管啦！我也有我的故事要唱！」

「讓我們歡迎，印刷店第二代蕭念威帶來的——〈閉嘴〉！」

裘安娜看了大山一眼，大山迅雷不及掩耳地在此時播放起伴唱帶，就是要讓蕭念威不顧一切地唱出自己的歌！

我的名字叫做蕭念威，綽號就是練練練肖話，
從小到大，我最常聽到人們叫我閉嘴，
Shut up，shut up，不要那麼搞威，小孩子有耳無嘴，
偏偏我生來就是閉不了這張嘴，這張嘴——

這首歌的語速比〈誰比我有範兒〉更快，蕭念威簡直挑戰人類極限，但他越念越順，活潑逗趣的歌詞也更有共鳴感，觀眾忍不住哈哈大笑。

真話實話好話，天天說也不累，
謊話假話壞話，這我說不出嘴，

話這麼多，只怪我對世界太過敏銳，
好多感受從早到晚與人分享直到我累了想睡。

其實我也等待，有別的方法可以使用我這張嘴，
只有真愛之吻可以讓我閉嘴閉嘴，
如果有這麼一天找到情人讓我愛愛愛相隨，
我願意我願意我願意不說那麼多話乖乖為他閉嘴。

生命就是一場派對，誰要閉嘴，嗨到最後才不會太廢！

一曲念唱完，蕭念威紅了臉，主持人問他：「唱完這首歌有什麼感覺？」

「水、給我水……」蕭念威伸出舌頭，像隻在大太陽下曬過頭的哈巴狗。

觀眾看到這景象，再次爆出笑聲。

票數顯示在大螢幕上，蕭念威小輸露露八票，票數是三百九十六票對四百零四票，累積票數：紅隊六百四十一票，綠隊九百五十九票。

「唉！無彩啦！」蓮姐扼腕。

但裘安娜安慰她，「沒關係，雖然目前總票數是輸的，但是聲勢逐漸拉抬起來了！」

他們沒有時間喪氣，緊接著，第三組對抗賽在即，水餃店的飛飛，披著黑長袍在舞台邊等待。

「飛飛是什麼樣的女孩？」裘安娜觀察飛飛，「她皮膚微黑，眼睛很漂亮且笑容可愛，倒是讓我想到少女時代團員俞利。」

「的確有人叫她『仁晴小俞利』耶！她啊，想當白領階級，去食品公司當產品開發人員，做冷凍水餃等產品，她是食品科學系畢業有營養師執照，不想留在市場的原因，不外乎在市場工作太辛苦。」

「她很努力，這個夢想也很好，為什麼不直接去應徵食品公司？」

「關掉家裡的店，大家會罵她傻，在市場工作辛苦歸辛苦，錢比較多；上班族雖然領固定薪水，但是擁有更多私生活時間，哪個年輕女孩不想漂漂亮亮，談個戀愛，到處打卡約會旅行？」

阿娥鉅細靡遺地回答，裘安娜忍不住再次讚歎：「阿娥姐，妳真的是市場觀察家！」

「這是以前當老師的習慣吧，會把年輕孩子當作學生關注他們。」

這時，飛飛撤下黑袍，躍上台階，立刻引起台下觀眾轟動。

她一頭褐色長直髮，戴上黑框眼鏡，身穿包臀短窄裙、極細高跟鞋，白襯衫最上面三顆扣子解開，完全就是性感OL模樣。

「我要唱的是林采緹的〈偷心OL〉，請多多支持！」飛飛甜甜地喊。

台下熱情躁動，尖叫起來。

這首歌裘安娜也沒聽過，但是她不得不佩服，趙韋善雖然不是自己作詞作曲，但他幫每位選手精準挑歌；飛飛的演繹也很出色，她完全投入情感，投入自己理想中的OL身分與生活。

「阿娥姐，妳會緊張嗎？」裘安娜看著台下觀眾反應，憂心地問。

蓮姐也緊張地碎碎念：「早叫妳跟我合唱妳不要，妳一個人作戰，是要怎麼贏飛飛？」

阿娥低頭，裘安娜趕緊振作士氣，「阿娥姐，妳和飛飛有意外的共通點，仁晴俞利對上仁晴潤娥，一個盼不到心儀的工作，一個從最理想的工作跌落……」

阿娥不好意思起來，「妳說的潤娥我知道，差太多了啦，哈哈哈……」

裘安娜伸手觸碰阿娥的鏡框外緣，「飛飛戴上眼鏡，妳就拿下眼鏡吧！」

「欸欸欸！這樣我看不清楚，台下一片模糊！」阿娥抗議。

裘安娜不讓，「這樣大家才能看得清妳的臉啦！這樣正好，唱出連妳都很陌生的自己吧！」

裘安娜藏起眼鏡，飛飛在熱烈掌聲中下台，瞋了阿娥一眼，阿娥一臉茫然，連飛飛的臉都看不到，也就看不清她的鄙視。

「上吧！仁晴潤娥姐！」她推著阿娥的背脊，引導她走向舞台，老莊道士也過來攙扶視線不清的阿娥。

攤商們誰也沒看過阿娥摘下眼鏡，一時之間，大家都在注意阿娥頗有姿色的臉龐。

裘安娜示意大山立刻播放音樂，阿娥性格認真，早已將歌曲背到如同反射動作，拿起麥克風開口接著唱這首〈脆弱〉。

蛋殼易破，人生很脆弱，

我伸出手，過去的幸福無法抓握，
自以為的真理不會出錯，
現實卻教我，是我還不夠成熟，
才會打破曾經的圓滿，卻怎麼都想不透……

市場人們習慣聽「紫紅幫」三重奏合唱，也曾聽過蓮姐或王麗娜獨唱，卻沒機會單獨聆聽阿娥的歌聲，沒想到她的聲音溫暖輕柔很有療癒感，大家忍不住豎耳靜心聆聽。

阿娥唱著唱著，發現沒有眼鏡、不用顧慮同伴，少了束縛，於是她漸漸放鬆，豁出去了！

羨慕別人是化蛹的毛蟲，
因為我連殼都沒有，這樣軟弱，如何渡過困難重重；
羨慕別人是背著殼的蝸牛，
因為我連殼都沒有，這樣軟弱，
如何爬過一個又一個的現實沙丘……

阿娥真假音切換自如，〈脆弱〉這首歌詞貼合阿娥賣蛋的職業，更加引人入勝，最後，她輕輕柔柔的高音唱到——

蛋殼打破，碎裂之後，

原來有一整個黃澄澄的太陽，等著我，等著我……

充滿溫度的歌詞，療癒的歌聲，像一隻飛鳥的羽翼，柔軟卻也帶著翱翔高飛的力量和希望。

裘安娜用力鼓掌，這一刻，她為自家的仁晴潤娥姐感到無比驕傲。

台下掌聲越來越熱烈，阿娥不敢相信，自己贏得這樣直接的肯定。人人拿起手機，按下投票，阿娥和飛飛打成平手，兩人各得四百票，紅隊和綠隊此時的局面分別是一千零四十一票對上一千三百五十九票。

「飛飛居然和這歐巴桑平手！」小雰咬牙跺腳。

趙韋善雖然對裘安娜譜寫的歌曲感到驚豔，卻仍然一臉自信，「別擔心，我們目前還是領先，而且還有妳這張王牌！」

紅隊這邊，阿娥激動得快要哭了，「我、我不敢相信，我真的做到了！」

裘安娜和蓮姐一起給她一個溫暖的擁抱。

「雖然我們目前小輸，但是差距已經很小了，你們的歌聲是真實的市場力量，我看到很多人錄影，暫時的聲光效果過後，大家一定會知道什麼才是發自內心真正的感動。」裘安娜說完，看著蓮姐，「接下來要換妳上場了，蓮姐！」

蓮姐正要拍胸，只見一個猛男對垂頭喪氣的飛飛說：「飛飛啊，妳剁不了鵝肉，換我來剁！」

這狂妄的小子是鵝肉攤小猛男阿孟，也就是蓮姐的對手。

「阿孟在菜市場的人氣可不輸蔡嗣揚，他穿著吊嘎剁鵝肉的樣子，是很多女攤商和市場媽媽們的最愛。」阿娥嘆口氣，「其實這孩子也不容易，他為了幫家裡還債，白天在家裡的攤位幫忙賣鵝肉，晚上去停車塔當夜班管理員，還把自己的房間分租給別人，這麼省錢就是為了早點還債，存錢去上證照課，將來當個健身教練。」

「真是辛苦……」

裘安娜越來越理解，綠隊的成員投入比賽，是想給自己一個機會，而袁議員和趙韋善畫了夢想的大餅，讓他們覺得，有機會離開市場，拿到搬遷或是退租的補償金，就能夠圓他們的夢。

萬眾矚目，阿孟登場，他撤下黑袍，沒展現一身肌肉，但白襯衫和牛仔褲的裝扮，一樣是青春無敵。

他唱的是陳立農的〈專屬合約〉，裘安娜瞬間明白趙韋善選歌的用意。不只阿孟，綠隊的成員都期盼解開與菜市場的生命合約，遙望一只專屬合約，為他們打開人生的新局。

歌曲來到間奏，阿孟突然解開襯衫，腰臀輕巧地前後搖擺，不時隨著節奏奮力往前一頂，這是男子偶像團體必備的頂胯動作，富含性感暗示，阿孟笑得有點邪魅，還咬了咬嘴脣，舞台底下已經完全失控，師奶們瞪大眼睛瘋狂叫喊，簡直就是天團來襲時的小巨蛋現場。

甚至連蓮姐都淪陷了，只見她雙眼放光，臉頰酡紅，嘴巴微微張開，盯著台上的猛男。

「蓮姐，清醒點！我跟阿發哥講妳迷上小鮮肉喔！」裘安娜推她一把。

蓮姐猛然醒來，「啥？黑白講！」

她用力拍拍自己的臉，「我跟這小子拚啦！」她喚來蕭念威，「去花店跟老闆要一朵紅玫瑰，記得把刺去乾淨。再去五金店跟老闆要兩塊小的鐵片和一條強力膠！快！」

阿孟在熱烈歡呼聲中下台，蕭念威即時送上紅玫瑰、鐵片和強力膠，蓮姐毫不心疼地在鞋底糊上強力膠、貼上鐵片。

阿娥連忙阻止，「阿姊，妳這雙鞋是名牌，很貴耶！」

「如果捨不得這雙鞋子，恁祖嬤怎麼叫全力以赴？」蓮姐豪邁大笑，將玫瑰插進西褲口袋，大步踏上舞台，霸氣大喊，「攏免講，直接開唱！」

「是……」老莊道士讓出麥克風，大山乖乖播放起伴唱音樂。

「今天，我要唱裘安娜寫給我的一首歌——〈黏踢踢〉！」

台下傳來吱吱喳喳的討論聲，「裘安娜連台語歌也會寫？厲害喔！」

有人開始喊：「紅隊加油！」「蓮姐加油！」一時之間，支持紅隊的聲浪越來越大。

蓮姐銳利眼光掃視全場，拿起麥克風。

聽人講有一個足有名的Twice，
每一個查某囡仔攏水嘎並軌去，
擱有一條足有名的歌叫〈TT〉，
TT係少女流珠淚，阮嘛係踢踢，毋係英語的TT，係黏踢踢！

TT和黏踢踢的對比歌詞，蓮姐還握拳在眼角學少女啜泣，惹得大夥哄堂大笑。

間奏時，蓮姐將紅玫瑰挑出咬在嘴裡，紅底高跟鞋的腳尖、腳跟輪流敲擊舞台地板，上半身保持不動，雙腿靈活，這是踢踏舞！她不停踢踢踏踏，動作比得上蕭念威的語速，台下眾人嗨起來，一聲一聲幫蓮姐打拍子，拍速越來越快，蓮姐始終穩穩地跟著節拍。

「不愧是我們菜市場的國標老師！」阿娥拍手。

當蓮姐踢出最後一個舞步，所有人都用力鼓掌。

毋免啥咪攏靠自己，
你幫阮，阮幫你，
咱大家若是手牽手，感情黏踢踢，
毋管係無情的人，厭氣的代誌，
啥咪大風大雨攏會使過去，
毋免一個人佇彼TT……

唱到副歌，人們大聲喝彩，蓮姐繼續高唱，曲終時刻，她得到的掌聲比阿孟獲得的更加熱烈。

比數馬上顯現在螢幕上，裘安娜屏氣凝神，蓮姐四百八十九票，阿孟三百一十一票，總比數一千五百三十票對一千六百七十票。

「只差一百多票了！」台下鼓譟起來，雖然裘安娜還沒出場，但大家對她的詞曲能力非常驚豔，認為她說不定可以翻盤。

主持人老莊道士也很興奮，「緊張緊張，刺激刺激，沒想到比賽這麼精彩，我們仁晴市場居然有這麼多唱將！是不是？」

「是！」台下觀眾熱情吶喊。

「迎接刺激的最後一戰前，先來點不一樣的表演，現在讓我們掌聲歡迎，仁晴幼兒園小朋友們表演的陶笛中秋組曲！」

小朋友們推推擠擠上台，拿起陶笛用力吹奏，和聲有那麼點不和諧，但是他們可愛的萌樣融化了所有人的心，他們的父母或祖父母，有不少正是仁晴市場的工作人員。

紅隊成員也被小朋友擄獲，一臉融化的表情，裘安娜一個人走向後台，進行她的登台前準備儀式。

「上帝啊……嗯，還有上帝公公，請祢保佑我順利演出，讓大家喜歡這首歌……」裘安娜在後台，額頭抵著手鍊，喃喃自語。

有一個人也溜到後台，他對小朋友天真無邪的演奏一點興趣也沒有，這個人就是趙韋善，他看到裘安娜低頭祈禱，再次一愣。

裘芝恩準備上大型舞臺前，也會做這個安定心神的準備動作，只有極親近的工作人員知道，一介歌迷，就算是後援會會長都不會知曉這件事。

「我錯看妳了，裘安娜小姐，妳的詞曲實力真是不簡單。」趙韋善開口。

裘安娜抬臉瞟他一眼，然後再次低下頭，讓額頭抵著水晶手鍊，冰涼的觸感鎮靜她緊張的心思。

見裘安娜冷處理他，趙韋善不以為意，輕佻地笑著，「不過啊，妳還是不太可能贏我的，等一下小雰要唱的歌，是我親手作詞作曲。」

裘安娜一愣，抬起頭，語氣詫異，「你又開始寫歌了？」問出口才發現，這太不像裘安娜會問的問題。

「妳等著看吧，裘小姐。」趙韋善笑笑，然後挑了挑眉，「我實在覺得妳超像我們芝恩，雖然我不明白為什麼。」

裘安娜心頭一凜，趙韋善沒等她回答，嘴角勾起一個壞笑，吹著口哨離去。

青澀的陶笛聲持續傳來，裘安娜惴惴不安，擔心趙韋善親自作詞作曲，她會被比下去。

她感覺呼吸困難，不知是否因為熬了夜又撐過一整個白天，她真的非常疲憊，好想好想躺下來。

她想找蔡嗣揚，她需要溫暖的人間陽光，就在這時，一陣稚嫩哭聲從舞台前傳來。

「老師他踩我！」

「我才沒有！」

「哇哇哇哇哇～」

原來是小朋友在舞台上哭鬧起來，裘安娜跑到台邊看，只見蔡嗣揚和幼兒園老師上台調解紛爭，裘安娜悄悄嘆口氣，看來她登台前，沒機會再和蔡嗣揚說說話了。

陶笛合奏好不容易繼續，小朋友們又奏了一曲，終於順利完成表演。

「謝謝仁晴幼兒園的小寶貝們，現在我們迎接最後一組的比賽，廢話不多說，讓我們熱烈歡迎——綠隊隊長，市場最高人氣的美女，米粉攤西施賈語雰登場！」

小雰撤下黑袍，底下是亮淺橘色的運動風迷你裙裝，足蹬白色過膝靴，她看起來像是盛放的花朵，十足性感、活力滿滿。她掛上耳麥，手上拿著桌球拍，讓人想起她昔日桌球甜心的封號。

「今天帶來一首趙製作人為我量身定做的歌——〈殺球〉！」

她瞬間拋出一顆桌球，揮拍發球，粉橘色的桌球彈出，接著跳起舞步，舞姿結合桌球動作，底下男性觀眾搶翻天，尖叫聲快掀翻菜市場屋頂。

青春的舞台，我一人走秀就夠，
成名的阻礙，我絕不接受，
誰對我說不，來一記快步削球，
主導權在我，每一局都是我發球！

這氣勢、這歌詞，完全針對自己，裘安娜想起趙韋善的壞笑。

他完美地運用小雰的不甘和不服輸，儘管她不喜歡小雰，也不得不承認，這是一場非常有衝擊性的演出。

小雰唱進快板的副歌，她再從口袋中掏出桌球揮拍發出，氣勢高昂。

近台快抽，反手攻球，
再強的對手都會怕我殺球，
正手突擊，或是放個短球，
快準狠的節奏，誰比我優秀？

最後，小雰激昂地飆起高音：殺球！對你的心，我卻只能一記直球，你接招不接招，快告訴我

——

綠隊得到比賽開始以來最熱烈的掌聲，在演唱結束一分鐘後仍然不停歇，小雰臉頰紅撲撲，略略喘氣地發言：「我要感謝袁郝驊議員的支持，還有趙大哥為我量身定做的這首歌！曾經我在桌球場用力殺球，只可惜我沒有富爸爸，也沒有人從小栽培我成為明星，但是在我最失落的時候，袁議員和趙大哥，為我的人生救了球！」

小雰眼眶泛紅，「讓我們請照顧仁晴市場已久的袁議員上台說幾句話，好不好？我一直很相信，仁晴市場可以更新、更好、更有魅力！」

這簡直是選舉造勢夜晚的悲情攻勢啊！

老莊道士看了蔡嗣揚一眼，蔡嗣揚點點頭，只能讓袁議員上台。

袁議員咧嘴大笑，在蔡嗣揚看來，他的眼睛都是金錢符號，大概只想著仁晴市場帶來多少個「億

元」。

袁議員高談闊論，勾勒仁晴地區即將擁有的各種區域建設，更糟糕的是，阿成跑來跟蓮姐通報，「不好了，台下在傳簽罷免嗣爺的連署書了！聽說簽名的人之後可以拿兩千元！」

蓮姐狠狠瞪著台上的袁議員，阿娥拉著她避免蓮姐衝上台罵髒話，裘安娜覺得汗水浸溼了髮鬢，伸手擦拭了一下，才發現前胸後背都是冷涼的汗水。

小雰殺球凌厲，她幾乎被痛擊，這一次蔡嗣揚幫不了她，只有她能為自己救球。

她幾乎不能呼吸，這樣下去，她別說要贏小雰，她如何能開口唱歌，完成上帝公交付的任務？

眼前一黑，她蹲了下來。

這時，有一雙小小嫩嫩的手，拉了拉裘安娜的手腕，她抬頭一看，一個十歲左右的小朋友拿一張牌子，塞進她的手裡，而後一溜煙地跑掉。

這是一張市場的標價牌，寫著「包甜爆汁．買五送一．水果玉米．一斤三十五元」。

小朋友是在惡作劇嗎？她沒有要買水果玉米啊！

倏地，她想到市場裡各家攤商的標價板，背後寫滿字像是備忘錄。

她靈機一動，將紙牌翻到背面，上面寫著——

她看不懂！根本鬼畫符！不，這看起來很像一張符咒？

小朋友又跑回來，「阿姨，豬肉會長葛格要我跟妳說……」

「說什麼？」裘安娜專注地聽他說。

「會長葛格說，妳要加油，他選舉時，麗娜阿姨在紙上畫一個必勝符給他打氣，現在他也畫一個送給妳。」說完，小朋友再次一溜煙跑遠。

裘安娜看著這標價牌背後的符咒，驀地想起一件記憶模糊的往事。

她七歲初次登台演奏鋼琴時，因為緊張恐懼，上台前，跑到廁所裡大吐特吐，出來洗手時，一位在旁邊洗手的阿姨，從口袋掏了張衛生紙，蹲下來溫柔地替她擦擦嘴角。

阿姨身上衣服的亮片閃啊閃，有點刺眼，阿姨很香，但是香氣很濃很嗆，她說話的方式，和優雅的媽媽不一樣，但口氣很親切。

媽媽說不要跟陌生人講話，但她感覺好像在哪裡看過這阿姨，她應該不是壞人。

「小妹妹，妳很緊張齁，不要緊。」

小裘芝恩眼角還含著淚，阿姨再次掏出一張衛生紙，這次沒幫她擦臉，卻拿出一枝原子筆，在衛生紙上小心翼翼地畫了一堆看不懂的圖案和字。

「這是神奇的勇敢符咒，把這張衛生紙折好放在口袋裡，妳就不會害怕上台了。」阿姨微笑，眼角和嘴角都彎彎的，不知為何，阿姨的眼角和鼻頭都有點紅紅的。

那位阿姨……是王麗娜吧？

她是怎麼知道自己要參加鋼琴比賽？

不論如何，當七歲的她回到舞台，真的不再覺得肚子翻騰欲嘔了。

她第一次上台能從膽怯瞬間變得沉穩大器，其實並不是祖師爺賞飯吃，是有人給了她勇氣，只是她遺忘了。

現在，那份勇氣透過蔡嗣揚，再次傳遞給她。

不能輸！裘安娜握拳告訴自己。

掌聲激昂，而後漸淡，裘安娜心想，應該是議員講完落落長的致詞了，果然阿娥、蓮姐、蕭念威、水果三兄弟都來到後台，他們一一把手疊在裘安娜的手上，沒有熱血地大喊加油，卻透過眼神給她力量。

「不是中猴，不是鬼附身，是女神降臨，歡迎我們仁晴市場歌姬、創作女神，裘安娜！」

老莊道士的聲音傳來，裘安娜點點頭，隊員們鬆開手，熙貴拿來吉他，就在這時候，有個大學生模樣的男孩，氣喘吁吁地追上來，「安、安娜姊姊，等一下！」

是Y大學音樂所的同學，也就是負責幫他們製作伴唱帶的人，他手裡拿著一個隨身碟。

「之前來這裡開會時，我拍了一些市場的照片，做成輪播的影片，嗣揚學長要我拿給妳，說是讓妳演唱時在背後播放增加效果。」

裘安娜點點頭感謝他，蕭念威趕緊將隨身碟交給大山，裘安娜揹起吉他走向舞台。

舞台下到舞台上，短短一段路，裘安娜覺得這幾步遠比出道五年的路途都還曲折。

這段路，她走了七七四十九天，她恢復了創作能力，甚至更上一階，可以填詞，還能為其他人寫歌作曲；她意外知曉自己的身世，知道自己能走到這裡，是因為生母王麗娜做了不一樣的選擇；她遇上了養父母、蔡嗣揚和整個仁晴市場，她有無比強大的愛和資源支持著她。

「裘小姐，妳是最後的壓軸演出，有什麼話想要跟大家說嗎？」老莊道士問。

裘安娜微笑搖頭，「我要用音樂說話，為市場的大家帶來一首——〈幸福專賣店〉。」

工作人員搬來投影布幕立架，燈光暗下，影片播放出來，Y大同學攝影技巧了得，他近距離拍下每一位市場勞動者的專注神情，還有和客人談笑的畫面。

「係阮阿爸阿母！」

「素偶欸！」

「哈哈哈，偶們都入鏡啦！什麼時候拍的？」

台下觀眾不禁一一指認照片中的人物，第一個和弦刷下去，裘安娜閉起眼睛，讓自己進入音樂的世界，溫柔的吉他音色，在小雰效果強烈的表演之後，像是滿漢全席後解膩的清粥，看似清淡，其實有著熬了多時的底蘊，格外有滋味。

觀眾屏息，裘安娜張開眼睛，她的隊員，在舞台最前端守著她；她的宿敵，小雰和趙韋善在不遠處惡狠狠盯著她；她的太陽，蔡嗣揚在稍遠處，溫暖的目光，再遠都感受得到。

她再次閉上眼，而後開口輕唱，用滄桑的菸酒嗓訴說一個簡單的故事，是見過大風大浪之後猶存的真心和堅持。

腳踏車輪子轉啊轉，手上握著清單，
醬油米酒青菜水果和雞蛋，
買回家給媽媽做晚飯；

市場裡一張張熟悉的臉，
一聲聲招呼，一遍遍妹妹妳小心點，
夕陽染紅攤位邊，
我期待晚餐，一家團圓的瞬間……

台下正在傳簽的罷免連署書，交到一位七旬老人手中，滿是皺紋的手接下連署書和原子筆。他是仁晴市場的攤商老夏，賣了四十年的甜不辣，也是仁晴市場的口碑美食，這些年他體力漸弱，孩子在大城市裡有白領工作，不願意接班，他思索著，是否拿補償金退休，大家日子會好過一些？然而，在聽到裘安娜唱的純樸旋律，他不自覺停下動作，心裡某種最純粹的感動，悄悄被喚醒。

時間的輪子轉呀轉，
我急著長大，掙脫束縛，來到全新的世界；
名牌包、進口紅酒、高級義大利麵，
手上的清單被慾望填滿，
超商網購和賣場，找不到幸福的專賣店，
我買不到小時候的快樂單純，
還有人們的笑臉……

世界很新，一變再變，
為何生活不再滋味回甘？
世界很快，心無法慢，
幸福清單，到底缺了哪一點，
沒有牽絆，是不是也就孤單無伴？

第一班車回到家裡，
媽媽說要我多吃點，
陪著她來到童年的市場，
沒有清單，這裡買買，那裡選選，
卻買了一整籃子的苦辣酸甜。

原來快樂不用清單，只要有愛相伴，
在這個人來人往的幸福專賣店，
在這個倦鳥可以隨時回歸的人情專賣店……

曲畢，裘安娜刷下最後一個和弦，全場安靜無聲，裘安娜回神張開眼睛，想看觀眾的反應。

慘了，沒有半點反應，這首歌無法完成任務，無法把她和王麗娜都換回來……

正當她忐忑不安，原本安靜的舞台下，爆出掌聲和歡呼聲——

「太棒了！」

群眾激動的聲音不斷增強延長，燈光全亮，裘安娜清楚瞧見，台下許多人臉上都掛著淚痕，映照著舞台燈光。

人們掏出手機，她還來不及反應，螢幕上已經出現了比數。

五百二十對兩百八十，五百二十是她的分數，紅隊總成績兩千零五十票，大勝綠隊的一千九百五十票。

老夏漾開大大的笑容，低聲叨念：「管他的，大不了找人幫忙，我們仁晴市場就是幸福人情的專賣店，應該保留仁晴市場的味道才對。」

他拿起連署書，撕成碎片。

紅隊成員互想擁抱在一起尖叫。

不遠處，小雰、趙韋善臉色鐵青，袁議員瞪大眼睛，甩頭離去，趙韋善想出聲喚住議員，但想到無法被一筆勾銷的債務，雙手顫抖不止……

第十八章　回歸

「恭喜裘安娜所率領的紅隊，贏得本次紅綠對抗賽！讓我們請市場自治會蔡會長，送上獎金六千元，以及禮物。」

大山捧著一份披著紅色緞面布料的禮物上場，蔡嗣揚揭開紅布，是一個超大的黃金繡線笳止袋，代替冠軍獎盃。

這是他的精心設計，也是他打算開發的文創商品之一，台下傳起鼓噪聲，「我也要！我也要！」

裘安娜和紅隊隊員一一握手，而後領回這只笳止袋。

她心裡滿溢著感動，她成功了，只是她會以什麼樣的方式回到自己的身軀呢？

她和紅隊隊員敬禮感謝全體觀眾以後，魚貫走下台，就在這時，她突然眼前發黑，雙腳一軟，好在阿娥和蓮姐即時撐住她的身體，才沒滾下階梯。

她試著張開眼睛，視線卻朦朧不清，她看到蔡嗣揚奔向她，而後感受到他手心的暖意，他正握著自己的手。

「我要回去了，要來找我——」

裘安娜瞬間失去了意識。

♪

在黑暗中不知過了多久，一盞燈光亮起，裘安娜張開眼睛，她摸摸自己的身體，感覺到自己的身形變回原來高䠷纖瘦的模樣。

她終於回到裘芝恩的身分了，對吧？

微光中，一位白髮長髯的白衣老公公，在烏龜與蛇的陪伴下現身，裘芝恩恭恭敬敬地跪下，喊道：「玄天上帝。」

「呵呵呵！不用客氣。」老公公笑著，裘芝恩覺得玄天上帝的笑聲有點像聖誕老公公。

「恭喜妳完成任務！」玄天上帝繼續說，「現在說說這一趟旅程的心得吧！讓我知道妳的感想。」

裘芝恩回憶了一下，回答：「我原本以為只是暫時落腳市場，沒想到是一趟尋根之旅。」

「不只如此，妳不也達到妳的心願了嗎？」

「心願？」

玄天上帝得意捻鬚，「我記得有人說過，她想找個陌生的地方去Long Stay，好好恢復寫歌的能力，做個全方位的創作者，將來當個製作人……這些，妳不都做到了嗎？」

裘芝恩愕然，她曾以為這些只是理想。

「你們人類永遠無法猜到，我們天界是如何以意想不到的方式，幫助你們達成心願。」

「居然……」裘芝恩說不出話來。

玄天上帝點點頭，和藹地微笑道：「妳最後創作的這首歌真是不錯。」

「謝謝祢。」裘芝恩畢恭畢敬，「現在我已經渡化完劫難，可以回到正常生活了嗎？我還要回去找蔡嗣揚和王麗……我媽……」她還是彆扭地改不了口。

「說什麼哩，妳的登山意外不會要妳的小命，我不是說過嗎？七七四十九天後，妳的肉身原本會遇到大劫難，因為王麗娜的善心，即將改變這件事。」

「我不懂，劫難不是已經改變了嗎？」

「不，真正的劫難是七七四十九天後的此時此刻，這才是王麗娜願力真正起作用之處，當然，也是我們天界的巧妙安排，呵呵呵。」

玄天上帝的話，裘芝恩完全聽不懂，祂老人家撫著長鬚，朗聲大笑，「孩子啊，現在回去吧！去迎向劫難被化解的神奇時刻！」

裘芝恩還想問問題，玄天上帝和一龜一蛇以不可追的神速遠去，裘芝恩伸手想拉住玄天上帝，但突然一陣暈眩，而後開始向下墜跌。

猛然張開眼睛，目光所及是冷白的日光燈，裘芝恩看到床側的點滴架，還有點滴架旁的男人。

對方戴口罩和髮帽，也穿著護理師制服，但即使是這副打扮，裘芝恩從側臉還是認出來，他是趙韋善，他正在對點滴管線注入什麼液體。

裘芝恩要呼救，呼吸器悶得她無法出聲，她要伸手拔掉面罩，卻感覺手臂又痛又沉，根本舉不起來，雙腳也是如此，她動彈不得。

她用盡全身力氣掙扎，卻只像毛毛蟲在僵死之前，最後一次微弱地蠕動身體。

「芝恩抱歉了，我本來想讓妳受個傷炒個話題來增加唱片銷量，沒想到妳摔得這麼重，一直好不了也死不了，現在給妳個痛快，直接送妳上路吧！」趙韋善轉過身來，裘芝恩看到他手裡拿著一支空針筒，他已在點滴裡下了藥。

裘芝恩悶哼一聲，音量雖小，但足以讓趙韋善發現了。

「妳醒了？」趙韋善有點驚訝，但他勾起微笑，「很遺憾，不到一分鐘，藥效就會發作，妳會被診斷為多重器官衰竭死亡……」

裘芝恩無力地閉上眼睛，她不是完成任務了嗎？怎麼現在就要死了呢？

「再見了，芝恩——」

就在這時，一聲匡噹覆蓋了趙韋善的尾音，他嘴歪眼斜仆倒在地，裘芝恩看到蔡嗣揚拿著一只破口的花瓶，而後丟開花瓶，用力扯掉她手背上的點滴針頭。

蔡嗣揚抱起她，「還好沒來晚。」

「先生，你不能擅闖——」護理師追進房門，看到頭破血流的趙韋善和甦醒的裘芝恩，嚇得說不出話來。

原來蔡嗣揚來到加護中心，正思索如何進去探訪裘芝恩時，瞥見一個護理師打扮的男子進了病房，蔡嗣揚認出那人是趙韋善，於是拿起護理師放在桌上的門禁卡追了進去，才成功阻止趙韋善的陰謀。

裘芝恩瞪大眼睛，瑟瑟發抖，蔡嗣揚感覺到她雖然軟綿無力，瘦削的手指，卻輕輕抓起他的衣服……

裘芝恩感受蔡嗣揚的溫暖，力氣一點點回到身上，手指逐漸有力，四肢百骸不再疼痛沉重，她終於哭出了聲音。

裘芝恩被移出加護中心到一般病房，警察很快就到場，醫護人員為趙韋善做了治療和包紮，不遠處病患和家屬圍觀看熱鬧，病房門口吵雜宛如菜市場。

警察將醒過來的趙韋善銬上手銬，「你有權保持沉──」

「等等！」裘芝恩大喊，「不好意思，我可以和他說一下話嗎？之後的一切我會委託律師。」

「這不合規矩……」警察臉色為難。

裘芝恩撐著虛弱的身子，「抱歉，真的很不好意思，算是最後的告別，我真的有話要和他說……」

「好吧，」員警低聲跟蔡嗣揚附耳說了幾句話，蔡嗣揚比了個「OK」的手勢，而後悄悄告訴裘芝恩。

「他要妳的簽名。」

「那有什麼問題？」裘芝恩微笑點頭。

於是員警虛掩門扇，他守在門外，趙韋善雙手被銬在床尾的欄杆上，在蔡嗣揚的陪同下，和裘芝恩不近不遠地對話。

「為什麼要殺我？」裘芝恩低聲問。

趙韋善垂頭喪氣，苦澀一笑，「我完了，一切都完了，哈哈哈。」

「你知道這是殺人未遂吧？」

「我知道啊，還希望關久一點哩！袁老大不會放過我的。」趙韋善笑得像哭泣一樣難看。

「袁老大？帶你玩期貨的袁老大？就是袁議員嗎？」

「就是他，妳知道我玩期貨賠了不少，借錢被討債，偏偏妳專輯出不來，想說帶妳到山上，到哪都穿高跟鞋和長裙的妳，也許會拐到腳，可以搏點新聞版面，沒想到妳才被荷荷碰一下就摔成重傷……本來想再拚一次翻身，結果欠袁老大更大一筆……」

「我受傷不是會讓歌曲重回排行榜嗎？你沒拿賺到的錢拿去還債？」裘芝恩沉著臉。

「我只再玩了一次，沒想到又賠了！袁老大答應我用投資抵債務，條件是要我幫他幹一件事，可惜事沒成。」趙韋善答，「不怕告訴妳，袁老大是個黑白雙棲的議員，他是大圓娛樂的老闆，當時讓妳去商演，是他的主意，下手的遊民也不是真遊民，是他雇來的，目的就是讓仁晴市場變成是非之地。」

裘芝恩不敢相信自己的耳朵，原來袁老大就是袁郝驊，而她和仁晴市場的初次見面，她被遊民騷擾，居然是袁郝驊醜陋棋局裡的一步棋。

「你居然這樣做！那時她是你的女朋友——」原本沉默守在一旁的蔡嗣揚，上前揪住趙韋善的衣領。

趙韋善鼻孔哼氣，「關你什麼事？」

裘芝恩冷笑，「可惜你們沒料到，有個年輕人在一群市場歐巴桑的支持下，當選自治會會長，改變了仁晴市場。」

「什麼？」趙韋善一愣，隨即看了看蔡嗣揚和裘芝恩，「妳怎麼會知道這些事？妳暗地裡跟仁晴市場的人有連絡嗎？」

「差不多……是這樣子。」裘芝恩聳聳肩。

「總之，妳受傷昏迷後，我找到一個網紅來補妳的缺，正好她也在仁晴菜市場工作，還要參加這位蔡會長舉辦的歌唱對抗賽，袁老大就要用她來帶風向，找幾個懷才不遇的年輕人，一起鼓吹市場更新重建，順便罷免掉這位蔡會長，誰知道，半途又殺出一個什麼裘安娜，會作詞作曲，讓比賽翻盤，也讓市場風向大逆轉。妳知道嗎？她是妳的大歌迷欸，出場動作，講話用詞，簡直一模一樣！還有一條和妳一模一樣的手鍊！」

趙韋善口氣激動，像是在控訴，「原本妳可以不死，但比賽輸了，我只好拿出早就籌備好的紀念專輯，袁老大給我藥物和潛入醫院所需要的一切，讓妳幫我完成最後一個任務：乖乖死去。」

蔡嗣揚忍無可忍，一拳揮在趙韋善臉上。

趙韋善鼻子冒血，痛苦大叫：「警察，他打我啊！我要驗傷，告他傷害！」

警察先生打開門，摸摸鼻子，「那個……請交給司法單位處理，不要動用私刑喔。」而後關上門。

見沒人理他，趙韋善大吼，「現在我慘了，就算把袁老大供出來也沒用，他有權有勢，一定會想辦法脫罪！我得一個人扛，都是那該死的裘安娜害的！」

裘芝恩失去耐性，氣極對趙韋善大吼，「你搞不懂嗎？是你自己的問題！貪心又想不勞而獲，就算你比賽贏了，遲早會想再投資，然後再賠錢！到時候放著『裘芝恩紀念專輯』這個大金礦，你會良心發現不想挖嗎？你還是會一樣想殺了我！」

「哈哈哈哈……」趙韋善失心瘋般地笑著。

裘芝恩看著他，忍痛再開口：「那年你跟我簽約，和我交往，該不會也都是算計吧？我已經不愛你了，但是我要知道真相。」

「妳自己已經說出答案了，不是嗎？哈哈哈哈……」

裘芝恩想哭卻哭不出來，一直以為自己和王麗娜除了血型和過敏原，沒有任何相似點，她現在知道，她們看男人的眼光都很差，肯定會被蓮姐大罵「目睭糊到蛤仔肉」。

她們差點為此慘賠人生，但她們都幸運且十足努力地贏回自己的幸福。

警察將趙韋善帶離開前，裘芝恩再次出聲，「趙韋善。」

「什麼？」趙韋善回頭。

「你很有才華，只是被自己浪費了。憑良心說，〈殺球〉這首歌真的很好……」

趙韋善愣怔一會兒，失控大吼，「見鬼了！妳不是一直昏迷嗎？妳怎麼會知道這首歌？那該死的裘安娜是妳！就是妳！對不對？我就知道！」

趙韋善抓住警察，雙眼發紅，指著裘芝恩大喊，「警察先生，你聽到她說的話了吧？她會附身！她搞砸我的投資！不是我的錯！」

「你發什麼神經？還要加一條妨礙公務的罪名嗎？」警察怒斥他，並將他拖出病房。

門外人們低語散去，裘芝恩腦海裡忽然迸出稍早玄天上帝說的話。

「真正的劫難，是七七四十九天後的此時此刻，這才是王麗娜願力真正起作用之處，當然，也是我們天界的巧妙安排。」

她精神一振，「蔡嗣揚，我懂了，如果我沒附身在王麗娜身上，就不會認識你，你就不會在這一刻來探視我，也就不會阻止趙韋善的謀殺！這就是上帝公所說的，王麗娜強大願力真正的作用——神通不敵業力，表示我會發生這樣的劫難，神明無法干預或取消這樣的事，但王麗娜強烈的願力，改變了我的命運。」雖然她不能扶養她長大，但她的人生為她付出太多。

裘芝恩說著，眼眶裡逐漸蓄積淚水，「蔡嗣揚，王、王麗娜呢？不，我……我媽呢？她還好嗎？帶我去找她好嗎？」

就在這時，醫護人員進門要求先幫裘芝恩做檢查，一番折騰後，蔡嗣揚終於再次來到裘芝恩面前，裘芝恩發現，蔡嗣揚的神色似乎有點凝重，嘴角勾得有點勉強。

他身上仍然穿著中秋晚會的白襯衫，臉上掩不住疲倦。

裘芝恩感到不安，她望著蔡嗣揚，「看到我，你好像不是很高興？我不是說過，即使我回到自己的身分，都想和你在一起……」

「我很高興見到妳，我看起來不太好是因為……」蔡嗣揚吸了一口氣，才繼續說：「今天是妳們交換回來後第二天傍晚，王阿姨……她在仁晴大學醫院。我之所以沒立刻來找妳，是因為王阿姨回來後，先嚷著要見妳，接著就倒地昏迷，救護車送她到仁晴大學附設醫院，並緊急動手術，手術前她曾醒過來，交代我一些事後就送進手術房，過程中一度心跳停止，雖然救回來，但她一直沒醒，醫生說，情況有點不樂觀。」

裘芝恩猛地起身，她掀開棉被要下床，卻因為久臥在床，肌肉無力而癱倒在蔡嗣揚懷裡。

蔡嗣揚安慰她後，向醫生說明原委，詢問是否可能外出，醫生同意後，蔡嗣揚借來輪椅，協同VIP病房護理師搭車護送裘芝恩來到仁晴大學醫院。

蓮姐、阿娥都守在仁晴大學醫院加護中心的家屬休息室，一臉疲倦和憂心，一看到裘芝恩，兩人趕緊上來握住她的手，三個人執手不語，眼淚都掉了下來。

裘芝恩換上隔離衣，由蔡嗣揚陪伴她進病房。

床上的王麗娜臉色慘白，眼睫緊閉，看起來好像忙活了許久，終於得以好好休息。

蔡嗣揚將裘芝恩帶出病房，待她情緒平穩後，在蓮姐與阿娥面前，蔡嗣揚娓娓告訴她，王麗娜在進手術房之前交代他的事。

「王阿姨因為長期胸悶，來這裡看了醫生，診斷出胸腔有畸胎瘤壓迫到心臟，醫生建議在兩個月內一定要動手術，最好立刻安排，否則會有猝死的風險。」

「難怪我老是覺得胸口不舒服，好像吸不到氣……」裘芝恩拉住蔡嗣揚，「那她為什麼沒有立刻動手術？」

「王阿姨怕手術過程出問題，會沒機會再遠遠看著妳，所以要求醫生將手術安排在中秋節後，同時也建議我，邀請妳來擔任中秋卡拉OK大賽的評審，並積極爭取上台，算是最後的告別，只是……隔天妳就墜崖出意外了。」

「所以你和蓮姐、阿娥姐都不知道她生這麼重的病？」

蔡嗣揚搖搖頭，蓮姐嘆口氣，「她就是這樣，報喜不報憂！早知道她會隱瞞病情，我就陪她去醫院了，才不要讓她一個人去。」

「如果我早點想到要去看醫生就好了……」裘芝恩哭起來，「這段期間，我拚了命寫歌，一定是過度使用她的生命了。」

她想使力氣捶打雙腿，雙手卻仍然沒力，「她生我下來，又隨便把命給我，她有沒有想過我的心情，我哪能承受這麼重的給予！」

蔡嗣揚抱緊裘芝恩，「王阿姨說，今年端午節時，市場門口來了一個擺攤算命先生，他大膽預言，王阿姨今年會有大劫難，時間差不多在中秋節前後，不會超過重陽節，所以她早就做好心理準備了。」

「算命先生的話能信嗎？」裘芝恩嗚咽。

蔡嗣揚輕輕摩挲她的髮頂，溫柔安慰，「她說，能把生命最後階段這樣用，她才沒有遺憾。」

說著，蔡嗣揚從包包裡拿出一個牛皮紙袋，「這是王阿姨交代我回去她家拿給妳的，她藏得太好，妳住了這麼久，居然都沒發現。」

裘芝恩打開牛皮紙袋，首先映入眼簾的是一疊書信，上頭有娟秀的鋼筆字，一筆一畫顯得謹慎，裘芝恩認得，那是媽媽……養母張萃的字。

王小姐您好，

冒昧打聽住址並寫信給您，今天在仁晴菜市場巧遇，謝謝您幫我找回芝恩。

距離在法院那日已經四年，您的樣貌沒改變太多，因此我一眼就認出您了。

是的，芝恩就是您當年交給我們的王惠恩小朋友。

芝恩先前由奶奶照顧，活潑調皮，有些太過任性了，可能給您添麻煩了，我很慚愧……

我一直感念您將親生骨血交給我們，這封信您不用回覆，往後我會多加注意芝恩的教養，定不負所託。

我留下我的手機號碼，如果您有需要，歡迎隨時來電。

敬祝 安泰

張萃 敬上

〇九XX—XXXXXX

一九九九年四月九日

王小姐您好，

三年前寫信給您後，沒收到您的來電，猜想也許您是不願意打擾，或是已有自己的新生活，因此也不敢再叨擾您。

此番睽違已久再次寫信給您，是想告訴您，這三年芝恩很忙碌，我為她安排國際禮儀教育、一對一鋼琴家教和音樂素養課程，和先生也常常扮演黑臉，忍痛要她注意禮貌與行止坐臥的習慣，氣質已煥然一新，是個人見人愛的小公主，琴藝也日益精進。

這星期六晚上六點半在仁晴藝文中心，她將參與音樂老師安排的發表會，這是她第一次登台，很歡迎您來現場看看芝恩。

敬祝　安泰

張萃　敬上

二〇〇二年六月二十三日

王小姐您好，

時隔十多年，不知您是否仍在仁晴市場打拚？

抱歉又再次寫信打擾您，過去在芝恩的禮儀和音樂教育上，我投注相當大的苦心，沒想到芝恩太喜歡音樂，喜歡到想以音樂為業；她一直主動積極地參加各種比賽，不斷提升自己，我和先生都當作是心志磨練，也鼓勵她參與。然而，芝恩居然未與我們商議，偷偷與唱片公司簽約出道，我和先生極度擔憂她在複雜的演藝圈不易生存，禁止她出道，先生氣急之下說要和她斷絕關係，已成年的她卻因此休學離家出走……

我想去把芝恩找回來，先生卻怎樣也無法拉下臉和芝恩道歉，我和先生對不起您的託付，我們真的對不起您……

敬祝 安泰

張萃 敬上

二〇一五年六月十一日

王小姐您好，

謝謝您的來信，也謝謝您的原諒，您說這是芝恩自己的選擇，您也相信芝恩在我們的教育下，是一個有能力判斷是非的好孩子，這句話深深安慰了我，否則我已經一個多月擔憂得夜不成眠。我不求她大紅大紫，只求她能明哲保身、保護自己。

這個月底，是她第一次以出道歌手身分登上音樂節舞台，她送來貴賓席券，先生卻在賭氣之下將票券撕碎，我另外購票參與，這裡也附上數張票券，希望您和朋友能給她捧場，請您放心，我和您的座位相隔甚遠，您不會見到我，只祈求您可以和我一樣，在芝恩往後的每一場表演，遠遠支持她、守護她。

敬祝 安泰

張萃 敬上

二〇一五年八月四日

裘芝恩讀完信件無法言語，原來她的養母與生母，這些年來有聯絡。

她也明白，為什麼王麗娜會參與她的首度鋼琴演出、知道她出道、推坑蕭念威參加音樂節，間接促成她打開知名度和音樂之路。

兩位母親，一個黑臉嚴厲，一個隱去面孔遠遠守護，原來都是愛的不同形式，同樣的是，這份愛都如此綿密而深長。

除了信件以外，牛皮紙袋裡，還有一個沉甸甸的絨布盒子。

打開一看，是一副澄黃的純金項鍊，造型是個大型的高音譜記號，點綴著碎鑽與珍珠。

「這麼大，是要怎麼戴……」裘芝恩淚眼模糊，看不清楚金項鍊的細節，只能以手心感受這金飾的分量。

「王阿姨家真的有黃金，她藏在冷藏庫裡，不下廚的妳找不到是正常的，她交代我找出來，告訴我，這是她這些年攢錢存下來，打算在妳結婚時委託養母送給妳的金飾。」

裘芝恩雙手掩面。

「王阿姨要我告訴妳，生了妳，她很幸福。」蔡嗣揚輕拍裘芝恩顫抖的背脊。

他知道她哭了，他的眼眶也一陣溼熱，蓮姐和阿娥則相擁而泣。

第十九章　尋她

王麗娜睜開眼睛，她腦袋中最後的記憶，是麻醉師確認她體重，以及還沒數到三她就墜入黑暗。

她眨眨眼睛，期待自己會看到病床和點滴架，卻發現自己身在一片幽暗之中，沒有病床沒有隔簾，沒有醫生護士，無邊際的墨色中只有自己一個人。

她茫然地在黑暗中走動，「哎唷喂……這裡素天堂還是地獄？」王麗娜忍不住心慌，「偶素不素手術失敗了？還是我已經死了？」

這念頭一浮現，王麗娜眼前突然出現一個發光的巨大水晶球飄浮在半空中，球體晶瑩剔透，當中雪花點點，驚慌中的她被光芒吸引並稍稍安撫，她忍不住好奇地湊近，「這蝦毀？實在是水嘎……」

水晶球出現畫面，那是人潮擾攘的鬧區，一個穿著短裙的長髮年輕女孩，和另一個女孩穿過小巷，卻被一群小混混擋住去路。

「妹妹們，長得挺可愛的，要不要跟哥哥一起玩？」為首的小混混不懷好意地笑。

「不要！」短裙女孩勇敢護住另一名女孩，混混老大毫不客氣，搧了她一巴掌。

「你們在做什麼？幹麼欺負女生？她不是說了不要嗎？」一個穿著花襯衫的年輕男子走過來，混混老大向他揮了一拳，他輕鬆躲過，還反身踹了老大一腳。

混混們一湧而上，眼看年輕男子要被打掛，短裙女孩情急大叫，「警察來了！」

小流氓拔腿就逃，短裙女孩拉起年輕男子，對上男子好看的鳳眼，他略勾嘴角，笑起來有幾分風流邪氣。

「這……」

水晶球外的王麗娜不禁愣住，見義勇為但略帶邪氣的花襯衫男子，正是財哥。

原來長髮短裙女孩是自己啊……

王麗娜都忘了自己以前曾經是這樣青春的模樣，她心頭一揪，二十六年前，她就是在這一刻，和財哥一見鍾情啊！

水晶球裡畫面快轉，一個女孩皺著眉頭，一臉憂心忡忡，是阿梅學妹，當時就是和她一起遇上流氓，經歷那次意外，倆人感情更加要好。

阿梅勸她，「麗娜學姊，財哥已經出社會，感覺交友很複雜，我們學校日間部的小楊學長不是很喜歡妳嗎？」

「小楊學長家境好，重家教，我去他家玩過一次，規矩一大堆，吃飯要用刀叉，吃沙拉和吃肉的叉子不能用同一個，我切牛排不小心飛出去，他爸媽臉色好難看……」王麗娜臉色黯然，但想到財哥，她嘴角勾起一抹甜甜的笑。

「我家很窮，配不上小楊，財哥和我一樣，沒有爸媽，家裡沒什麼錢，這樣比較匹配啦，而且財哥對我很好，昨天他自己彈吉他唱〈小姐請妳給我愛〉錄音給我，我好開心……」她握住阿梅的手，「妳不要擔心，我和財哥一定會努力，建立一個屬於我們的家。」

阿梅的苦勸沒能阻止陷入愛河的王麗娜，後來王麗娜休學和財哥同居了。撫養王麗娜的叔叔，少了學費和飯錢的負擔，自然毫無意見，小倆口於是開始過著小夫妻一般的幸福生活，但甜蜜的日子過沒多久，財哥的酒越喝越多，當王麗娜知道他染上毒癮，發現他欠債且開始會打她，她的肚子裡已經有小生命了。

水晶球裡下一段清晰影像出現，王麗娜看見護著微隆孕肚的自己，瀏覽著商店貨架上的商品。

「需要幫忙嗎？」一位穿白袍的女子現身，她是藥劑師。

十七歲的王麗娜不好意思地問：「請問，有那個什麼葉酸嗎？有孕婦維他命嗎？」

「有的。」藥師很快挑出她要的東西。

她毫不猶豫地結帳，掏出皺巴巴的鈔票，她剛離開財哥家，住在阿梅老家，這是她在附近檳榔攤打工辛苦攢下的工資。她原本不會說台語，為了應付運將客人們，她努力學習用台語和他們打交道，檳榔攤老闆稱讚她很有語言天分，才幾天就說了一口地道台語。

王麗娜走出藥局，嘴角揚起。

醫生交代她買的營養品，她努力辦到了，她可以為自己的小寶貝做些事，她覺得幸福滿溢，只是她沒念什麼書，不知道怎麼胎教，只好喃喃地對肚子唱歌。

「啦啦啦啦……啦啦啦啦……寶貝寶貝小寶貝，媽媽最最喜歡妳，寶貝寶貝別擔心，媽媽緊緊抱著妳……」

畫面跳轉，緊接著是在醫院裡，王麗娜看見自己穿著病人服，臉色蒼白，護理師遞了一個妥妥包著的孩子，好小好小，放在她的頸窩。

「恭喜妳，王小姐，妳的寶寶很健康，重三千一百公克，妳辛苦了。」

小傢伙臉頰的溫度傳來，王麗娜碰到她細嫩軟熱的肌膚，忍不住哭了起來，一旁的蓮姐和阿發哥趕緊勸道，「麗娜，不要哭啊！月子期間哭會弄壞眼睛，而且妳才剛拿掉子宮，這是大手術啊！」

但王麗娜無法遏制，一邊哭一邊說：「感謝上帝公，讓我可以順利地將這麼可愛的孩子，帶到這世界上來……」

接下來，王麗娜從水晶球看到昏暗的套房，窗外透著隱約的街燈燈光，自己抱著女兒小恩，木板牆傳來用力拍打的砰砰聲，「幹！吵死啦！大半夜死囡仔不睡覺是在靠夭啊？別人都不用睡啊？」

「歹勢，金價歹勢啦！」王麗娜連連道歉，心急地想著，該怎麼安撫女兒？

她想起懷胎期間，自己編的不成調歌曲，情急之下別無他法，她壓低聲音，在小恩耳邊唱著——

「啦啦啦啦……啦啦啦啦……寶貝寶貝小寶貝，媽媽最最喜歡妳，寶貝寶貝別擔心，媽媽緊緊抱著妳……」

王麗娜知道自己歌聲不怎麼樣，此刻她恨不得自己有財哥的好歌喉，但神奇的是，小恩的哭聲漸漸被撫平，在她的懷裡沉沉睡去，她親吻了嬰兒臉蛋，極輕巧地將孩子放到嬰兒床，像是放一件極其珍貴的寶貝。

水晶球外的王麗娜想起，那陣子她剛誕下女兒小恩，娃兒日夜啼哭，她白天將孩子託給未婚媽媽之家，去外面打零工賺錢，晚上帶著寶寶回到小套房，一邊顧孩子，一邊做些手工賺錢，只要抱著孩子，感覺她的奶香和溫熱氣息，她就覺得幸福。

溫馨的畫面瞬間淡出，再次看到清晰的影像，只見桌上放著出養同意書，王麗娜心頭一揪，這是她將女兒交付給養父母的前一天。

第二天她就要帶著女兒上法院，基本上她和裘家已經達成共識，上法院只是一個程序，從裘太太看女兒的眼神，看得出來會是個疼愛女兒的好媽媽，而且裘氏夫婦學歷高、工作好，他們一定能將女兒教得很好，總比留在自己身邊好……

王麗娜將出生證明和媽媽手冊裝進牛皮紙袋，裘太太說了，什麼都不用帶，裘家已備妥一間美麗又物品齊全的嬰兒房，她還能讓孩子帶什麼離開？

她抱起孩子，反覆唱著唯一一首安撫孩子的歌，她希望能把這首歌唱進女兒的記憶裡，讓女兒夜夜好眠，得到裘家人的疼愛……

第二天早上，在法院將孩子交出後，王麗娜一樣去檳榔攤打工，而後又去醫院做晚班清潔工，直到深夜才回到家裡。

她表情木然，跪著將地板擦拭得乾乾淨淨，彷彿只要手裡做著家事，就能暫時不去想任何事情，然而，當她收摺衣物時，看見她經常洗曬的小小粉紅色棉衣，她再次意識到，女兒從此不會在自己身邊了。

今天在地方法院門口，蓮姐鼓勵她，「麗娜，妳接下來的日子也要好好過，將來一定可以遇到好男人……」

她只是搖搖頭，「我不敢想，我愧對孩子，只希望有能力多做好事，就像蓮姐妳幫了我一樣，如果這樣能累積福氣，我願意全部送給她，我不能再生了，她是我唯一最珍貴的寶貝，我不會忘記她，自己一個人幸福……」

為了扭轉孩子的命運，不得不親手送走唯一的寶貝，想到這兒她忍不住大聲痛哭。

「死查某人是在哭三小啦？」鄰居又拍打牆壁。

「歹勢啦，金價揪歹勢……」王麗娜哭著道歉，哭得更加撕心裂肺，淒厲哭聲嚇得鄰人不敢再拍牆。

接下來的畫面，王麗娜看見自己決定搬出充滿孩子回憶的小套房，在仁晴市場安頓下來。

她看到自己將一頭烏黑長髮剪短燙捲，她換下少女衣裝，穿得和蓮姐一樣像個成熟婦人。

很多年過去了，原本一口標準國語的她，買賣時說慣了台語，她刻意模仿菜市場人們的台灣國語口音，抹去青春記憶，也下定決心不再追求自己的幸福，她覺得自己曾交出孩子，是個不配再擁有嶄新幸福的人了。

水晶球外的王麗娜，臉上爬滿淚水，水晶球繼續播送她如何遠遠地守著女兒，卻始終不能承認身分，也看到女兒，如何藉由她的身軀，走出象牙塔，接觸了菜市場的眾多好友，創造出好多精彩的歌曲，進而逃過生命中的大劫。

她跟著女兒笑，看到女兒為她哭，她又不捨起來……

聽人說，死前會看到自己的一生，這叫走馬燈，這一刻，王麗娜回顧了自己的人生，她才知道，她甘心為女兒付出生命，但她更奢望奇蹟出現，讓她能夠親眼見到女兒。

只是，她知道自己向上帝公祈求的心願早已實現，她不能再貪心，她該上路了。

會是誰來接她呢？是傳說中的黑白無常嗎？

這時，一盞燈光亮起，照亮空間，一個苗條高䠷的長髮女子現身，女子的臉孔漸漸清晰，王麗娜忍不住掩嘴。

「小恩！妳怎麼在這裡？」她上前抓住裘芝恩細瘦的手臂，「難道說，妳已經……」

王麗娜急得痛哭，她希望再見到女兒，但她不希望女兒和自己一樣，來到這個不似人間的莫名地帶。

裘芝恩趕緊上前安撫她，「我沒事！是老莊道士帶我來這裡的！妳已經昏迷超過十天了，蓮姨和阿娥姨跪在玄天上帝案前一天一夜，不斷擲筊，但怎麼問都求不到聖筊，所以我坐著輪椅去找老莊道士，拜託他帶我來找妳……」

裘芝恩緊緊握住王麗娜的手，「其實水晶球亮起時，我就在這裡了，我想出聲音叫妳，卻叫不出來……對不起，對不起，蓮姨說了好多妳的事，我也看了養母給妳的信，我以為我已經瞭解妳，沒想到根本還不夠……」

裘芝恩淚眼汪汪，原來做子女的，永遠無法真正體會一個女人成為母親之後，如何封印自己的青春，如何用力地付出愛給子女。

除非身歷其境。

「寶貝寶貝小寶貝，媽媽最最喜歡妳，寶貝寶貝別擔心，媽媽緊緊抱著妳……」裘芝恩哽咽著、哼唱著，淚珠撲簌，讓她唱得不成調，「這首歌我記得，我在夢裡聽到過，我一直以為這首歌是我的幻覺，原來是好久好久以前，妳對我唱過的……」

王麗娜泣不成聲，緊緊擁抱裘芝恩，裘芝恩頓了頓才有辦法繼續說：「雖然我的音樂才能可能來自生父的基因和養父母的栽培，可是，是妳讓我知道，歌聲可以安慰人心，讓我和音樂從此無法分離……」

裘芝恩抹了抹眼淚，而後用力回抱王麗娜，「媽……」

面對這個既陌生又熟悉的女人，裘芝恩終於喊出這遲了二十五年的呼喚，母女兩人互望，眼淚又再次掉下來。

「我們回去陽間好不好？」

「好，當然好！」

母女倆牽起手，裘芝恩緊緊扣著王麗娜的手，等待老莊道士出聲召喚，這時，一個威嚴蒼老的聲音傳來。

「王麗娜，妳回不去的。」

整個渾沌空間瞬間大亮，蛻變為一個寬敞雪白的殿堂，白袍上帝公和龜蛇現身，王麗娜和裘芝恩跪了下來。

「上帝公……請問為什麼不行？我願意用我的生命換她醒過來，像我媽為我做的那樣，拜託您了！」裘芝恩懇求。

「小恩，母湯啦！不要這樣做！」王麗娜情急阻止，她挺起腰，將裘芝恩護在身後，「小恩，偶命薄，福氣不夠，所以沒有能力留下妳，能再見到妳，已經是神佛保佑了，妳好好過自己的生活，忘記偶也沒關係，趕快回去，好不好？」

「不，」裘芝恩搖頭，「請問上帝公，我媽媽陽壽盡了嗎？如果沒有的話，為什麼我不能帶她回去？」

上帝公嘆口氣，「王麗娜陽壽未盡，但把她困在這裡的，不是我們神明，是她自己啊！」

「怎麼可能？」裘芝恩大驚。

王麗娜也是，她頭用力磕向地面，「上帝公，偶是不是無意中做了什麼錯事，累積了惡報？信女王麗娜，願意真誠悔改！」

「上帝公，祢說過『神通不敵業力』，難道是我媽媽有什麼惡業嗎？她捐錢認養貧童，照顧大家的小孩、認真工作，這樣還沒辦法累積福德、抵消業力嗎？」裘芝恩也跟著磕頭。

上帝公嘆了一口氣，「裘芝恩，妳說對了，的確是有神通也處理不了的業力，只是，並不是因為王麗娜做了什麼壞事。」祂以權杖指著水晶球，「來，看一下更久遠以前發生的事吧！」

水晶球以逆時針飛速旋轉，當它靜止下來，畫面裡出現一個小女孩，和一個年輕女子。

女子趴在床上，身上穿著一件短到大腿根的豔紅洋裝，像一具屍體般動也不動，床邊酒瓶堆得亂七八糟，小女孩默默收拾，一不小心，酒瓶掉在地上，發出匡噹聲響。

女子抬起頭，五官明豔，和王麗娜非常像，氣質卻流露風塵味，臉上殘妝沒卸除，眼線暈開，看起來像一道黑色的眼淚。

「妳這個死小孩，妳爸死了，我要下海賺錢養妳，妳還吵我睡覺！」女子起身大吼，甩了小女孩一巴掌。

「媽，對不起、對不起……」小女孩其實不懂什麼是下海，流著眼淚，卻不敢放聲大哭，「我不吵妳了，妳趕快休息，好不好……」

畫面切換，一台救護車疾馳，小女孩在警車護送下到達醫院，她看見母親頭破血流地被送進急診室，小女孩瞪大眼睛，不明白是怎麼回事。

媒體記者湧入急診室，一名女記者對著攝影機播報：「一名有暴力和性侵前科的張姓富少，今天下午四時召妓時，因為價格和原本談好的不一樣，與李姓女子起了衝突，張姓男子拿領帶將李女雙手綁在旅館床柱上，拳打腳踢，致使李女顱骨破裂重傷……」

人群議論紛紛。

「可憐哦。」

「都是她自己墮落啊，好手好腳不找正當工作，當什麼妓女！」

小女孩已經十歲，這一刻，她才明白母親的職業，原來母親竟然是用這樣的方式養大了自己。

重傷的母親沒熬過去，幾天後嚥下最後一口氣，沒清醒過來跟小女孩說任何一句話。

畫面切換到深夜，兩盞白色長燭亮著，幾束白菊布置了一個淒涼的簡單靈堂，小女孩跪在媽媽的遺像前，親族議論著。

「要不是為了養這孩子……」

「想當年她也是整個眷村最漂亮的女生啊……」

「她先生咧？」

「聽說這孩子出生時，日也哭夜也哭，他幫忙哄小孩，開卡車時精神不濟，出車禍走嘍。」

「可憐哪……」

「這小孩出生時就有送去算命，說她剋父母又孤鸞命，子女容易有損傷，如果不在身邊反而好些，實在歹命喔……」

「賠掉自己的命，養這個歹命的孩子，值得嗎？」

原來都是為了養她，媽媽才這樣做，她自己害死了媽媽，她該死！她該死！

小女孩哭著對自己掌嘴，大家趕緊上前安撫她，小女孩哭到昏厥過去，水晶球外的王麗娜和裘芝恩，卻聽得見小女孩心裡的聲音。

「媽媽對不起，我不應該來到這世界，這樣妳就不會死了……可是我也不敢自殺，原諒我這麼不勇敢，我會認命依照自己的命運過生活，絕不埋怨……我也絕對不會丟下妳，自己過著幸福的日子，我不配！等我死後，我也不要再投胎了，一直當孤魂野鬼就好，不要再當人來害人了……」

喪禮過後，一個年輕男子來帶走小女孩，那是她的叔叔，然而，叔叔家已有四個孩子，她搶著做所有家事，換一頓溫飽，還有在這個家待下去的機會。

畫面淡出，小女孩令人心疼的話語，讓王麗娜和裘芝恩倒吸一口氣。

「阿彌陀佛，這孩子素隨？她幹麼這樣講啦……」善良的王麗娜抖著手。

「王麗娜，妳都忘記了嗎？」上帝公問。

「蛤？」

「這個孩子就是妳自己啊！」上帝公提醒，裘芝恩一愣，王麗娜心頭抽緊，是啊，那國語說得字正腔圓的小女孩，在母親靈前發誓的悲戚女孩，都是她自己……

她一直讓自己活成菜市場的王阿姨，彷彿這是最原始的自己，然而，這才是她的童年，她一直以來不願再想起的，心酸的生命原點。

上帝公面容嚴肅，「王麗娜，妳強迫自己忘記，實際上，妳聽了而且相信那些三姑六婆的話，這樣的相信，等於是詛咒自己，而妳對妳媽媽的罪惡感更是幸福最大的殺傷力，就算我神通廣大，也無法解除妳對自己的詛咒。」

王麗娜淚流滿面，裘芝恩恍然大悟，「所以……是我媽潛意識不願意醒來，怕自己幸福了，對不起她媽媽，也就是我的外婆？」

上帝公點點頭，「很傻，是不是？但王麗娜是個心軟的好孩子，她的信念就像是生根的大樹，已經長得太巨大，無法輕易撼動。」

他權杖一揮，水晶球再次出現畫面，「請妳們看看更久以前的故事。」

一個年輕女子抱著一個嬰兒，女子滿臉憂容，不住嘆氣，嬰兒似乎感染了母親的沉重情緒，啼哭不止，女子怎麼哄都沒辦法安撫，一名黝黑的男子現身朗聲唱道：「啦啦啦啦……啦啦啦啦……寶貝寶貝小寶貝，爸爸最最喜歡妳，寶貝寶貝別擔心，爸爸緊緊抱著妳……」

他五音不全，但原本愁眉不展的女子被逗笑了，孩子也停止啼哭。

「怎麼樣，我唱得好聽嗎？」

女子綻開溫柔的笑靨，「當然，這是全世界最好聽的歌聲。」

男子也笑得溫柔，「算命的話應該讓妳心情不好，聽聽就好，我們要讓這孩子平安健康地好好長大。」

兩人相視而笑，畫面切換，斗室幽暗，女子抱著孩子，孩子看來大了許多，屋裡卻不見男子的身影。

「啦啦啦啦……啦啦啦啦……寶貝寶貝小寶貝，爸爸……不，爸爸不在了，媽媽最最喜歡妳，寶貝寶貝別擔心，媽媽緊緊抱著妳……」女子唱著這首歌，因為啜泣而不成調，她抽抽噎噎地開口。

「孩子，別擔心，妳是爸爸留給我的寶貝，媽媽把命賣了，也要把妳養大……」

「這是……」王麗娜問，上帝公答，「民國六十八年，王麗娜，這是妳更小的時候。」

王麗娜大愣，她一直以為這首歌是自己瞎掰胡謅的，沒想到是來自更遙遠以前，在她心頭種下的幸福種子，原來爸爸媽媽愛她的，原來媽媽儘管被生活折磨，她的初衷裡，並不覺得養她這個歹命的孩子不值得。

上帝公說道：「王麗娜，即使妳信了三姑六婆的話和算命師的評斷，本質善良努力的妳，還是在苦難中開出美好的花朵，結了許多善緣，只是妳把所有福報用在女兒身上了……現在，妳得原諒自己，解除對自己的詛咒，如此一來，才有改變命運的機會！」

裘芝恩不自覺握緊王麗娜的手，就在這時，一個男聲傳入這幽冥空間。

「裘小姐，找到麗娜了嗎？我們該出來嘍！就算找不到妳也該回來了，不然妳可能會永遠困在那裡，危險哪……」

裘芝恩認出這聲音，「是老莊道士！」

上帝公搖搖頭，「唉，老莊只能撐這點時間，這麼快就不行了？我會託夢告訴老莊要多多修煉。清醒的大活人，是不能在這裡待太久的，裘芝恩，現在妳得回去了。」

「小恩……妳聽話，快，趕快走……」王麗娜依依不捨地催促裘芝恩。

裘芝恩抹了抹淚，毅然問上帝公：「上帝公，祢說過神通不敵業力，但祢也說了，業力不敵願力，愛就是最大的願力，不是嗎？如果我用我媽媽的名字多做善事，為她累積福報，可能有機會改變嗎？」

「哈哈哈，好！」上帝公大笑，「我以為妳等著我開示，沒想到妳自己說出來了，真是個聰明的孩子，沒枉費妳的生母讓渡生命和肉身，讓妳走這一遭好好學習。」

裘芝恩趕緊擁抱王麗娜，「媽，等我！請妳原諒妳自己，看看我和蓮姨、阿娥姨、蔡嗣揚，還有菜市場的大家，我們都愛妳，都需要妳，我們都要妳好好的啊！」

王麗娜用力點頭，她正要說些什麼，瞬間一股莫名的拉力扯開她們二人，撕裂光影與時空，裘芝恩再也看不到王麗娜和上帝公的身影。

「媽！」

「小恩！」

王麗娜的嘶喊聲彷彿還在耳邊，裘芝恩睜開眼睛，渾身冷汗涔涔，她回到原本所處的時空，回到香煙繚繞的仁仙宮，她仍然坐在輪椅上，老莊道士趺坐在地上，看起來相當疲累，而蔡嗣揚、蓮姐和阿娥緊握著她的手，三人都是蹙眉憂心的面容……

第二十章　懷念

金香店裡人們搶購金紙銀紙，販售雞鴨肉品的店家生意特別好——這天是重陽節，雖然不是國定假日，仁晴市場裡依舊聚集著恪守傳統的人們，為了祭祀祖先和地基主而忙著四處採購。

熱鬧人聲中，麗娜服飾依然店門緊閉，走過路過的客人攤商總是議論紛紛，「怎麼都沒開店？裘安娜是安怎，還在住院？」

這陣子人們頻頻跑去問王麗娜的兩位閨密，阿娥只是垂下頸項，搖頭嘆氣，眼眶泛紅，蓮姐卻掩面爆哭，弄得發問者連忙安慰她，再也不敢追問。

大夥兒只好追著蔡嗣揚，因為被問太多次了，他慎重宣布，重陽節晚上在市場自治會辦公室裡，他會統一說明。

晚上七點，打烊後的眾攤商來到自治會辦公室，不見蔡嗣揚蹤影。

眾人議論紛紛之際，一個身著粉紅色連身洋裝的年輕女子坐著輪椅，由蔡嗣揚推進辦公室。

女子戴著墨鏡口罩，露出的肌膚蒼白，即使坐在輪椅上，也遮不了她輕盈高䠷纖細的身形。

「那誰？不是麗娜，也不是安娜？」水產店老闆忍不住脫口而出。

「你不認得喔？她是麗娜最喜歡的歌手，裘芝恩啦！她受傷躺了好久，最近醒來了啦！」阿慧嘖了一聲。

「按捏喔……哈哈哈哈。」阿成不好意思地摸摸頭。

他的牽手阿慧沒罵他看女人，倒是提出另一個問題，「但是，她為什麼會來仁晴市場？」

「嗣爺，別賣關子了！你今天要我們來，是要說什麼？安娜到底怎麼了？」眾人看著蔡嗣揚。

「裘……」蔡嗣揚剛開口。

裘芝恩輕輕拉著蔡嗣揚的手肘，「我來說。」

她拿下眼鏡，眼睛紅腫，眨眨眼，看著水果三兄弟、阿成阿慧、蕭念威……諸多熟悉的攤商面孔，甚至對抗賽綠隊的小雰等人也都出席了，短短兩個星期恍如隔世。

「我會好好跟大家說明，請大家坐著，謝謝。」裘芝恩誠懇地說，她聲音輕柔，卻有種不容質疑的分量感，人們坐回位子，等待心中的謎團被解開。

「大家好，我是裘芝恩，也是王麗娜的親生女兒。」裘芝恩緩緩開口。

「咦？」眾人發出驚呼，裘芝恩點點頭，繼續說下去。

「我的母親在十七歲時，為了躲避吸毒又家暴的丈夫，逃家來到仁晴市場這一帶，生下我，為了給我一個更好的未來，我母親忍痛將我出養，當時幫忙她的社工，就是蓮姐的先生阿發哥。」

「也是在蓮姐的介紹下，我母親在仁晴市場落腳，這些年來，她始終默默關心著我，也把她的母愛，分給市場裡的孩子，分給許多需要幫助的人。」

「兩個月前，她診斷出胸腔疾病，原本要準備就醫，但聽到我墜崖受傷的消息，因為過度擔憂牽掛我這個女兒，心理上受到太大的創傷，解離出第二人格，她的第二人格就是依照我的樣子設定，也就是各位所認識的裘安娜。」

「麗娜、安娜，居然是同一個人？」人們議論紛紛。

王麗娜的鐵粉簡伯伯忍不住衝上前揪著蔡嗣揚的衣領，「嗣爺，你怎麼沒帶麗娜去看醫生？嗚嗚嗚，我的麗娜……」

蔡嗣揚抹了抹額際的汗，蓮姐插嘴，「是我叫他不要去。」她頓了頓，繼續解釋，「裘芝恩受傷，她很傷心，我寧願她把自己當作裘安娜，快活地跟我們一起在市場裡，也不要麗娜傷心過頭。」

「麗娜現在在哪裡？裘芝恩小姐現在看起來好好的，麗娜會不會回來？」簡伯伯又問。

「我媽媽她……在中秋節那天送醫，在緊急胸腔手術過程中休克，雖然搶救回來，手術也順利完成，但是到現在還沒醒過來。」

裘芝恩越說越哽咽，「我今天是來謝謝大家，謝謝仁晴市場和各位的陪伴，她以仁晴市場為榮，因此，我願意出我最大的力氣，為我媽媽祈福，我想她一定不要我為她燒香拜佛，我希望能協助仁晴市場永續經營，成為最有活力、最精彩、最有特色的菜市場，也會照她一直以來幫助弱勢兒童的心願，出錢出力，希望能為她增加福德，讓她早日醒過來。」

「神通不敵業力，業力不敵願力，愛就是最大的願力。」裘芝恩將上帝公的話抄錄在隨身筆記本上，不敢忘記，從此刻起，她要為母親積攢愛、積攢願力了。

「那按捏……」此刻，台下的仁晴攤商好友們都紅了眼眶，他們紛紛對裘芝恩表示，「妳要辦什麼活動，我們一定支持！」

人群中的小雰倔強地咬緊嘴唇，眼眶卻紅到發痛。

比賽結果揭曉的那一刻，她擔憂地望向趙韋善，只見他嘆口氣，「小雰，妳還年輕，還有機會，我是徹底玩完了。」她還想找他爭取合作，沒想到，緊接著就爆出他殺人未遂的消息，她的明星夢再次出師不利。

她覺得看不到希望了。

她今天來到這裡，是因為自家爸爸閃到腰，要求她代替他來，不然她才不想碰到任何與裘安娜有關的人事物，沒想到，裘安娜不見蹤影，卻來了一個裘芝恩，揭開裘安娜令人驚異的身分。

小雰咬緊嘴唇，她想起來，小時候也常被家人託給王阿姨照顧，王阿姨總是稱讚她漂亮，總是梳著她的頭髮，幫她綁各式繁複的辮子，如同女兒一般地疼愛，自己卻在王阿姨最艱難的時刻，百般刁難、取笑、鄙視她的第二人格……如今，還來得及彌補自己的錯，來得及向王阿姨道歉嗎？

人們熱烈討論如何出力，裘芝恩深吸一口氣，「謝謝大家，裘安娜……我母親的創作，我會將它們發揚光大，讓更多人聽到。」

她沒說實話，不是不願，是不能，以免嚇壞市場攤商們。而那些以裘安娜之名創作的歌曲，對裘芝恩而言，從來不是她一個人的創作。

在她心中，是她的媽媽王麗娜用生命和仁晴市場一起編織激盪出這些歌曲，她，裘芝恩，只是一個音樂的管道，將這份溫暖濃郁的人情，轉譯成音樂的形式並傳遞出來。

♪

從重陽到冬至，一轉眼，王麗娜已經昏迷一整個季節。

看守所的會客室裡，隔著壓克力隔板，編號九四七九的財哥拿著電話筒，看著對面的年輕女子，心裡一愣，但仍然用輕佻的話語掩飾心中的驚訝。

「妳傷好了？為什麼來見我？想念妳的親阿爸嗎？麗娜在哪裡，怎麼沒一起來？」

「她生病了，動手術休克，昏迷不醒，已經超過三個月了。」裘芝恩努力平靜神色。

財哥靜默了好一會兒，覺得左胸口好像被人揍了一拳，他強忍下來，故作壞笑，「那麼，等我出來再跟妳要錢啦，不然我可能不小心，把妳的身世講出去……」

「你儘管講，我已經告訴別人，我的生母是個充滿愛的女人，而我的生父，是她努力保護我要遠離的對象。」

「妳！」財哥拍桌。

「九四七九！」獄警要他冷靜一點。

「我知道，我的音樂才能，不只是因為我養父母用心栽培我，還有一點天賦，我要感謝你遺傳這基因給我，但是，也就這樣而已。」

裘芝恩定定望著財哥，緩緩說著：「我知道你沒有機緣發揮自己的天賦，才會過得這樣渾渾噩噩，從毒品中尋求安慰。所以，出獄後不要找我，找找你自己吧！你還有幾十年能活，你想想，你還要再進監獄嗎？你知道，媽媽離開你後，雖然沒有親自撫養我，她卻活得很精采，你不能活得像樣一點嗎？」說著，裘芝恩起身，「再見了，我們之間沒有話好說，往後我不會再見你了。」

裘芝恩掛下話筒，忍著淚眼走出會客室，門外，蔡嗣揚帶著溫柔的笑容等她，等著用燦爛溫暖的陽光，曬乾她的淚光。

「回去了，九四七九，那位小姐有送菜給你。」獄警催促，發愣的財哥才起身走回舍房，果真有份食物等著他，舍友投以羨慕的眼光，他打開餐盒，那是一碗高麗菜排骨粥。

他想起來，二十五年前，王麗娜悄悄失蹤的那一夜。

他因為在工地偷懶被工頭釘上，挨了一頓訓斥，喝過酒才回家，看到王麗娜在做手工貼補家用，覺得自己分外無能，忍不住踢翻她準備的飯菜，還用力呼了她一巴掌，她頭撞到牆，當時的財哥想，這女人大概是頭殼早就被自己打壞了吧，她居然不是抱著頭，而是抱著肚子。

他想問她肚子怎麼了，但大鬧一場後，他不勝酒力，癱倒在沙發上昏昏地睡去。

睡著前，財哥想著——

明天，明天他一定會跟工地的阿義仔說，不要再給他毒品了，他已經跟麗娜保證了不下十次他不會再碰，卻每每破戒。

明天他一定會開始存錢，他想去銀樓買一個金戒指，和麗娜這溫柔的好女人去公證結婚。

噢，對了，明天他要去踹那個工頭說他不幹了，然後去找個輕鬆又賺錢的好工作，好好照顧麗娜……

當他醒來，桌上有一碗高麗菜排骨粥，這是王麗娜常常為他煮來醒酒的熱粥，碗上還留著餘溫，王麗娜卻不見人影。

他以為她暫時出門晃晃，但王麗娜從此沒再回來，他到處尋找，她卻彷彿從人間蒸發。

後來再次和王麗娜重逢，每次見面，他都想著這是最後一次向她要錢，明天他就會好好做人，然後和王麗娜重新開始。

然而，這樣的明天，始終沒有來到。

財哥從往事回神，舀了一口粥，這滋味和王麗娜煮的一模一樣，他不禁愣住，裘芝恩是怎麼做到的？

他不知道的是，王麗娜用這碗粥，餵養了許多仁晴市場的孩子，吃這粥長大的蔡嗣揚，早就學會用自家販售的排骨烹煮這道粥品。

裘芝恩表明要去探訪財哥時，因為年關將近，蔡嗣揚提議帶一道菜進去，裘芝恩點點頭，因為她在王麗娜的記憶中，看到財哥曾經讓王麗娜感受到幸福的微光和希望。

於是蔡嗣揚做了這道粥，為了看守所嚴格的食物審查，他還細心剔除了豬大骨。

財哥吃著粥，心想，那麼多個明天早已過了，他還在這裡，彷彿不曾擁有過什麼。

王麗娜的時間已經暫時靜止，不知她還有沒有明天？但無論如何，她已擁有了許許多多很有分量的昨天。

他放下湯匙失聲痛哭，他擔憂王麗娜，也知道無論她是否能醒過來，他都錯失了生命中最重要的兩個人。

♪

【快訊】歌手裘芝恩走過低谷奇蹟復出　下月將辦公益演唱會

人生比戲劇還要離奇！歌手裘芝恩去年八月十三日摔下山崖，昏迷四十九天醒來，驚見男友兼經紀人趙韋善對她謀殺未遂，逃過一劫的她，經過復健和長達數月的準備，宣布復出歌壇，並成立個人品牌的音樂工作室，自己擔任詞曲創作和音樂製作，名為「麗娜音樂」。

這是裘芝恩生母的名字，裘芝恩生父吸毒家暴，她的生母王麗娜為了給她更好的成長環境，毅然將她出養，果真遇上願意傾力栽培她的養父母。裘芝恩表示，生母王麗娜因病昏迷中，她必須活得更好並努力行善，才能報答母親的恩惠，因此近期她經常到安養院、育幼院和監獄義唱，是暖身也是分享音樂與愛。

下個月裘芝恩將在知名文青菜市場——仁晴市場舉辦公益演唱會「我的市場女神」，所得扣除成本將全數捐給慈善社福機構，特別是幫助未婚媽媽與弱勢家庭的單位。演唱會不用傳統座椅劃位，採辦桌形式，讓大家可以同時聽好音樂、吃美食、做善事。

本次演唱會，裘芝恩也將發表全新歌曲，將突破既往樂風，請歌迷拭目以待。

最終章　唱愛

仁晴市場處處插著紫紅色旗幟，原來今晚市場有大活動，白天攤商們興奮不已，幾乎無心做生意，此刻蔡嗣揚在仁晴小食肆，緊盯著舞台燈光音響逐一就緒。

這和紅綠對抗賽的舞台等級已全然不同，舞台設計寬廣，用紅綠藍燈光塑造市場茄芷袋的意象，多名專業燈光師在測試打燈，這是一場對外售票的正式演唱會，所有席位在開賣第三天就售罄。

入口處的大海報下方，標示著主辦單位與協辦單位，分別是「麗娜音樂」與「仁晴市場行銷股份有限公司」。

「蔡執行長，昨天追加的舞台無障礙坡道都OK了，請放心！」燈光公司承辦人向蔡嗣揚確認，蔡嗣揚點點頭，他微微瞇眼，看著華燈初上的市場，忍不住回想這半年來的變化。

雖然袁郝驊差點破壞蔡嗣揚的市場夢，但也讓蔡嗣揚更清楚地看到，人們會受到撩撥和操弄，也是因為對機會和夢想的嚮往，他必須更加積極、加快腳步採取行動，加速搭好舞台，讓市場人們登台。

因此，蔡嗣揚將蔡記肉鋪交給大山，走過繁複的公聽會與行政程序，成立「仁晴市場行銷股份有限公司」，接掌公辦民營的仁晴市場，在更有彈性的體制下，打造更多活動和商機，也為二樓的閒置空間招商，如今仁晴市場一二樓都人氣滿滿，除了在地客人，也多了許多國外觀光客，甚至常看見國內外知名YouTuber的身影。

飛飛在仁晴市場行銷公司裡的冷凍食品部門上班，負責開發市場美食的冷凍即食系列，即將進軍便利商店和超市，現在的她經常穿著白色實驗袍，實現了當OL的願望。

露露在蔡嗣揚的協助下，統整市場中的製麵產業，承包各大麵店餐廳的訂單，打響了「仁晴麵」的品牌形象；仁晴麵形象代言人「仁晴Man」，則是在市場二樓健身房擔任實習教練的阿孟，當然，仁晴麵也推出瘦身配方，吃麵不長肥肉，大受增肌減脂族的歡迎。

魷魚羹姐妹花和水果三兄弟正在市場一角進行發聲練習，魷魚羹姐妹將自家小店改裝，賣起網美魷魚羹，美食與美女讓生意更加轟動，而她們和樂山青果行已展開合作，是今天演唱會的暖場美聲團體「芒果魷魚絲」，同時熙貴和魷魚羹大姐、穆貴和魷魚羹小妹，分別穩定交往中，獨留小弟丹貴，等著和大山一起參加仁晴市場和畜產公會合辦的單身聯誼。

至於蕭念威，寫了好幾本市場故事的書，已進入出版排程，其中包括和阿娥合作的雞蛋繪本，內容是反霸凌的故事；除了繪本之外，阿娥也成了「娥媽媽老師」，擔任親子版與青少年版市場導覽和食農小旅行的講師。

仁晴市場也成了所在城市球團的贊助廠商，小雰則加入球團啦啦隊，大受歡迎，代言多項運動用品，她也回到學校進修運動管理學程，野心勃勃地想成為運動主播。

而大姐大蓮姐，仍舊每天忙著蒸她的糯米餃，只是她現在多了一個頭銜，害她更加沒時間跳國標舞——仁晴市場行銷股份有限公司的董事長一職，唯有她能坐鎮了。

至於袁議員，兩個月前因為貪汙也收押進看守所，就在趙韋善隔壁間，據說放風時間都遇得到。

這時，大山推推蔡嗣揚手肘，將他的思緒喚回，「欸欸，你和裘仙女現在怎麼樣？」

「還能怎麼樣？我忙著把市場變成公司，她也忙著成立音樂工作室，常常一個月見不到一次面呢。」蔡嗣揚的口氣聽起來有點落寞。

「那你們是怎麼開始的？她是不是醒過來後，感謝你的救命之恩，發現你超帥，就以身相許了？」

「許你個大頭啦！」蔡嗣揚瞪他一眼，「好好顧好攤子切豬肉，我才幫你辦聯誼，懂？」

「是，蔡執行長！」

說著，蔡嗣揚走到表演休息室，仁晴食肆現在是個有專業舞台和休息室的表演空間，今天休息室裡，有他心中最重要的貴賓，裘芝恩。

忙碌的大半年，蔡嗣揚擠出時間陪她復健，日日用LINE訊息聊天，交換彼此一路上的酸甜苦辣，他們連三餐吃什麼都分享了，只是，他遲遲不敢問眾人追捧又忙碌的裘仙女這一句——

妳願意做我女朋友嗎？

他緊緊捏著手裡的VIP貴賓席票券，原本以為只有自己有VIP票券，沒想到，蓮姐、阿娥、紅隊成員、阿成阿慧大山都有，他還和裘爸爸裘媽媽同桌呢。

他嘆一口氣，阿娥好心幫他構思了演唱會終場時的真情告白，但是……

♪

「大家好，歡迎大家光臨，今天仁晴市場美食招待，大家不要客氣，世上沒有這麼讚的演唱會，除了聽歌，還包大餐，是的！這就是裘芝恩小姐的『我的市場女神』公益演唱會，大家開不開心？」

開場的依舊是仁晴市場第一號主持人老莊道士，裘芝恩身穿一件特殊材質的金白相間硬挺洋裝登場，仔細一看，材質配色和蔡嗣揚設計的黃金繡線茄芷袋相同，這正是蔡嗣揚的創意，以時尚融合市場元素，走出特有的路。

裘芝恩唱著一首又一首她以裘安娜身分發表的創作，台下的人們沒搖螢光棒，忙著動筷子吃美食，真正如「吃」如醉，享受音樂與市場佳餚的雙重盛宴。

「今天我所唱的歌，都是我的親生母親王麗娜女士的創作，而這首歌，會由我和她合唱——」

台下的觀眾粉絲都知道，王麗娜在裘芝恩昏迷期間，冒出第二人格，會唱會創作，現在換王麗娜長期昏迷中，這新聞占據了影劇版面，催出許多人的淚水，還有人想向裘芝恩買下版權拍成連續劇，因此大家都很好奇，裘芝恩要如何和王麗娜合唱？

樂團彈起前奏，音控師向裘芝恩點點頭，一個低沉滄桑的女聲傳來。

腳踏車輪子轉啊轉，手上握著清單，
醬油米酒青菜水果和雞蛋，
買回家給媽媽做晚飯；
市場裡一張張熟悉的臉，

一聲聲招呼，一遍遍妹妹妳小心點……

所有人停下筷子，被這個說著故事的歌聲征服。

這是王麗娜的嗓音，也就是裘安娜在紅綠對抗賽的演唱錄音。

菜市場的大夥兒聽到熟悉的歌聲，有些人的眼眶悄悄紅了。

裘芝恩輕輕唱起她親自編寫的合音，襯著菸酒女嗓，像是迷濛煙霧中的一縷花香。

裘芝恩請混音師將裘安娜在紅綠對抗賽的歌聲，分離為獨立的音軌，修去雜音，讓她能用來對唱。

對唱的人雖是她自己，用的卻是王麗娜的聲音，這是唯一的方法，實踐她和親生母親一起唱一首歌的可能。

她沒想過，自己和王麗娜的嗓音差異如此大，合起來卻如此交融相襯。

第一班車回到家裡，
媽媽說要我多吃點，
陪著她來到童年的市場，
沒有清單，這裡買買，那裡選選，
卻買了一整籃子的苦辣酸甜。

　　原來快樂不用清單，只要有愛相伴，
　　在這個人來人往的幸福專賣店，
　　在這個倦鳥可以隨時回歸的人情專賣店……

她一聲聲唱著，眼角溢出淚水。

成立獨立工作室不太容易，她退租豪宅，燃燒存款，和助理幾乎輪流睡在辦公室裡，她硬著頭皮親自和廠商、合作夥伴溝通，每每耗盡她的精神氣力，她得花費更多力氣，讓自己回復精神。

但她三餐不是養母做的愛心便當，就是仁晴市場的美食外送，蔡嗣揚為了讓裘芝恩更方便地享受仁晴滋味，說服熟食攤商和小食肆店家加入外送平台。

愛的食物不僅撫慰裘芝恩的胃，也給她力量。

走出舒適圈不容易，往後她還是會努力地唱著，因為媽媽與養父母的愛、市場的生命力和人情味，帶她跨越人生的難關、創作的窒礙，讓她能繼續歌唱。

觀眾抹抹淚水，如雷的掌聲，傳遞著台下觀眾有多感動。

「嗣爺，你應該去準備了，」阿娥想推推身旁的蔡嗣揚，卻發現他不在座位上，「咦？嗣爺哩？」

蓮姐哭到擤鼻子，根本不知道蔡嗣揚不在。

另一邊的大山回答：「一小時前他接到一通電話，就先離開了。」

阿娥急了，她撥電話給蔡嗣揚，但他沒接聽。

觀眾熱烈的掌聲傳來。

「安可！安可！安可！」

「再來一首！」

「裘仙女，我愛妳！」

「謝謝大家！特別是仁晴市場裡的朋友們。」裘芝恩彎腰鞠躬，「為了報答仁晴市場的各位，在這裡，我要演唱一首沒發表過的歌。」

這時，舞台燈光全暗，聚光燈打在演唱會入口處。

蔡嗣揚出現在那裡，阿娥鬆了一口氣，拍拍胸口，她伸長脖子，按照她的劇本，他應該已經拿出預先藏好的一只茄芷袋，裡面裝了滿滿的玫瑰花，另一手拿著麥克風，對裘芝恩說：裘芝恩小姐，妳願意當我的女朋友嗎？

但蔡嗣揚手裡沒有玫瑰花，他推著一台輪椅，上面坐著一個身穿紫紅色洋裝、頂著花媽捲髮的女子。

裘芝恩放下吉他，不小心碰掉立架上的麥克風，她雙手發抖。

蓮姐興奮尖叫，阿娥掩住嘴，不敢相信自己的眼睛——

蔡嗣揚推著輪椅前進，女子身上的亮片水鑽，在聚光燈下閃閃發亮。

裘芝恩跳下台，顫抖著走向輪椅上的女子。

這條漫長的路，她們母女走了好久好久，王麗娜昏迷數個月，加上之前分離的時光，算起來有二十五年，足足四分之一個世紀了。

「是麗娜！」攤商們站起來鼓掌，「是裘仙女的媽媽！」粉絲們也起立，裘父裘母也淚光閃閃。在眾人的掌聲中，母女相擁。

蔡嗣揚鬆了一口氣，其實王麗娜昨天已經醒來，正好他在加護中心探望她，本來要通知裘芝恩和兩位阿姨，王麗娜卻摁住他的手，請他將這段時間發生的事，原原本本地告訴她。

王麗娜知道第二天裘芝恩要開演唱會，精神好了起來，醫生檢查後，驚奇地表示沒看過長期昏迷的患者清醒後狀態這麼好的，不只如此，王麗娜還跟醫生說，她要請假去燙頭髮。

「妳大病初癒，燙頭髮幹麼？」醫生傻眼。

「參加我女兒的演唱會。」王麗娜笑吟吟回答。

蔡嗣揚提前消失，就是去醫院接王麗娜，醫生不許王麗娜離院太久，他只能掐緊時間，在演唱會即將結束前，讓王麗娜進場。

裘芝恩和王麗娜擁抱許久，才放開彼此，她們看著對方，有很多話想說，卻又不知道從何說起。

王麗娜身體往前傾，向裘芝恩做了個提議，裘芝恩猶豫了一下，請蔡嗣揚將輪椅推到舞台上，又向樂隊附耳說了幾句話，而後將一支麥克風遞給王麗娜。

「我的親生母親想跟我合唱一首歌，我的出道曲〈月光〉。」裘芝恩對觀眾們表示，「我媽媽的歌聲，呃……很有特色，但是能和她合唱，我真的真的非常開心。」

王麗娜接過麥克風，搞笑地說：「喂喂，喂喂，麥克風試音，麥克風試音。」

裘芝恩看向她，「準備好了嗎？」

王麗娜咧開紅唇，「還差一點，偶想要偶的好姐妹幫偶伴舞。」

蓮姐和阿娥立刻從坐席上跳起來，奔向裘芝恩和王麗娜，兩人擁抱了王麗娜，才快速地擺好姿勢就定位。

快節奏的樂音響起，阿娥和蓮姐跳起恰恰舞步，歌迷們懷疑自己的耳朵——這不是〈月光〉嗎？原本是一首動人的單戀情歌，現在怎麼變成快版了？

王麗娜雖然坐在輪椅上，卻使勁大聲唱，她的歌聲讓粉絲譁然而後大笑，市場的攤商們早已笑炸。

「這才是阮的麗娜！她真的回來啦！」簡伯伯站起來用力鼓掌。

蕭念威則大喊：「天啊，我好想念『仁晴胖虎』的歌聲，水啦！王阿姨！我們愛妳！」

在歡樂如白色爆米花的〈月光〉中，在眼淚和歡笑聲中，這場演唱會結束了。

唱了歌後的王麗娜掩不住疲累，她還來不及和蓮姐阿娥敘舊，裘芝恩和蔡嗣揚就趕著將善後工作交出，急忙送王麗娜回到醫院，雖然王麗娜一切指數還算正常，但主治醫師堅持，王麗娜仍需觀察數天才能正式出院。

「小恩，」王麗娜看著裘芝恩，一向爽朗多話的她變得欲言又止。

裘芝恩握緊王麗娜的手，「上次老莊帶我去觀落陰，妳還記得嗎？」

王麗娜點點頭，裘芝恩問：「後來，妳一直都在那裡嗎？妳做了什麼？」

「偶只是不斷地懺悔，不斷地念誦，『偶解除偶的誓言、原諒偶自己、偶值得幸福快樂』，在那裡沒有白天也沒有晚上，偶不會肚子餓，不會想睡覺也不會累，就是一直念誦，很用心用力地念。」

「辛苦妳了。」裘芝恩眼角含淚，王麗娜搖搖頭，「小恩，為了見妳，這不算什麼……」

「媽，我們之間錯過這麼多年，妳要好好的，身體如果有任何不舒服都不准再拖了，一定要馬上看醫生，知道嗎？」

王麗娜點點頭，裘芝恩又殷殷叮囑，「還有，不要再詛咒自己了，我們要一起幸福，好不好？」

王麗娜紅了眼眶，「小恩，妳真的、真的長大了……真好，謝謝裘先生裘太太把妳養得、教得這麼好，謝謝妳，這麼努力長大了……」

王麗娜回到病房後，還交代蔡嗣揚幫忙聯繫蓮姐和阿娥，明天要帶早餐來看她，她要吃蔥抓蛋餅、蘿蔔糕，還有滿滿「黃金銅」的大杯熱豆漿。

「好久沒一起吃早餐了。」講電話時，王麗娜紅著眼。

視訊電話那頭的蓮姐和阿娥也哭著說：「偶們三個人講好哦，以後每天都要一起吃早餐……」

王麗娜睡下後，蔡嗣揚終於和裘芝恩有單獨相處的時刻。

「你願意陪我去一個地方嗎？」裘芝恩望著蔡嗣揚，輕聲說出地點，他點點頭，那是他們兩人熟悉的地方。

他們又回到仁晴市場，登上角樓。

這裡有一把吉他，蔡嗣揚一臉困惑，裘芝恩笑了，「這是我剛才偷傳訊息請助理幫我拿上來的。」

牆角還有一個茄芷袋，裝了滿滿的紅玫瑰，裘芝恩偏頭尋思，她可沒叫助理買花，蔡嗣揚笑道：「這也是我傳訊息請阿娥姨幫我拿上來的。」

當他們兩人坐定位，裘芝恩微微一笑，顯得有點害羞，眉眼彎彎，雙頰泛著紅暈，卻有說不出的甜。

「芝恩，其實按照原本的計畫，今天我本來要送妳玫瑰花，但王阿姨醒來，我想這件事更重要，所以話留到現在才能跟妳說——」

蔡嗣揚深吸一口氣，「裘芝恩小姐，妳願意當我的女朋友嗎？」

裘芝恩笑了，「其實按照原本計畫，今天我本來準備另一首歌當安可曲，是要唱給你聽的。你的問題，我用音樂來回答你。」

她抱起吉他，刷起前奏和弦。

「這首歌叫做〈蜜汁松阪肉〉，獻給仁晴菜市場的前任豬肉王子、現任執行長、我的男朋友，蔡嗣揚先生。」

輕快的旋律響起，裘芝恩的歌聲與笑容比蜜汁還甜。

來到菜市場，想要買塊松阪肉，
電話沒預訂，注定要失落，
一小塊要兩百六，
我不要遷就，
再貴也要吃松阪肉。

一隻豬只有兩片，
香Q不爛軟，甜脆有口感，
麻油爆炒，紅燒蜜汁，都很下飯，
松阪肉，喔喔，我只吃松阪肉。

我的愛人就像松阪肉，
聰明又帥，讓我心情好暖，
人間少見的暖男，
優點怎麼說都不夠，
趕快出手，預訂一個都不夠，
走過路過不要錯過，喔，不可錯過！

我的愛人就像松阪肉，
有點害羞，
但我天天都要吃松阪肉；
我的愛人就像松阪肉，

是我的是我的，今天吃明天吃，不夠不夠……

蔡嗣揚聽著，不住地點頭，不住地笑著。

裘芝恩憑熟練的手感彈奏，終於唱出對蔡嗣揚的心意，完成自己離開仁晴市場時未竟的心願——為蔡嗣揚寫一首告白情歌，一首只想為他而唱的情歌。

天天和他手牽手，生活像是蜜汁松阪肉，
這就是我快樂的理由，
你一口我一口，幸福的滋味，怎樣都不夠……

月亮經歷了許多次的圓缺，這座市場裡的人們，盼來了他們等待已久的圓滿。

月光下，蔡嗣揚將一個溫柔的吻覆在裘芝恩唇上，輕輕開口：「謝謝妳，我最珍貴的松阪肉，我的女朋友，我的市場女神。」

全文完

後記

大家好！我是花聆，很開心再次在故事的後記與大家見面，版面有限，想說的卻很多，我們直接進入正題吧！

距離上一次出書——《穿樂吧！一九三四女孩》，已有一年九個月，好像還不算太久，然而以寫作順序來看，我最新近一部獲選出書的作品，是二〇一六年六月完稿的《只想悄悄對你說》。

從二〇一六到二〇二一，五年……這就有點久了。

這五年來，我在寫作的路上，有過許多不一樣的嘗試，也繞行好大一圈。然而，這五年的摸索，對我從來不是浪費時間，而是讓我更加確定自己要寫作的方向，以及想寫作的題材。《遺失在記憶裡的歌》正是總結這五年的追尋，裘芝恩的尋根之旅，正暗喻了我的自我探索道路，我失落過但重新找回的，都在這個故事裡綻放為故事之花，這個過程我將永遠銘心，也願我能秉持這個「再發現」，繼續未來的創作之路。

第二件事，是關於這故事的場景——台灣的菜市場。

為什麼想要寫台灣菜市場呢？

有好幾年的時間，我住在新竹市舊城區中央市場附近，還在菜市場眾攤商的遊說和見證下，領養了市場之花（某漂亮母貓）的小貓兒子。那段時光不僅孕育了後來以新竹舊城為背景的《穿樂吧！一九三四女孩》，也為《遺失在記憶裡的歌》畫上底色，真是一魚兩吃，難怪孟母要三遷，住在舊城區，比住在重劃區更能刺激寫作靈感呀！

後來搬家到重劃區，遠離了菜市場，直到二〇〇八年，我才再次探訪菜市場，這一回，則真正讓我將市場和「生命活力」劃上等號。

當時的金融海嘯，讓人們皺眉嘆氣，我卻轉職為SOHO族這高風險行業，為了減低開銷而頻繁自炊，買菜足跡也從超市轉向菜市場，市場的豐富繽紛依舊，但我也對市場有了「再發現」。

從超市到市場，超市定價喜歡以九結尾，例如九、五十九、一九九（搭配「請支援收銀」聲音），菜市場則時興一大包三十、五十、一百，還有多種搭配組合。我每回上市場都可發現新的價格，有次更出現「海鮮一盤十元」的驚爆破盤價，該攤位的聲勢人氣為全市場之冠，買菜的婆媽們像喪屍般殺紅了眼撲向前，個子矮小的我完全無法擠過人群一探究竟。

當時在金融海嘯中，我的SOHO之路總讓親友擔心我滅頂，我不知道這選擇對不對，但鬱悶徬徨時，我總會特別上菜市場逛逛，菜市場不會給我直接了當的答案，但它是個不容悲觀嘆氣的行動劇場，慢了就搶不到好東西，不叫賣就賣不出東西，我是個行走的觀眾，在被看壞的慘澹世道中，看著菜市場裡上演著熱鬧的人氣、沸騰的買氣，以及台灣人靈活懂變通、似笑似嘲的創意。

從此我就認定，世道越混亂，人們越該上菜市場，菜市場裡有最便宜實惠的三餐組合方案，讓人解決填飽肚腸的基本需求，而且永遠有著島嶼人民的熱情與行動力。待疫情褪去後，也請大家多多支持菜市場，體會這原生的力量。

這些體會，成了王麗娜這核心角色的骨幹與血肉，也衍生了蔡嗣揚、蓮姐、阿娥、水果三兄弟、水產店阿成……等人物。

這幾年，老牌市場結合地方創生蔚為風行，新竹東門市場、萬華新富市場、台中第二市場都有了新風貌，仁晴市場是虛構場景，卻也揉合了它們的影子，還有，台中第二市場的滷肉飯豪好吃啊！

有趣的是，《遺失在記憶裡的歌》是以台灣菜市場為背景舞台的故事，卻也可能是個沒有太高市場性的一個故事，畢竟市場天菜小鮮肉是買菜婆婆媽媽的眼睛福利，卻不是小說界的王道設定。

因此，一開始我提出寫作計畫時，有點戰戰兢兢，儘管如此，POPO卻非常支持我，從最初的點子發想、兩版大綱、三版故事，前後將近一年，POPO編輯部，特別是責編尤莉，始終像用心的保姆，不吝持續提醒我如何將故事中的感情刻畫得更深刻，協助將這個故事養得更加白胖健康，在此深深感謝。

謝謝看完這故事的你，我們下一個故事見！

花聆

國家圖書館出版品預行編目資料

遺失在記憶裡的歌 / 花聆作 . -- 初版 . -- 臺北市 :
POPO 出版 : 家庭傳媒城邦分公司發行 , 民 110.06
面 ; 公分 . -- (PO 小說 ; 56)
ISBN 978-986-99230-9-5(平裝)

863.57 110007016

PO 小說 56

遺失在記憶裡的歌

作　　者／花聆
企畫選書／簡尤莉
責任編輯／簡尤莉、吳思佳
總 編 輯／劉皇佑
行銷業務／林政杰
版　　權／李婷雯

總 經 理／伍文翠
發 行 人／何飛鵬
法律顧問／元禾法律事務所　王子文律師
出　　版／城邦原創 POPO 出版　城邦原創股份有限公司
台北市中山區民生東路二段 141 號 6 樓
電話：(02) 2509-5506　傳真：(02) 2500-1933
POPO 原創市集網址：www.popo.tw　POPO 出版網址：publish.popo.tw
電子郵件信箱：pod_service@popo.tw
發　　行／英屬蓋曼群島商家庭傳媒股份有限公司城邦分公司
聯絡地址：台北市中山區民生東路二段 141 號 11 樓
書虫客服服務專線：(02) 25007718 · (02) 25007719
24 小時傳真服務：(02) 25001990 · (02) 25001991
服務時間：週一至週五 09:30-12:00 · 13:30-17:00
郵撥帳號：19863813　戶名：書虫股份有限公司
讀者服務信箱 email：service@readingclub.com.tw
城邦讀書花園網址：www.cite.com.tw
香港發行所／城邦（香港）出版集團有限公司
地址：香港灣仔駱克道 193 號東超商業中心 1 樓
email：hkcite@biznetvigator.com
電話：(852) 25086231　傳真：(852) 25789337
馬新發行所／城邦（馬新）出版集團 Cité(M)Sdn. Bhd.
41, Jalan Radin Anum, Bandar Baru Sri Petaling,
57000 Kuala Lumpur, Malaysia.
電話：(603) 90578822　傳真：(603) 90576622
email：cite@cite.com.my

封面設計／也津
印　　刷／漾格科技股份有限公司
經 銷 商／聯合發行股份有限公司
電話：(02) 2917-8022　傳真：(02) 2911-0053

□ 2021 年 (民 110) 6 月初版　Printed in Taiwan.

定價／ 290 元
 ISBN 978-986-99230-9-5